On a trouvé Dieu

Alain Hubrecht

PRÉFACE

Ce roman tente de comprendre qui a créé notre univers et planifié la création de la vie, de sorte qu'elle persiste.

Il est présomptueux de donner un nom à ce que nos héros ont trouvé dans ce roman, mais beaucoup l'appelleraient « Dieu ».

J'ai écrit ce livre comme une suite à mon roman « Le Savoir Perdu », mais au contraire de m'appuyer sur des faits historiques et archéologiques, je me base sur des réflexions pures et aussi sur les résultats personnels et autres d'expériences d'exploration du cerveau, de notre conscience, ainsi que sur les observations faites par les héros du premier roman.

Comme pour le premier ouvrage, il ne faut pas s'étonner que ce livre soulève des débats acharnés, entre religieux, théosophes, philosophes, penseurs, francs-maçons et autres initiés.

AVERTISSEMENT

Chapitre 1

10 octobre 2013, Vatican, Italie

Il est une heure trente du matin. C'est une nuit sans lune, mais sans nuages aussi. Les étoiles parsèment la voûte céleste et drapent les jardins du Vatican d'une fine couverture lumineuse. Le terrain est en légère pente et vient buter contre la Basilique et le musée. Des bois couvrent une partie des collines. D'un arbre situé près de l'académie des sciences descendent deux individus habillés de sombre. Ils se faufilent vers le Jardin Carré et s'arrêtent au pied de la Tour des Vents sur la façade de laquelle sont effectués des travaux. Un échafaudage court tout le long de celle-ci jusqu'au toit. Les deux hommes ont vite fait de forcer le cadenas en fermant l'accès pour ensuite gravir les trois étages et se retrouver devant une petite fenêtre donnant sur la cage d'escalier de la tour. Après avoir désactivé par un court-circuit magnétique le détecteur d'intrusion, ils pénètrent en silence dans l'édifice, dont ils descendent les volées d'escalier en silence. Ils dépassent la salle du Méridien et continuent leur descente au sous-sol. Arrivés au dernier étage souterrain, ils se retrouvent devant une porte blindée, mais visiblement les intrus s'y attendaient et l'un d'eux sort un document de son sac à dos ainsi qu'un badge magnétique. Après avoir inséré le badge dans un lecteur à côté de la

7

porte et pianoté sur un clavier annexe, un déclic se fait entendre. La porte est ouverte et dévoile une énorme salle voûtée encombrée d'étagères. Sur la gauche, des rayons de bibliothèques remplis de reliures anciennes, et sur la droite des étagères construites pour stocker des objets de tailles diverses. On y voit beaucoup d'appareils anciens, des sphères armillaires côtoient d'étranges animaux empaillés. Toujours aidés du document, les deux hommes progressent en cherchant manifestement quelque chose. Après avoir parcouru une cinquantaine de mètres, ils bifurquent dans une allée transversale et soudain s'arrêtent. Devant eux, un pupitre est surmonté d'une sorte de télévision ou d'oscilloscope. L'ensemble est très vieux et ne peut réellement être assimilé à aucun des deux appareils. Sans perdre de temps, les hommes se penchent sur l'installation et commencent à la démonter. Après quelques minutes, le gros écran cathodique est détaché et emporté par un des hommes. L'autre termine de démonter une boîte contenant des tubes. Le temps de noter les raccordements des fils qui relient les deux parties, voilà la deuxième partie mise dans un grand sac et sans plus attendre les deux hommes reprennent le chemin inverse de leur arrivée.

Une fois au pied de la tour des vents, ils se dirigent vers le bois d'où ils sont venus, le traversent et parviennent au pied du mur d'enceinte. C'est à cet endroit qu'ils sont le plus à l'abri des promeneurs et qu'en s'aidant d'une corde ils arrivent au sommet du mur épais et en redescendent de l'autre côté, pour s'éloigner d'un pas rapide dans l'obscurité de la nuit en longeant la via Vaticano. Le tout n'aura pas duré plus d'une heure. Deux cent mètres plus loin les attend leur véhicule au volant duquel se trouve un complice. Les appareils sont chargés dans le coffre et le véhicule s'éloigne en direction de la via Anastasio II. Huit heures plus tard, ils arrivent à Lubiana en Slovénie, en s'étant relayés au volant et en faisant attention de respecter toutes les limites de vitesse. Après avoir soigneusement protégé les appareils dans des flight-case robustes, ils se dirigent vers l'aéroport Jozé Pucnik. À dix-sept heures quarante-cinq, leur avion s'envole pour

Istanbul, pour en repartir quelques heures plus tard et les amener avec Air China à Beijing. C'était la voie la plus sûre et la plus rapide pour sortir d'Italie avec le moins de risque possible de se faire arrêter à un gros aéroport. La Lituanie n'est pas encore vraiment en ligne avec Interpol. Même si ce pays fut en 2007 un des premiers à se connecter sur le système I-24/7 d'Interpol, on ne peut pas dire qu'il soit avide d'échanger ses informations avec cette organisation. Son intérêt était plutôt d'avoir accès aux bases de données et de s'en servir pour des raisons politiques de répression. Rassurés, les trois hommes sont en première classe, occupés à bavarder et boire le champagne comme de simples touristes fortunés. Après neuf heures de vol, voilà nos cambrioleurs qui se dirigent vers la sortie du Boeing 777 en compagnie des autres passagers, mais sitôt passée la porte de la carlingue ils prennent la petite porte du tunnel de jonction et descendent sur le tarmac. Là, une jeep aux vitres fumées semble les attendre. Deux autres personnes se trouvent près du tapis roulant sur lequel apparaissent les bagages venant de la soute. Dès que les flight-cases apparaissent, ils s'en emparent et rejoignent la jeep pour les mettre dans le coffre. Après qu'ils soient montés dans un deuxième véhicule, le petit convoi démarre sans être inquiété par le personnel. À l'approche de la sortie de service de l'aéroport, les gardiens manœuvrent les grandes portes pour les laisser sortir . Une fois dehors, le convoi est rejoint devant et derrière par des limousines aux vitres fumées, mais arborant un gyrophare bleu sur leur toit. Il semble clair maintenant que nos cambrioleurs ont opéré pour une instance officielle chinoise.

Mais qu'est-ce qu'ils ont donc été voler au Vatican ?

ALAIN HUBRECHT

Chapitre 2

11 octobre 2013, SAIC, San Diego

Le temps est au beau fixe sur les hauteurs de San Diego. La maison de Susan et d'Alex domine la mer calme. Au loin on distingue la flotte de l'US Navy attendant paisiblement dans la rade des ordres de missions qui n'arrivent pas.

Le café coule dans le percolateur. C'est vendredi, le « casual day ». Cela veut dire qu'il ne faut pas faire trop d'efforts pour s'habiller, et d'ailleurs Alex fait la grasse matinée.

Depuis qu'ils vivent ensemble, on dirait que Susan a embelli. Elle s'est épanouie, ressemble plus à une femme. Son visage doux et ovale, ses cheveux châtains courts un peu portés à la garçonne, ses yeux marron la fait paraître plus jeune que son âge, ce que sa petite taille n'améliorait pas, mais la vie commune avec Alex lui a insufflé un genre de quiétude dans son regard qui rassure ses interlocuteurs et lui donne plus de maturité. Alex, lui, n'a pas changé. Cheveux toujours coiffés en arrière, barbe de deux jours à la Don Johnson, tenue toujours décontractée, et pas vraiment beaucoup plus grand que Susan. Leur intérieur leur ressemble, simple, lumineux, les derniers gadgets traînant sur un sofa sans prétention. Ni l'un ni l'autre n'accorde une grande attention à leur intérieur. Susan ne vit que pour son métier qu'elle adore, et Alex pour sa voiture et ses activités sportives. Ils se sont connus par leurs métiers, et semblent avoir formé un couple plus par aspect pratique que par amour, même si ce qui les unit est sincère et réfléchi. Le travail d'Alex continue à lui plaire. Il travaille dans le service d'optronique de SAIC et est en charge du projet de cette machine à répliquer la lumière venant de Vénus, capable soi-disant d'améliorer les capacités de clairvoyance. Le gouvernement a mis de grands espoirs dans cette machine et en a confié le développement à SAIC, où travaille maintenant le couple depuis leur aventure précédente. C'était déjà cette société qui avait récupéré à la fin du siècle passé le projet Stargate, un projet destiné à mettre au point une méthodologie scientifique de clairvoyance. Susan dirige un petit service très discret de recherches archéologiques où elle est aidée de deux assistants. Ils y examinent plusieurs pistes qui permettraient, en analysant des objets anciens ou des sites archéologiques, de retrouver des techniques oubliées dont pourrait bénéficier la technologie américaine. Ainsi les vestiges de la vallée de l'Indus, d'où sont issus le Mahabharata et le Ramayana, ces récits épiques parlant de fusées, de missiles, de maisons volantes et d'autres armes toutes plus fantastiques que les autres, sont leur sujet d'étude actuel.

Susan regarde le café couler dans le percolateur, repensant à leurs dernières vacances au Pérou, quand soudain le smartphone d'Alex retentit. Celui-ci le cherche de la main sur sa table de nuit, se demandant qui peut bien l'appeler à une heure si matinale. Susan s'est rapprochée, curieuse aussi de savoir qui peut les déranger ainsi.

- « Mhhh… qui est à l'appareil ? » demande Alex d'un ton désagréable à peine masqué.

- « Alex Bergen ? »

- « Oui, c'est moi, que me voulez-vous ? »

- « C'est Mike, l'officier de garde, monsieur. Excusez-moi de vous déranger, mais il y a ici un remue-ménage de voitures et plusieurs personnes vous demandent. »

- « Mais vous avez vu l'heure ? je ne suis sensé être là que dans près de deux heures ! »

- « Je sais monsieur, mais certains se montrent insistants et aimeraient vous voir présent pour une réunion urgente et d'après ce que je comprends assez importante. »

- « Grumph, qu'est-ce que c'est que ça ? Vous pouvez m'en dire plus ? J'imagine que ces messieurs ne sont pas en short et t-shirt ? »

- « Non monsieur, effectivement, ils sont tous tirés à quatre épingles et en voitures gouvernementales »

- « Oh merde alors, qu'est-ce que c'est que ce truc ! C'est bon, je m'habille et j'arrive le plus vite possible. Dites-leur que je serai là d'ici une demi-heure »

- « Bien monsieur. Merci monsieur. »

Alex repose son smartphone, se recouche et se prend la tête à deux mains.

- « Pourquoi un vendredi ! Moi qui était si bien dans mon lit ! »

Susan s'assied sur le lit et l'embrasse sur le front en lui demandant des explications. Alex lui explique qu'il doit se rendre d'urgence au bureau pour une réunion importante, mais dont il ignore tout. Susan comprenant que la situation est sérieuse, mais pas catastrophique sert immédiatement une tasse de café noir à Alex et place deux tartines dans le toaster.

Alex engouffre ce frugal petit déjeuner et saute dans sa voiture.

Quinze minutes le séparent de son travail.

Susan le rejoindra en vélo.

En effet, une demi-heure plus tard, Alex arrive devant la barrière du parking de SAIC. Le gardien le reconnaît et lui ouvre le portail en sachant qu'il est attendu.

Alex gare sa voiture à sa place habituelle et se rend via l'ascenseur au dernier étage du bâtiment principal. C'est là que se trouve la direction et il est certain que la réunion aura lieu à ce niveau. En effet, dès que l'ascenseur s'ouvre, une secrétaire le prend en charge et le conduit à la petite salle de conférence sécurisée située dans le couloir privé menant au bureau du grand patron. Avant d'entrer, on lui demande de donner son smartphone et il est passé au détecteur de métaux par un gardien.

Une fois dans la salle dépourvue de fenêtres et de téléphone, il peut enfin voir le genre de personnes qui l'ont levé du lit.

La plupart lui sont inconnus. Tous ont l'air énervés et discutent à mots couverts. Le patron est déjà là, et manifestement de mauvaise humeur. Alex se dirige vers lui et d'un signe de tête lui demande d'être mis au courant.

- « Bonjour Alex. Merci d'être venu si tôt. C'était important que tu sois là. Tu n'es pas impliqué, rassure-toi, mais cela te concerne en premier chef. Nous sommes ici pour donner notre avis. Ces gens viennent de Washington et ils ne rigolent pas. Je ne sais pas vraiment qui ils sont. Ils doivent faire partie de la NSA je pense. Ah, voilà, ils vont nous parler. Assieds-toi.»

Un des inconnus parmi les plus âgés du groupe a pris place derrière le lutrin devant la table autour de laquelle se sont assises les autres personnes présentes.

- « Bonjour messieurs, merci d'être venus si tôt. Nous-mêmes venons de Washington et avons voyagé de nuit. Veuillez considérer tout ce qui sera dit maintenant comme classé « secret défense ». Un évènement important et totalement inattendu est arrivé hier, et il pourrait bien avoir des conséquences importantes pour notre nation et le monde entier. Dans la nuit de mardi à mercredi, des individus sont rentrés par effraction au Vatican et y ont dérobé un objet. Cet objet se trouvait dans une zone interdite au public, aux chercheurs et même aux archivistes du Vatican. Il ne fait bien entendu pas partie de ce qu'on nomme « Les Archives Secrètes du Vatican » qui n'ont en fait rien de secret. Non, il s'agit ici d'une zone de stockage d'ouvrages et d'objets que le Vatican ne désire pas voir tomber dans le domaine public pour diverses raisons, mais dans la plupart des cas pour de très bonnes raisons. Mais voilà, les caractéristiques de cet objet dérobé sont telles que le Vatican nous a appelés, ou plutôt le Pape a appelé notre président dès qu'il fut mis au courant du vol. L'objet, ou plutôt la machine, et je répète que ceci doit rester entre nous, est un appareil capable de voir dans le temps, aussi bien le passé que le futur. Oui, vous avez bien entendu. Cette machine n'est pas une machine à voyager dans le temps, mais à voir dans le temps. Nous savions qu'elle existait, car von Braun y a travaillé à la fin des années 50, avec le père italien Pellegrino Ernetti, qui en est l'inventeur. Dès les premiers articles parus dans la presse, le gouvernement italien a fait saisir l'objet et l'a fait mettre en lieu sûr dans les caves du Vatican. En tout cas jusqu'à cette semaine !

Une autre personne prend alors la parole. Elle semble plus âgée et d'allure moins militaire :

- « Bonjour à tous. Je suis Günter Munch. Vous ne me connaissez pas, mais j'ai eu l'honneur de travailler avec von Braun avant sa mort et nous avons eu l'occasion de discuter de cette machine. Notre gouvernement a bien entendu été intrigué par cette machine et a tenté d'en savoir plus. Werner ne nous en a rien caché, et d'après ce qu'il m'a dit, cet appareil est effectivement capable de lire aussi bien le passé que l'avenir. Par une chance inouïe, son inventeur était parvenu à capter les mêmes ondes que celles que les télépathes et les clairvoyants perçoivent pendant leurs séances. Ernetti voulait initialement capter des ondes sonores, dans le but de réécouter des chants anciens ou des opéras dont nous avons perdu les partitions. Sa théorie était que tout son, émis un jour perdurait de manière infinitésimale dans l'univers et qu'avec un instrument assez sensible il devait être possible de le capter. Un peu comme l'image qui dit que les vagues des navires de Cléopâtre remuent encore la surface des flots de la mer Méditerranée.

Ernetti a testé différents moyens de captation ; des antennes, des oscillateurs, des résonateurs, et un beau jour a capté un signal de provenance inconnue, mais contenant des harmoniques d'origine manifestement non naturelle. Après avoir testé différentes modulations, il a compris qu'il entendait un chant de messe, mais rien ne lui permettait de déterminer d'où et de quand il provenait. Son procédé n'avait rien à voir avec la radiophonie, mais il n'était pas certain qu'il ne captait pas par erreur des ondes hertziennes. C'est à ce moment qu'il a fait appel à Werner von Braun et que notre gouvernement, ou plutôt le JPL, l'ancêtre de la NASA, a accepté qu'il soit détaché un moment en Italie. Avec son aide et celle de deux autres savants, la machine a été modifiée pour intégrer un variateur, pour modifier la date de l'observation. Mais très vite, ils comprirent qu'ils captaient plus que des ondes sonores. Après quelques hésitations, ils conclurent que ce n'étaient pas seulement les sons qu'ils captaient, mais l'ensemble des vibrations liées à l'objet de leurs recherches à un moment donné. Ces vibrations contenaient donc les informations liées par les objets, et une fois qu'ils eurent compris comment les manipuler, ils purent les visualiser à n'importe quelle époque. Ernetti avait imaginé de placer des partitions de chants grégoriens devant son appareil, afin qu'ils servent de guide comme un médium utilise un objet pour s'aider pendant une séance, un objet ayant un lien avec la cible désirée. L'appareil s'avéra étonnament simple à utiliser. Il fallait positionner un objet ou la photo de celui-çi objet devant un tube puis de définir la date avec le curseur. Ensuite deux manettes comme celles qu'on voit dans une grue ou un bulldozer permettaient de s'éloigner ou se rapprocher de l'origine des vibrations ainsi que de tourner autour de celle-ci. Ce dernier réglage était le plus difficile à manipuler, car peu intuitif. Il permettait en quelque sort de visualiser les différents points de vue des personnes ayant observé la cible à cette époque. Au début, pendant des mois, ils eurent du mal à trouver les bons réglages. Ils affichaient les résultats sur un tube cathodique, mais rien de concret n'apparaissait. Ils savaient juste qu'ils étaient dans le bon, car ils voyaient des objets ressemblant à la cible utilisée, mais quasi jamais celui recherché. On aurait dit qu'ils naviguaient dans une sorte de musée rempli d'objets ressemblants à celui utilisé comme cible. Ils entendaient parfois des paroles dans des langues en cohérence avec la cible choisie. Cet appareil semblait capable d'utiliser l'image d'un objet pour fouiller dans la mémoire du passé et afficher toutes les occurrences de cet objet. En réglant la date, on voyait défiler toutes les représentations de cet objet, ou les jours de la vie d'une personne. Leur enthousiasme était donc au plus haut et ils n'arrêtaient pas de modifier les réglages jusqu'au jour où, après plusieurs mois, une image stable apparut sous leurs yeux. Ils firent des tests pendant une semaine. Un réglage de scène demandait environ une demi-heure d'essais infructueux, surtout lorsqu'on s'éloignait dans le passé, car notre calendrier n'est pas toujours cohérent. Ils firent des centaines de tests en positionnant diverses photos devant le tube et faisant ensuite varier la date, pour ainsi parvenir à remonter à l'objet montré sur la photo dans la réalité lors des premiers jours de son existence. L'appareil pouvait se connecter sur la mémoire de cet objet, sur tout ce qui s'y rapportait ! Ils purent ainsi visualiser certaines scènes mythiques du passé, avec en apogée, la scène de la crucifixion de Jésus. Oui, cela peut paraître fou, impossible, mais quoi qu'il en soit, ils purent effectivement visualiser une telle scène, que ce soit celle du vrai personnage de Jésus ou d'une personne lui ressemblant. L'époque était certaine, la langue parlée par des personnes assistant au supplice était bien de l'araméen. Ils firent venir une personne sachant le parler et il confirma la chose. La cible utilisée était une photo de Jésus en croix prise dans une église proche.

Rendez-vous compte de leur excitation ! Le Vatican fut le premier mis au courant, mais la presse et le gouvernement furent informés aussi. Plus de douze scientifiques travaillaient avec le père Ernetti on peut facilement imaginer qu'il y a eu des fuites. Cette machine ne pouvait pas rester ainsi aux mains de simples citoyens, fussent-ils membres du clergé. À la demande du gouvernement, le Vatican fit saisir l'appareil, au grand dam de son inventeur. Plus personne n'en entendit parler jusqu'à cette semaine.

- «Excusez-moi », dit une personne dans l'assistance, profitant d'un arrêt du conférencier, « mais votre collègue a dit que cet appareil pouvait voir dans le futur or ici vous ne parlez que du passé ? »

- « Oui, c'est exact, le père Ernetti n'imaginait pas un instant que son appareil puisse lire dans le futur, mais von Braun avait conclu que selon le principe utilisé et les choses mesurées, il aurait suffi d'indiquer une date dans le futur plutôt que dans le passé, et le même principe aurait fonctionné. C'est ce qu'il a vérifié en l'absence des autres chercheurs un soir qu'il était seul avec l'appareil. Il n'en a soufflé mot, et fut en fait satisfait de la décision du Vatican. Une telle machine capable de voir dans le futur peut s'avérer une redoutable machine de guerre et son propriétaire capable automatiquement de toutes les gagner, ou en tout cas de prendre les bonnes décisions en toutes circonstances. Et c'est bien pour cela que vous êtes réunis ici ce jour. L'heure est grave, très grave. De toute évidence, quelqu'un a tiré les mêmes conclusions que von Braun il y a plus de 50 ans, et si une nation parvient à remettre la machine en route ou à en recréer une, nous ne donnons pas cher de notre pays ni de tous les autres d'ailleurs. »

- « Mais pourquoi être venu ici ? Qu'est-ce que nous avons à voir avec cette histoire ? C'est à nos services d'espionnage de tenter de retrouver les coupables et sans doute aux Nations Unies à exiger la restitution de l'appareil »

- « D'abord, les Nations Unies n'auront aucun argument pour exiger la restitution de l'invention, et ensuite, si nous sommes ici, c'est parce que nous vous avons identifié comme étant l'unité de recherche la plus apte à recréer cette technologie. »

- « Vous n'y pensez pas » s'insurgea le patron d'Alex. « Comment pouvez-vous imaginer deux minutes que nous sommes capables d'une telle découverte ? »

- « Nous sommes bien entendu au courant de vos travaux sur la clairvoyance, sur la mise au point de cette machine à tordre la lumière (voir l'épisode précédent « Le Savoir Perdu »), et aux travaux de Susan Gomez sur les ondes cérébrales modifiées grâce au système HAARP. Même si vous êtes loin du résultat espéré par notre démarche, nous vous prions de faire le maximum pour recréer cette machine à voir dans le futur. Gunter ici présent va vous y aider. Il possède des notes récupérées de von Braun, et nous pensons qu'elles peuvent vous aider. Nous vous demandons l'impossible. Faites-vous épauler de qui vous voulez, vous avez carte blanche et accès au budget des « black projects ». Autant vous dire aussi que tout ceci tombe également dans le niveau de secret de ces « black projects ».

Alex regarde en silence l'armada de cols blancs quitter la salle, pendant que ses collègues discutent bruyamment entre eux.

Lorsque tous les envoyés du gouvernement sont partis, Alex se tourne vers Gunter :

- « Cher Monsieur, vous qui avez côtoyé von Braun, que pensez-vous réellement de cette histoire ? Je ne peux croire un instant aux explications qui nous ont été données. Cette histoire d'ondes qui perdurent au travers des ans n'est pas crédible même si elle est basée sur une certaine logique, et je ne crois pas plus au principe de tourner la manette des années dans le sens contraire pour aller lire dans le futur. Alors, dites-nous ce que vos collègues ne nous ont pas dit, sans quoi, je crains que nous ne soyons en train de perdre notre temps. »

- « Vous avez raison, monsieur …? »

- « Alex Bergen »

- « Ah, oui, on m'a remis un dossier sur vous dans l'avion, j'aurais dû vous reconnaître, excusez-moi. Effectivement, vous avez raison, les explications qui vous ont été données ne tiennent pas debout, et vous avez vite fait de les mettre en évidence. Mais les personnes qui viennent de nous quitter n'ont pas besoin de le savoir, et elles peuvent se contenter de ce qui a été dit. Désolé que vous ayez eu l'impression d'avoir perdu votre temps. L'invention qu'a faite le père Ernetti repose sur tout autre chose que la récupération des vibrations sonores ou lumineuses. Jamais il n'a expliqué à la presse ou même au Vatican sur quoi elle reposait, mais von Braun l'a su, évidemment. C'est bien entendu pour cela aussi que nous sommes venus vous voir. Vos précédentes expériences ont démontré que la clairvoyance était un phénomène objectif, qu'il était réellement possible de percevoir des informations auparavant inconnues. Vos travaux ont concerné la stimulation des neurones, et plus précisément des microtubules situés dans ceux-ci, au moyen de particules spécifiques. D'après ce que Von Braun nous a confié, le père Ernetti était parvenu à synthétiser les

19

molécules de tubulines qui constituent les microtubules. Ce sont ces molécules qui ont été utilisées pour tapisser son tube récepteur. Il les exposait aussi à un flux de photons polarisés comme ceux générés par votre machine, mais il exposait en plus les molécules de tubuline à une vibration très spécifique, en fait la même que celle utilisée par les médiums lors de leurs transes. Ce sont sans doute des ondes très lentes, un peu comme celles produites par les yogi ou les bouddhistes. »

- « Mais comment ce processus pourrait-il capter des images du passé, ou du futur ? »

- « On ne sait pas comment le père Ernetti était arrivé à ses conclusions, mais selon lui, chaque être est relié, grâce aux milliards de microtubules situés dans son cerveau, à sa mémoire située on ne sait où. Par défaut, ces microtubules vibrent sur une fréquence nous mettant en contact avec cette mémoire. Il nous suffit de penser à un souvenir pour le voir surgir devant nos yeux, que ce soit un paysage, la figure d'un être aimé ou une chanson. Malgré toutes les expériences faites en laboratoire, personne n'est encore parvenu à localiser le siège de la mémoire. Selon Ernetti, elle ne se trouve pas dans notre corps. Elle est une propriété de l'espace-temps, et l'accès à cette mémoire se ferait avec des électrons et des photons. Vous savez que la physique quantique démontre que lorsqu'un électron se déplace, il peut adopter une multitude de comportement et de chemins, se transformer en photon, et même voyager dans le temps. On a déjà démontré depuis longtemps que lorsqu'un photon s'approche d'un atome, celui-ci va réémettre un photon après qu'un électron ait été excité par l'arrivée du premier photon. Eh bien l'observation montre que parfois le deuxième photon est émis avant l'arrivée du premier. Un peu comme s'il avait voyagé dans le passé. Le père Ernetti a pensé que c'était cette faculté qui était mise en œuvre par les médiums pour voir dans le temps, et manifestement il ne s'est sans doute pas trompé. »

- « Je ne vous suis pas. Comment peut-on faire le lien entre la mémoire d'un individu et la machine ? »

- « Oh, ça c'est le plus facile. Il suffisait d'utiliser un objet ayant appartenu à cet individu, et, selon une date sélectionnée, ses souvenirs étaient affichés sur l'écran. »

- « Mais que se passait-il pour le futur ? »

- « La machine marchait dans les deux sens, aussi étrange que cela puisse paraître. Si l'opérateur voulait se revoir petit, jouer dans le jardin de ses parents, l'image apparaissait telle qu'elle était dans son souvenir, telle qu'il la revoyait dans sa tête, avec les mêmes erreurs, imperfections ou mêmes incohérences et si il avait demandé à voir ce qu'il ferait dans dix ans, un autre souvenir – du futur – aurait été affiché, avec encore les mêmes imperfections, mais en gros on aurait bien vu de quoi il s'agissait.»

- « C'est absolument incroyable ! »

- « Je ne vous le fais pas dire. Il fallait apprendre à manipuler la machine, le plus dur était de choisir le bon objet-cible. Von Braun a testé la machine avec une de ses photos et avancé le compteur dans le futur : au moment où l'écran est devenu noir, il a compris que cela correspondait à sa mort, qu'il n'y aurait plus de souvenirs après cette date. »

- « Mais c'est horrible ! »

- « Non, c'est logique. Et dès l'écran noir, il a pu affiner et revenir doucement en arrière pour voir apparaître les derniers souvenirs – du futur – qui ont été, ou qui seront pour être plus précis, emmagasinés dans sa mémoire. »

- « Mais comment cela est-il possible ? »

- « Permettez-moi de ne pas discuter de cela maintenant. Nous avons du travail et je dois absolument aller rendre des comptes à Washington. Ne vous en faites pas, je reviendrai dans deux jours pour vous assister. «

- « Mais il manque quelque chose, comment la machine sait-elle quel souvenir ou quelle information vous désirez voir ? Comment fonctionnait cet objet-cible ?»

- « Cela reste un mystère pour nous. Tout comme le désir de revivre un souvenir vous amène ce souvenir dans l'esprit, devant vos yeux. On ne comprend pas encore comment les souvenirs ressurgissent de notre mémoire. On pense que c'est le même mécanisme que la prière, pensez à quelque chose et vous l'aurez, sauf que la prière ne marche pas tout le temps. Pour une personne normale, visualiser ses propres souvenirs marche quasi à chaque fois, mais pour un médium ce n'est pas le cas. Ici, la machine améliore le facteur de réussite. Souvenez-vous de Ted Serios, cette personne qui parvenait par sa volonté à imprégner des photos Polaroid. Il se concentrait et l'image voulue s'imprégnait dans les pigments de la photo. Le spécialiste en télékinésie Jean-Pierre Girard, lui, peut se concentrer sur une barre de métal et la tordre rien qu'en le désirant, comme Uri Geller. Il faut dissocier la volonté de l'action. Ce sont deux choses différentes. Chacun peut avoir la volonté, mais peu savent comment faire pour que l'action se réalise. La machine du père Ernetti ne faisait en fait que cette deuxième partie. Un objet ou une photo cible était utilisé et la machine permettait de visualiser tous les souvenirs associés à cette cible.»

- « Mais il y a des tonnes de souvenirs liés à certains objets ! »

- « Oui, vous avez raison, souvent c'était difficile de tomber sur le bon souvenir, celui qu'on voulait revoir. Nous n'avons jamais trouvé comment affiner cette recherche qui souvent aboutissait sur une multitude de souvenirs sans intérêt. Nous n'avons pas tout compris, mais cela n'empêche que la machine fonctionne et qu'elle se trouve aujourd'hui dans des mains de toute évidence mal intentionnées et que nous devons faire notre possible pour les empêcher de nuire à l'humanité. »

- «Que proposez-vous alors ? »

- «Essayez de synthétiser la tubuline, adaptez votre générateur de particules à un tube recouvert de tubuline et essayez différentes fréquences d'excitation de celle-ci. »

- « Ce n'est pas rien ce que vous demandez, mais au moins nous savons où nous diriger. Nous allons tout mettre en œuvre en ce sens. »

La discussion s'arrête là, et Gunter prend congé d'Alex et de ses collègues.

Alex retourne à son bureau où l'attend Susan, impatiente de savoir ce qui a bien pu tirer son compagnon du lit.

- «Alors ? De quoi s'agissait-il ? »

- «Chérie, tu n'as aucune idée de ce qui arrive. C'est classé secret défense, mais comme tu es dans l'équipe, tu dois savoir de quoi il retourne. Garde donc bien tout ce que je vais te dire pour toi. » Et Alex raconte à Susan ce qu'il a appris lors de la réunion, et commence à réfléchir avec elle sur différentes idées.

À midi, ils regardent les nouvelles sur CNN, mais pas un mot ne filtre sur le vol commis au Vatican.

- « Combien de temps donnes-tu aux voleurs pour réactiver cette machine ? » demande Susan après avoir éteint le téléviseur de la cafeteria.

- « Je n'en ai aucune idée. Une semaine, un an ? Que sais-je ? Personne ne sait dans quel état était la machine ; s'il suffit de la rebrancher sur le courant pour qu'elle fonctionne. On peut espérer que les voleurs n'ont pas accès aux informations connues de Gunter, et que le tube de visualisation est devenu inopérant, que la tubuline soit dégradée et qu'ils doivent d'abord analyser ce que c'était à l'origine, puis la synthétiser à nouveau. »

- « Et nous, cela nous prendra combien de temps pour recréer une telle machine ? »

- « Très peu de temps, car nous avons d'énormes moyens, mais par contre, nous n'avons aucune idée de la fréquence à laquelle il faut exciter la tubuline. Jusqu'à aujourd'hui, personne n'est parvenu à identifier une fréquence spécifique caractérisant la clairvoyance. Tout au plus, nous savons que les médiums diminuent leur fréquence habituelle. »

- « Eh bien, on n'est pas tirés des flûtes ! »

Chapitre 3

12 octobre 2013, San Diego

Susan est allongée sur le sable chaud de la plage. Elle regarde Alex faire du surf. Il n'a jamais été vraiment bon à ce sport, mais cela l'amuse et le détend. Elle se détourne de la scène et se replonge dans sa lecture d'un compte-rendu d'artefacts de céramiques trouvés en Mésopotamie. Ces très anciens débris de pots montrent d'étonnantes gravures minuscules et quasi invisibles.

Alex semble en avoir terminé et revient essoufflé s'étendre près de sa compagne. La plage est quasi déserte pour un samedi matin. Susan porte un superbe bikini jaune mettant bien en valeur sa peau hâlée et ses petites formes de jeune femme qui ne dénotent pas avec son allure de garçonne. Alex lui, aime porter des maillots multicolores à la mode, sans trop prêter attention s'ils lui vont bien ou non.

Son buste est musclé, bien qu'il ne fasse pas vraiment d'efforts pour s'entretenir.

- « Que lis-tu ? » lui demande-t-il.

- « Des articles scientifiques que j'avais en retard. Celui-ci parle de poteries anciennes sur lesquelles on a trouvé de minuscules sillons. On ne sait pas à quoi ils peuvent servir. »

- « Et quel est ton avis ? »

- « Oh, je me demande si ce n'étaient pas des genres de bols tibétains permettant de générer des sons de prière. En les gravant, ils auraient pu modifier la fréquence de résonance. »

- « Ouh, et ils parlent de cette éventualité ? »

- « Non, mais je vais écrire à l'archéologue qui a écrit l'article pour lui faire cette suggestion. Et toi, qu'avez-vous décidé avec ce nouveau projet ? Cela doit chambouler votre planning non ? »

- « Oui et non. En fait c'est en priorité absolue et comme notre planning n'impacte pas sur des sociétés extérieures, cela ne fait rien qu'il soit arrêté. On n'a en fait pas eu le choix d'accepter cette mission. Tu sais que le gouvernement a ses entrées chez nous. J'ai participé à la mise au point des décisions à prendre, et je crois que d'ici trois semaines nous aurons une machine ressemblant à celle de ce père italien. »

- « Et elle va fonctionner ? »

- « Pas du tout, c'est bien la seule chose dont on est certain ! Il reste cette énorme inconnue de la fréquence d'excitation pour laquelle nous n'avons aucune information. »

- « Et tu n'as pas envie que nous démarrions la recherche immédiatement, nous deux, ici, sur cette plage déserte ? »

- « Que veux-tu dire ? »

- « Que tu es nigaud ! Je te parle de cette fréquence d'excitation ! Je pensais que nous pouvions déjà nous livrer à quelques expériences… »

- « Ah, je vois, mais bien sûr, mettons-y nous tout de suite ! »

Alex se jette sur Susan qui roule sur le côté pour lui échapper, puis se redresse et s'encourt dans les dunes. Alex la rattrape et ils s'enlacent amoureusement. Malgré qu'ils se connaissent depuis quatre ans, leur amour est resté intact. Ils ne se sont jamais promis la Lune et préfèrent voir venir la vie. Ils font des métiers qui peuvent les emmener de l'autre côté de la planète ou même, on l'a vu, dans l'espace et, intérieurement ils savent qu'ils pourraient être séparés par leurs activités professionnelles.

- « Donc si je comprends bien, je ne suis pas prévue dans ce projet ? » demande Susan après avoir remis son short et sa blouse, s'apprêtant à rentrer chez eux.

- « Si, rassure-toi, mais pas dans l'équipe dont je m'occupe. Souviens-toi, la machine que nous devons construire se compose de deux parties ; la partie affichage, basée sur les molécules de tubuline qui vont recevoir un flux de particules que nous connaissons déjà, et la deuxième partie, celle concernant la mise en fréquence des molécules, et là, nous allons devoir faire preuve d'imagination. Je compte sur toi pour faire des recherches là-dessus, et dès lundi. Nous aurons de toute façon un briefing lundi matin, et les tâches seront clairement réparties.»

- « Je trouve cela tellement passionnant. Tu te rends compte de la chance que nous avons d'être une fois de plus aux premières loges ?

ALAIN HUBRECHT

Chapitre 4

17 octobre 2013, Vatican, Italie

Susan vient d'arriver au Vatican. Après quelques réunions, il avait été décidé qu'elle se rendrait elle-même en Europe, laissant Alex diriger son équipe afin de ne rater aucune occasion d'être prêt plus vite pour de possibles expériences. Son avion a atterri il y a moins de deux heures. Elle n'a eu que le temps de descendre à son hôtel, se rafraîchir et se changer pour être en accord avec la personne qu'elle va rencontrer : le pape !

Avoir cette entrevue avec le pontife n'a pas été un problème. La gravité de la situation et le fait d'être mandatée par le gouvernement américain on suffit à lui octroyer une entrevue avec le pape Ratzinger. Elle a eu le temps de prendre connaissance du modus operandi des voleurs, et a été directement intriguée par le nom de la tour par laquelle ils s'étaient rendus dans les caves. Le nom de cette tour est la tour des vents, comme à Athènes, là où une tour du même nom a été construite il y a plus de deux mille ans, et qui recelait un appareil de type clepsydre qui, grâce à un apport d'eau continu, animait un mécanisme armillaire montrant la position des astres connus de l'époque ainsi que les signes du zodiaque. Cette construction, elle en était persuadée, servait à connaître les meilleurs moments pour prendre des décisions ou même procréer. Leur science de l'époque était telle qu'ils avaient compris que la direction des vents influençait aussi l'effet des astres impliqués dans l'effet astrologique. Jusqu'à présent, ils n'avaient découvert que l'influence de Vénus, planète impliquée dans la clairvoyance, aussi bien à la naissance que lors d'une prise de décision. Pourquoi diable le Vatican avait-il décidé de nommer ainsi la tour abritant leur observatoire astronomique, et y avait-il construit une pièce parée au sol d'un énorme signe du zodiaque, sur lequel se déplaçait en fonction des saisons un rayon de soleil venant d'un trou ménagé dans le mur. Elle était aussi impatiente de poser des questions relatives à la prière, au cas où l'Église aurait découvert une quelconque valeur scientifique à cette pratique vieille d'au moins deux mille ans.

On la fit attendre quelques minutes, mais elle fut rapidement conduite dans les appartements du pape et introduite dans une grande salle de réunion où se trouvait déjà une demi-douzaine d'autres représentants de l'église. Le pape les rejoignit dès qu'elle fut installée, mais ce fut pour aussitôt se lever à son entrée. Elle ne connaissait pas vraiment le protocole, mais observa et imita ce que ses voisins faisaient.

- « Chère madame Gomez, merci d'être venue si vite » commenta le pape. « Je suis tenu au courant des décisions prises par votre compagnie, et ne puis que vous assurer de mon plus complet soutien dans votre travail. Je ne vous cache pas que nous craignons le pire. Si jamais ceux qui ont subtilisé le chronoviseur parviennent à le remettre en route, je ne donne pas cher de notre avenir. »

- « Le chronoviseur ? »

- « Oui, c'est ainsi que le père Ernetti avait nommé sa machine, et c'est ainsi que les journaux du dimanche titraient leurs articles qui versaient plus dans le sensationnalisme que dans les détails scientifiques. »

- « Vos prédécesseurs ont-ils eu l'occasion de voir cette machine fonctionner ? »

- « Oui, nous avons un service d'archive ici qui vérifie toujours l'état des pièces qui rentrent dans notre musée ou nos archives. Si c'est un mécanisme, ils essayent de le faire fonctionner. Elle a parfaitement fonctionné, surtout qu'elle était d'un usage vraiment facile. Ah, c'est un malheur de ne pas l'avoir rendue inopérante. Nous nous en voulons. Mais je vais laisser parler Enio Latorre qui était présent lors de sa réception. Allez-y Enio, expliquez à madame Gomez ce dont vous vous souvenez.»

- « Enchanté madame Gomez, et excusez-moi si je risque d'être imprécis. À l'époque j'étais jeune et je n'ai pas accordé l'importance qu'il fallait à cette invention. Je ne l'ai pas utilisée moi-même, c'est mon supérieur qui l'a branchée et l'a manipulée, et je ne faisais qu'écouter ses commentaires et prendre des notes. Le padre Ernetti est venu en personne avec l'appareil dans une petite fourgonnette. Il se tordait continuellement les mains, semblant pris de remords. Il n'arrêtait pas de demander pardon pour avoir mis au point cet appareil. On ne parvenait pas à le faire taire. Nous n'avions pas entendu parler de cet appareil auparavant. Nous n'avons été informés de sa fonction que le jour de son arrivée. J'avoue qu'il régnait autour de cette affaire une ambiance de secret inhabituelle. Nous avons ici de très vieux grimoires qui contiennent des informations extrêmement importantes et je peux vous citer par exemple.. »

- « Cela suffit Enio, contentez-vous de répondre aux questions et souvenez-vous que vous êtes tenu à la discrétion sur les objets que vous gardez. Madame Gomez n'est d'ailleurs pas venue pour vos vieux grimoires, aussi vieux fussent-ils »

- « Excusez-moi. Je m'en souviendrai. Donc, la machine fut descendue entière dans notre cave, et le père Ernetti l'a branchée et mise en route à notre demande. Nous étions quatre personnes présentes, mais je suis le seul encore en vie. Il fallait attendre plusieurs minutes que l'écran chauffe, puis le père Ernetti nous a démontré comment elle fonctionnait. C'était ahurissant. Il a pris un tube métallique en main, raccordé par un fil à la machine, puis a placé une photo de son village natal devant un tube et nous avons vu apparaître la place d'un petit village. C'était assez flou et les couleurs ne semblaient pas correctes, les bords s'estompaient, mais parfois l'angle de vue bougeait et ce qui était flou devenait net. Parfois il y avait des saccades dans la scène, et parfois des objets brillaient de manière inhabituelle. On voyait même des personnes se déplacer sur la place. Ils avaient clairement des vêtements d'avant-guerre, et les rares voitures visibles étaient aussi de cette époque. Il tournait des boutons pendant ce temps et la scène ou l'époque semblait changer. Puis il a placé une photo de sa maman devant l'appareil et nous avons vu en gros plan apparaître une dame souriante. Nous avons pu comparer et c'est vrai que les deux femmes se ressemblaient. Celle sur l'écran semblait plus jeune. Elle semblait tantôt vaquer à des tâches ménagères, tantôt regarder l'écran en souriant, et parfois marcher dans la rue. Il fallait un certain temps pour que la première image d'un souvenir apparaisse, mais après le film, -si on peut appeler cela un film- l'image était fluide, sauf quand il y avait des saccades. Ensuite, il remplaça la photo de sa maman par celle d'un avion. Il s'empara des réglages et nous demanda d'être attentif et de ne pas faire de bruit.

Après quelques secondes, nous vîmes apparaître une foule immense dans une grande prairie, puis un point noir dans le ciel grossir et devenir un biplan. C'était l'arrivée de l'avion de Lindbergh, le premier avion à avoir traversé l'Atlantique en réalisant le trajet de New York à Paris sans escale. Après nous avoir laissé voir la foule assaillir l'avion une fois arrêté, Ernetti débrancha l'appareil et pivota sur la chaise. Il nous dit que c'était aussi simple et facile que cela. Qu'il suffisait de poser un objet ou une photo devant ce tube sortant de son appareil pour voir apparaître des souvenirs relatifs à la cible choisie. Les boutons lui permettaient de naviguer dans les souvenirs associés à cette cible. Autant vous dire que nous n'avions pas vraiment cru à cela. Tout avait été très vite, et notre travail n'était pas de déterminer le bien-fondé de ce qu'il disait. Nous devions archiver l'appareil après avoir vérifié son fonctionnement, un point c'est tout. D'ailleurs si on devait vérifier toutes les informations que nous devons archiver ici, vous seriez drôlement étonnée. Tenez l'année passée nous avons reçu d'Égypte … »

- « Enio ! »

- « Pardon Monseigneur, c'est l'émotion. Ce n'est pas tous les jours que j'ai de la visite, et encore moins une femme. Oui, où en étais-je ? Ah, oui, le père Ernetti voulait partir le plus vite possible, torturé autant pas le mauvais usage qu'on pourrait faire de sa machine que la perte de son enfant comme il disait. Nous l'avons reconduit à sa fourgonnette après lui avoir fait signer les papiers habituels. Puis, nous sommes redescendus et avons rebranché l'appareil. Nous l'avons tous essayé, mais nous ne sommes pas parvenus à manipuler correctement les réglages. Nous ne pouvions visualiser que des souvenirs récents, ou obtenir des écrans flous. Nous n'avons, je l'avoue, pas essayé longtemps, nous sentant déjà coupable d'essayer d'accéder à des choses qui ne relevaient pas de nos compétences. Nous étions là pour la ranger en lieu sûr et pas pour jouer avec elle. Voilà, c'est à peu près tout ce dont je me souviens. »

- « Avait-il apporté des documents, des plans avec la machine ? »

- « Non, absolument rien. La machine consistait en un meuble métallique, avec l'écran sur le dessus, et dessous, une grosse boîte. Le tube métallique était raccordé à la boîte, et cette dernière raccordée à l'écran par un gros câble. Je me souviens qu'environ dix ans plus tard, lors d'une tournée d'inspection nous avons observé des efflorescences sortant des bords de l'écran. Plusieurs articles sur le chronoviseur ont été publiés dans la presse à sensation, et certains comportaient une photo de l'appareil, mais je peux vous assurer qu'il ne s'agissait pas de celui que nous avions reçu. D'autres, montrent le père Ernetti devant un banc d'optique équipé d'une caméra, mais nous n'avons pas reçu cela et le père n'en a pas parlé.»

- « Avez-vous une idée du procédé utilisé par le père Ernetti ? »

- « Non, nous n'avons pas la moindre idée. Dès que nous avons été prévenus de l'existence de cette machine, nous avons exigé sa confiscation, et, avec l'aide du gouvernement, avons obtenu sa garde. Au moins nous en savions, au mieux nous pourrions éviter qu'elle ne soit reconstruite. Évidemment, maintenant, nous nous rendons compte que nous avons sans doute fait une erreur, soit de n'avoir pas détruit cette invention, soit de ne pas l'avoir mieux étudiée. »

- « Merci monsieur. Monseigneur, puis-je vous poser quelques questions qui n'ont pas un rapport direct avec la machine, mais dont les réponses pourraient m'aider à mettre la nôtre au point ? »

- « Oui, bien sûr, c'est d'ailleurs pour cela que j'ai fait venir plusieurs personnes qui travaillent sur des sujets connexes. Allez-y, je vous en prie. »

- « Pouvez-vous me dire si vous voyez une quelconque relation entre cette machine et la tour dans la cave de laquelle elle a été entreposée ? Était-ce voulu et si oui pourquoi ? »

Susan observe le pape qui semble se référer aux autres personnes présentes pour obtenir un assentiment discret. Après quelques secondes de flottement, il opine de la tête vers un des spécialistes semblant vouloir prendre la parole.

- « Je suis Pietro Padoue, en charge de l'histoire de notre religion, ou plutôt de ses universités et de ses matières enseignées. J'ai lu vos articles et suis au courant de vos recherches. Nous acceptons de vous livrer ici certaines informations, mais aimerions que cela reste entre nous. Nous espérons que cela vous aidera à recréer une machine et combattre nos voleurs s'ils devaient être animés d'intentions malveillantes, mais nous ne voudrions pas que ce que je vais vous dire devienne public. »

- « Vous pouvez compter sur moi, je suis habituée et habilitée à garder de l'information confidentielle. »

- « Vous le savez, depuis des millénaires, l'homme a étudié l'influence des astres sur sa destinée et deviné que certaines planètes avaient effectivement une influence sur sa capacité à faire telle ou telle chose, que ce soit par leur position lors de sa naissance ou plus tard à certains moments précis. Se contentant au début à des constructions immobiles orientées sur ces positions précises, il a construit des machines dès qu'il le put, et déjà il y a deux mille cinq cents ans, il disposait d'appareils capables de lui donner la position de n'importe quel astre à tout moment. Très vite il s'est rendu compte que Vénus jouait un rôle primordial dans la capacité de voir dans l'avenir. Les

34

rois et les empereurs en ont fait un secret soigneusement tenu à l'écart des populations. Des sectes comme celle des Mystères d'Eleusis ne transmettaient ce savoir qu'à de rares élus au terme d'une longue initiation, mais tous les rois du monde disposaient de leur salle secrète réservée à cette initiation, qu'ils nommaient divinisation. Elle devait être cooptée par douze autres initiés, comme, je ne vous le fais pas dire, dans la dernière cène avec Jésus. C'est bien entendu pour sa trop grande propension à délivrer au peuple des connaissances réservées à l'élite qu'il fut éliminé. Il ne comprenait pas qu'un certain savoir soit réservé à l'élite, que ce savoir soit celui de la domination, ou de la raison d'être de l'Univers …».

- «Je vous demande pardon, mais à quoi venez-vous de faire allusion ? »

À ce moment, le pape lance un regard ferme vers Pietro.

- «Je suis désolé, je crois que cela sort du cadre de notre réunion. Je ne peux vous en dire plus à ce sujet. Je voulais parler de la mainmise des rois et empereurs sur l'avenir, donc sur la destinée du monde. Comment croyez-vous que ces empereurs pouvaient conquérir la moitié du monde en seulement vingt ans sans une aide secrète ? »

- «Oui, je suis au courant de cela, les recherches menées par mon compagnon Alex Bergen et moi-même il y a quelques années nous ont démontré tout cela, mais revenons à votre tour des vents. Ce bâtiment est récent, il n'a que quelques centaines d'années, et vous y avez placé un énorme système zodiacal au rez-de-chaussée. Quel est le rapport entre cela et votre observatoire astronomique situé sur le toit ?»

- «Eh bien, notre Église possède une face sombre, dont nous préférons ne pas parler, mais ici cela s'avère nécessaire. Nous avons bien entendu récupéré le savoir lié à ce secret utilisé par les rois et empereurs, mais l'avons utilisé pour améliorer la situation de notre empire religieux, plus pour nous protéger que pour conquérir. Toutefois, nous fournissions des services et les jésuites ont été pendant longtemps les spécialistes dans ce domaine. Ce sont eux qui ont installé des systèmes de ce genre dans le monde entier, de l'Écosse à la Chine. Nos universités ont enseigné pendant près de mille ans ce savoir, puis le Siècle des Lumières et ensuite la révolution industrielle ont estompé notre pouvoir et l'importance de ce savoir. Catherine de Médicis fut la dernière reine à utiliser un tel système, mais nous avons gardé des personnes formées dans beaucoup d'églises jusqu'au 19e siècle. On les nommait des reclus et la France en comptait encore plus de 200 à cette époque. Enfermés dans des pièces minuscules, par leurs visions prémonitoires, ils prévenaient la population des dangers imminents. Nous n'avons pas cessé pendant près de deux mille ans de tenter d'améliorer notre connaissance de l'art de la clairvoyance, et nos outils principaux étaient l'astrologie et la connaissance des astres, ce qui répond à votre question et explique la présence de ce zodiaque et de notre télescope sous le même toit. Mais depuis plus d'un siècle, cette pratique est tombée en désuétude, certains, depuis le Siècle des Lumières comme je vous l'ai dit, n'ont plus accordé de credo à ce savoir et préféraient s'en remettre à la science pure et dure qui rejetait tout ce qui n'était pas matériel. »

- « Auriez-vous en deux mille ans, découvert quelque chose de plus qu'il me serait utile de savoir ? »

- « Oui, nous pouvons vous parler de certaines choses, mais pas de tout. Nous avons étudié discrètement les pouvoirs paranormaux. Nous nous devions de savoir à quoi nous en tenir eu égard aux apparitions mariales, aux miracles, aux médiums, aux envoûtements, aux personnes qui reviennent de la mort, aux fantômes et à ceux qui prétendent parler aux morts, et même aussi aux extraterrestres et à leurs soucoupes volantes. Notre position actuelle est que tout cela existe, mais n'est pas ce que l'on croit. Nous rejoignons votre théorie, ou en tout cas votre compréhension actuelle du paranormal et de tout ce que je viens de citer, mais il y a tout un pan lié à cela que nous préférons ne pas aborder avec vous. Il est trop intimement lié à la religion et à Dieu que pour pouvoir en discuter sans préparation, et d'ailleurs ce n'est pas notre volonté. »

Le pape après avoir fait cette remarque se tourna vers ses spécialistes, d'un air à leur montrer qu'il désirait en rester là. Ceux-ci se tournèrent vers Susan, montrant qu'eux non plus ne diraient plus rien.

- « Eh bien il ne me reste plus qu'à vous remercier pour ces informations. Je vous tiendrai au courant de nos progrès et de votre part s'il vous revenait quelque chose, n'hésitez pas à nous le faire savoir. »

Susan fut reconduite aux portes du Vatican, se demandant où avaient été élevés ces gens pour ne pas lui avoir offert ne fusse qu'un café, elle qui venait de traverser la moitié du globe pour les rencontrer, alors que c'étaient eux qui avaient généré le problème. Tout en maugréant, elle ne se rendit pas compte qu'une petite Vespa s'était mise en route et suivait maintenant son taxi. Rentrée à son hôtel, elle se changea et mit un simple pantalon fuseau rouge et un chemisier léger avec des escarpins à talon plat, pour aller dîner. Il est encore tôt sans doute pour les Italiens, mais elle est fatiguée et ne se sent pas l'âme de veiller tard. Elle est déjà venue à Rome plusieurs fois et sait où se rendre pour bien manger. Elle a d'ailleurs choisi son hôtel en fonction de cela. Avant de sortir, elle a téléphoné en Belgique à un homme spécialisé dans la divination et la clairvoyance religieuse, Louis van Hecken. Elle voulait lui annoncer son arrivée le surlendemain. Contente d'avoir confirmé cette prochaine rencontre, elle marche d'un pas rapide vers l'un de ses petits restaurants préférés. Encore un coin, traverser la route, et elle verra le petit porche donnant sur quelques marches d'un un sous-sol voûté du plus bel effet. Elle se régale déjà des légumes frais, des cèpes et du poisson qu'elle sait qu'elle va commander. Le serveur ne la reconnaît pas, mais c'est bien normal. Ils doivent voir des milliers de touristes qu'ils ne reverront jamais et ne font donc pas l'effort de mémorisation. Susan ne s'en vexe pas et commande rapidement son repas. Dehors, entre deux voitures parquées, se trouve une Vespa encore chaude…

En rentrant tôt de son délicieux repas typiquement italien, Susan ne remarquera pas que sa chambre a été visitée.

C'est vers trois heures du matin, alors qu'elle ne trouve déjà plus le sommeil, qu'en se levant pour se rendre dans la salle de bain qu'elle voit quelque chose d'anormal. Elle referme toujours la tirette de sa serviette vers l'avant, afin de la garder en vue lorsqu'elle se trouve dans un endroit public, craignant trop les voleurs. Or, elle se trouve tirée de l'autre côté, chose qu'elle ne fait jamais. La saisissant, elle la vide sur son lit et entreprend d'en faire l'inventaire. Rien n'a disparu, et un rapide contrôle de sa valise lui démontre que là non plus rien n'a été volé. Dépitée et contrariée, Susan se résigne à conclure qu'elle est déjà suivie et que des gens au courant de son voyage sont venus visiter ses notes, et certainement en prendre des photographies. Elle empoigne le téléphone et appelle Alex pour le mettre au courant. Ils vont devoir redoubler de prudence et de discrétion. Elle ne laissera plus ses notes dans sa chambre, et prendra garde de ne pas être suivie. Elle espère que ses visiteurs ne sont pas au courant de son déplacement en Belgique.

Résignée, elle cherche la télécommande et allume la télévision. Ces Italiens semblent n'aimer que les shows et les décolletés. Susan, déçue et fatiguée, tombe endormie en travers de son lit, les rires de la télévision ne parvenant pas à la maintenir éveillée.

Chapitre 5

19 octobre 2013, Meerhout, Belgique

Susan a pris l'avion pour Bruxelles, où elle a loué une voiture pour se rendre à une cinquantaine de kilomètres de là, où habite celui qu'elle va rencontrer. À Rome elle circulait à pied ou en taxi, mais ici, en conduisant sa voiture pour sortir de Bruxelles, elle se rend compte combien tout est plus petit sur ce continent. Les voitures se frôlent sans cesse, accélèrent et freinent sans raison. Elle doit tout le temps regarder dans ses rétroviseurs et faire très attention aux indications du GPS car là aussi, les croisements et les embranchements sont tous plus rapprochés que dans son pays. On dirait que tout a rétréci ici. Un peu avant midi elle arrive chez l'érudit, ce spécialiste de Hildegarde von Bingen. L'homme vit dans une petite maison sans prétention en bordure de la route principale de son village. Son intérieur est très simple. Son bureau se trouve juste à droite de l'entrée, son salon à gauche, et dans le fond une pièce qui fait office de cuisine et de salle à manger. En survolant le pays avant d'atterrir, elle a remarqué que presque toutes les maisons ont des annexes, sans doute des ateliers, des cuisines ou des salles de bains rajoutés au fil des ans et du niveau de vie qui a augmenté au siècle dernier. Elle en déduit que la plupart de ces maisons ont dû être construites au temps où il n'y avait pas encore d'eau courante et de salle de bain. Son hôte la fait entrer dans son salon où il a préparé des galettes et du café. Susan s'attendait à trouver des « Belgian waffles », mais ces galettes sont plus grandes et plus dures. Elle l'observe tremper la sienne dans son café avec un grand naturel. Etrangement il la reçoit ainsi dans le canapé, avec ses galettes disposées comme une offrande sur la table basse du salon. Louis van Hecken est un des meilleurs spécialistes de cette religieuse qui eut des visions toute sa vie. Susan voulait en savoir plus sur ce qu'elle a vraiment vécu et a profité de son voyage en Europe pour le rencontrer.

- « Alors, dites-moi ce qui vous amène, que je sache comment je peux vous aider ».

À entendre son anglais, elle comprend que le français n'est pas la langue maternelle de ce chercheur. Son anglais est très bon, trop bon pour un francophone. Il doit parler cette deuxième langue qui divise le pays. Elle se souvient qu'il y a presque dix ans, ce pays avait vécu sans gouvernement pendant presque deux ans à cause de ces disputes. Or pour ce qu'elle avait vu dans les rues, tout paraît calme dans ce pays. Se reprenant, elle répond au spécialiste :

- « C'est compliqué.. Je suis en partie mandatée par le gouvernement américain et le Vatican pour mener une enquête sur un vol, un vol particulier qui pourrait avoir de graves conséquences....». Susan commence alors à expliquer à Louis l'histoire du Chronoviseur. À voir la tête du savant, elle comprend qu'il n'a jamais entendu parler de cette invention.

- « Mais savez-vous au moins si cette machine fonctionnait ? » demande-t-il lorsqu'elle se tait.

- « Non, nous n'en sommes pas certains, et toutes les personnes impliquées dans sa mise au point sont aujourd'hui décédées. Le Vatican à l'époque de sa confiscation n'a pas désiré utiliser la machine, ni pour des recherches, ni pour mener sa politique. Nous ne savons pas non plus si elle aurait été capable de visualiser le futur, mais nous ne voulons pas courir le risque d'être devancés. Les résultats du projet STARGATE laissent penser que ce serait possible... »

- « Le projet STARGATE ? »

- « Oui, excusez-moi, je dois aussi vous expliquer cela. Ce projet a duré plusieurs dizaines d'années, d'abord au sein du Stanford Research Institute fin des années 60, puis dans d'autres endroits, mais toujours pour des besoins stratégiques ou militaires et à la demande de la CIA, du Pentagone et enfin de SAIC, la société pour laquelle je travaille. Ce projet a démontré qu'il était possible de voir à distance ou dans le futur des objectifs souvent situés derrière le rideau de fer.

- « Dans le futur ? »

- « Exactement, aussi étrange que cela puisse paraître, ils avaient mis au point une méthode pour maîtriser la clairvoyance, ou plutôt l'améliorer jusqu'à avoir un taux de réussite de 65% »

- « Mais que veulent dire ces 65% ? »

- « Disons pour faire simple que 65 fois sur 100 l'équipe parvenait à décrire la cible de telle manière qu'il ne puisse y avoir de doute une fois l'information vérifiable. Vous vous doutez qu'il a parfois fallu attendre des années pour vérifier. »

- « Et qu'est-ce que je viens faire là-dedans ? »

- « Nous ne pouvons négliger aucune piste. Si les voleurs de cette machine parvenaient à la faire fonctionner, et qu'elle peut leur permettre de voir l'avenir, cela représenterait un risque capital pour l'humanité. Je ne peux vous révéler la nationalité des voleurs, mais sachez qu'ils ne sont pas du genre à partager leurs connaissances. Dans ce cas, nous devons tout faire pour lutter à armes égales avec eux, et tenter de réinventer une machine identique, ou plus performante. Le projet STARGATE a démontré qu'il était possible de lire dans le futur, mais les limites de cette approche ont été clairement atteintes. Je suis chargée d'établir une liste des options possibles et à ce titre j'ai imaginé de voir ce qui caractérisait les personnes ayant eu des visions prémonitoires récurrentes pendant leur vie, et Hildegarde en est une. Il existe peu de documentation sur son compte, et vous êtes le meilleur spécialiste. Voilà pourquoi je suis ici, pour vous demander de me dire ce que vous savez des dons de clairvoyance de cette femme.»

- « Ouh ! en voilà une question… Personne ne me l'a jamais posée. En fait Hildegarde a produit deux catégories d'ouvrages ; des encyclopédies et des livres de visions. Elle fut ainsi au XXIIe siècle, la plus grande femme écrivain, le plus grand compositeur de musique, l'auteur des plus anciens recueils de pharmacopée, et fut encore remarquée pour ses autres écrits sur l'architecture, la chimie, la diététique, le théâtre, et encore aussi pour ses enluminures.

Comme vous voyez, elle ne manquait pas d'inspiration. Mais parlons de ses visions. Elle en écrivit plusieurs tomes, consacrés à divers sujets comme Dieu, l'Univers, l'homme, etc.. »

- « Avez-vous lu ses ouvrages de visions ? »

- « Bien sûr, mais tout cela semble très hermétique et vu de notre époque assez vain et plus vraiment approprié »

- « Mais avait-elle un truc, une méthode pour avoir ces visions ? »

- « Elle fut en fait formée à cela, par une ancienne recluse. Avez-vous déjà entendu parler des reclus ? »

- « Oui, lors d'une précédente mission, j'ai dû me plonger sur des bâtiments étonnants sans doute utilisés par des reclus ».

- « L'église a utilisé des reclus, pour leur service et celui des villes où ils se trouvaient. Au 19e siècle, on comptait encore plus de 200 reclus en France ! Comme vous le savez donc, les reclus sont enfermés à vie dans une toute petite cellule attenante à une cathédrale, un cloître ou un château fort. Leur but est d'avoir des visions, de préférence prémonitoire ou de clairvoyance ». Aucune information ne nous est parvenue sur la technique utilisée, sans doute ce savoir devait-il rester secret. Hildegarde n'a pas non plus donné d'information sur la technique qu'elle utilisait, je suis désolé de vous décevoir. Mais je me souviens d'une information étonnante ; avant d'avoir ses visions, elle voyait souvent des boules de feu tourner autour d'elle. »

- « Des boules de feu ? »

- « Oui, attendez, laissez-moi vous retrouver un passage intéressant…
Ah, voilà : …/dans ce ciel aussi, je distinguais un
globe de feu ardent d'une certaine grandeur ; et au-dessus de lui, deux étoiles placées ostensiblement, qui retenaient le globe lui-même, pour qu'il n'excédât pas le but de sa course; et dans le même ciel, beaucoup d'autres sphères lumineuses étaient placées de toutes parts, parmi lesquelles, le même globe se déversant un peu, envoyait par instant sa lumière ; et recourant au premier globe de feu embrasé, pour restaurer sa flamine, l'envoyait de nouveau vers les mêmes sphères. Cet extrait est tiré de son troisième livre de visions. Elle a aussi

produit des « scivias » une autre série de livres de visions, mais plus en rapport avec la Bible.

Elle écrira dans la préface de ces Scivias ceci …/Je dis et j'écrivis ces choses, non selon l'invention de mon coeur ou d'un autre homme, mais comme je les vis dans les sphères célestes /…»

- « Eh bien, on ne peut être plus précis, c'est vraiment étonnant ce que vous me dites là. Vous ne pouvez pas savoir à quel point cela m'interpelle »

Susan devient songeuse et repense à ses aventures en Écosse, où elle assista à un ballet de sphères lumineuses près d'une tour moyenâgeuse (voir « Le savoir Perdu, du même auteur).

- « Que voulez-vous dire ? »

- « Eh bien, cette histoire de boules de feu, ou de sphères lumineuses semble un élément clé dans certaines expériences de clairvoyance, tout en n'étant pas obligatoirement liée au processus lui-même. Nous avons construit une machine censée augmenter les capacités de clairvoyance, et lorsque nous l'avons utilisée, de telles sphères sont apparues. Certains êtres humains semblent aussi capables de ressentir leur présence, ou même de les faire apparaître. On ne sait pas ce que c'est. Certains disent que ce sont des ovnis, d'autres des phénomènes naturels encore inexpliqués. D'autres encore, comme Carl Jung, pensent qu'elles sont liées à l'apparition de mythes. Une dernière explication assez invraisemblable prétend qu'elles sont les âmes d'extraterrestres venus sur notre planète il y a des milliers d'années, sans doute les anges déchus dont parle la Bible et le livre d'Enoch. Leur enveloppe charnelle serait morte, mais leur esprit survivrait et aurait même la capacité de maîtriser la matière et ainsi de se matérialiser sous diverses formes.

Malgré nos efforts, nous ne sommes pas parvenus à trancher parmi toutes ces théories. »

- « Vous en avez déjà vu ? »

- « Oui, dans le désert du Nevada et en Écosse. J'avoue que c'est impressionnant. Elles ne sont pas grandes, sans doute quelques dizaines de centimètres. Elles volent souvent en formation, peuvent fusionner, et semblent intelligentes. »

- « Wow, j'aurais voulu voir ça ! »

Après un moment de silence, Susan pense qu'il est temps de quitter son hôte.

- « Mais comme je vous le dis, nous n'en savons pas plus. Ce phénomène reste insaisissable et agit toujours en fonction des moyens de mesures que nous déployons, afin de ne jamais nous permettre de mieux le connaître. Avez-vous d'autres informations liées aux visions de Hildegarde ? »

- « Hélas non, je vous ai résumé là ce que je voyais de mieux pour illustrer votre question. Hildegarde était une personne sans éducation, elle savait à peine écrire et se faisait aider. N'oubliez pas cependant qu'elle fut formée par une recluse, mais comme je vous l'ai dit, nous n'avons pas plus d'informations sur cette pratique, comme vous sur ces sphères. »

- « Bien, je vous remercie en tout cas. Voyez-vous d'autres personnes qui pourraient m'informer sur Hildegarde ou d'autres personnes ayant des pouvoirs de clairvoyance ? »

- « Mmm… je pense que vous devriez aller à la source, non pas au Vatican d'où vous venez, mais à Louvain, aux archives ; ils ont énormément de documents et sont un centre important de par leur ancienneté. »

- « Louvain ? C'est loin d'ici ? »

-« Ah Ah, rien n'est loin en Belgique ! Vous pouvez même y aller cet après-midi, mais mieux vaut vous annoncer et prendre rendez-vous demain. Si vous le permettez, je vais leur téléphoner et vous introduire, comme cela vous ne risquez pas d'être remise à plus tard. »

- « C'est vraiment gentil à vous »

Chapitre 6

20 novembre octobre 2013, Louvain, Belgique

Susan a dormi dans un petit hôtel de Louvain, près du vieux quartier fait de maisonnettes minuscules, deux pièces superposées reliées par un escalier de meunier. Avant le petit-déjeuner, elle est allée s'y promener et a admiré ces façades peintes en blanc et ornées de pots de fleurs multicolores. Après s'être presque perdue, elle a pu rejoindre son hôtel, déjeuner puis se diriger vers l'adresse de son rendez-vous. C'est là que sont conservés plus d'un million de documents historiques du monde catholique. Après les archives du Vatican, ce sont sans doute les plus importantes au monde. Susan se présente et on l'introduit sans la faire attendre dans une pièce chichement meublée, mais dont les grandes fenêtres donnent sur une cour interne très ancienne et entourée d'un promenoir bordé de colonnes. Mais Susan n'a pas le temps de contempler plus longtemps cette cour, car voilà déjà quelqu'un qui rentre.

- « Bonjour, je suis le père Albert » dit-il dans un anglais hésitant.

- « Merci de me recevoir si vite. Rassurez-vous, je parle français. En fait je ne sais pas si vous pourrez m'aider, mais on m'a conseillé comme j'étais en Belgique, de venir vous voir. » Susan lui explique alors toute l'histoire du vol, ainsi que ce qu'elle sait de Hildegarde et des reclus.

- « Je vois, effectivement à première vue, je ne vois pas comment je pourrais vous aider, mais sachez que je comprends bien le sérieux de la situation. Permettez-moi de donner un coup de téléphone… »

L'homme quitte la pièce quelques minutes puis revient avec un sourire sur le visage.

- « Je pense que vous allez être contente. Je me suis souvenu d'une thèse de recherche effectuée il y a bien longtemps sur les reclus. La ville de Louvain a compté jusqu'à cinq reclusoirs au moyen-âge, ces pièces où on enfermait les reclus ou recluses. À l'époque, les ermites et les reclus étaient considérés comme les êtres les plus proches de Dieu, ceux le plus capable de communiquer avec Lui. Plus tard, entre le 15e et le 18e siècle, ces pièces et tout ce qui était relatif à cette activité ont été détruits. Mais lors de la restauration d'une ancienne église de la ville, nous sommes tombés sur un double mur contenant le cercueil de plomb d'une ancienne recluse, et ce cercueil contenait également un livre. Ce livre a été daté du 9e siècle. Il contient de nombreux dessins, mais aussi des textes. C'est en fait un mode d'emploi de la clairvoyance pratiquée par les reclus de l'époque ; c'est un ouvrage exceptionnel, unique en son genre, mais nous n'avons pas attribué beaucoup de sérieux à cette pratique. D'après vous, nous nous sommes trompés. Je suis donc heureux de pouvoir vous donner accès à ce livre si cela pouvait vous aider. »

Susan n'en croit pas ses oreilles. Voilà un élément qui pourrait effectivement les aider au-delà de leurs espérances.

- « Oh, je serais vraiment honorée. Ce que vous me dites est même incroyable. Comment se fait-il que cette découverte ne soit pas plus connue ? »

- « Vous savez, nous avons notre « fonds de commerce » et ne désirons pas le galvauder, mais il y a une autre raison. Nous faisons des recherches scientifiques aujourd'hui, et non plus de l'astrologie comme il y a cinq cents ans. Nos recherches sont en grande partie payées par des subsides, et nous recevons ces subsides en fonction des articles que nous publions. Croyez-vous que nos recherches seraient encore prises au sérieux si nous commencions à parler de clairvoyance ? »

- « Cela peut changer, mais je vous comprends. Bon sang, comme l'homme peut être mesquin, borné, et par là mettre des œillères à la recherche et de là restreindre le champ des découvertes. »

- « D'ailleurs, je vous serais reconnaissant de garder cette information pour le seul usage de votre projet, et de n'en rien divulguer dans le domaine public. Je ne désire pas qu'on vienne dire que nous faisons de la clairvoyance.»

- « Comptez sur moi, je vous le promets. »

Sur ces entrefaites, un homme rentre dans la pièce, tenant une grande boîte dans les bras. Il la dépose avec soin sur la table et s'éloigne sans bruit.

L'interlocuteur de Susan s'en approche et en retire le couvercle. À l'intérieur, un gros grimoire en mauvais état, et un disque étrange, fait de cercles métalliques enchevêtrés.

- « Quel est cet objet à côté du grimoire ? »

- « On ne sait pas exactement ce que c'est. Cela se trouvait à côté du grimoire dans le cercueil. Nous n'avons pas connaissance d'un autre exemplaire dans les musées ou dans nos archives, mais nous savons ce qu'il représente. C'est une fleur de vie. Regardez, ce sont des cercles de mêmes dimensions disposés à distance égale et inscrits dans un plus grand cercle. On a retrouvé un tel dessin dans de vieux temples égyptiens datant de 3.000 ans avant Jésus-Christ, mais c'est le seul artefact que nous connaissions où les cercles ne sont pas dans le même plan. Ils sont en cuivre en fait.

- « Mais à quoi cela pouvait-il bien servir ? C'est trop grand pour être un pendentif, et cela devrait être important si elle a voulu l'emporter avec elle dans son cercueil, comme le grimoire. »

- « C'est en fait le seul cercueil de recluse connu. Elle devait être très spéciale que pour avoir son corps caché dans un double mur, et que son grimoire et cet objet soient mis avec son corps »

- « Et qu'avez-vous découvert en lisant le grimoire ? Peut-être y parle-t-on de cet objet ? »

- « À vrai dire, pour être honnête, cette boîte était remisée dans un endroit spécial, très spécial, celui des objets dont on ne parle pas, des livres dont la lecture est interdite. C'est à titre tout à fait exceptionnel qu'un étudiant y a eu accès, et c'était dans un but purement historique et non technique ou même archéologique. Aussi, l'étudiant a dû consulter le grimoire sur place, n'a pas pu prendre de copie et n'a pas vu l'objet. Personne chez nous n'a désiré lire le contenu du grimoire. Vous savez, nous avons nos convictions, notre Foi, et nous ne désirons pas en être détournés par des lectures faisant référence au Diable ou à toute chose contrôlée par Lui. Depuis quelques siècles, la clairvoyance est rangée dans le domaine du Malin. Ne nous en veuillez pas, c'est une manière de nous protéger. Non pas que nous sommes contre le progrès, au contraire, mais il y a des choses dans le passé qui ne sont pas bonnes à retourner ou à faire revivre. J'ai compris votre problème, et je crois qu'il est de mon devoir de vous confier le contenu de cette boîte. Faites-en bon usage, mais comme je vous l'ai dit, je vous conjure de ne pas rendre public son contenu. »

Susan a du mal à croire ce qu'elle entend. Elle va ainsi recevoir un livre vieux de plus de mille ans et donnant des détails sur une des pratiques les plus mystérieuses au monde, une pratique qui peut remettre en cause la conception que nous avons du temps et de l'espace, et personne n'a encore lu ce livre pour en comprendre le contenu, si ce n'est cet étudiant qui s'est manifestement contenté de relever les dates historiques qu'il contenait. C'est proprement invraisemblable.

- « Écoutez, je ne sais quoi dire, ni comment vous remercier. C'est une occasion formidable que vous nous donnez là. Je vous tiendrai au courant de l'intérêt du contenu du livre. »

- « De rien, faites au mieux. L'Église vous fait confiance. »

Chapitre 7

20 novembre 2013, Bruxelles, Belgique

Susan a regagné son hôtel à Bruxelles. Il se trouve entre la gare Centrale et la Grand Place. Ainsi elle pourra aller se promener dans les vieux quartiers de cette capitale et admirer toutes ces façades incroyablement décorées et parfois vieilles de mille ans. Pendant le trajet du retour, dans le train la ramenant de Louvain à Bruxelles, elle n'a pu s'empêcher de déjà jeter un coup d'œil au grimoire. Il est en mauvais état, mais son contenu est encore parfaitement lisible. C'est du vieux français et elle n'y comprend rien. Elle devra faire appel à un service de traduction. Elle sait déjà à qui s'adresser ; une ancienne collègue de son université. Elle est impatiente de connaître le contenu de ce document. Il fait plus d'une centaine de pages d'une écriture serrée, sans dessins ni enluminures. Elle croit bien qu'il s'agit d'un genre de manuel, à voir la structure du texte, et donc pas d'un récit autobiographique ou d'un carnet de notes. Ayant remis le livre dans sa boîte, elle s'est emparée de l'objet étrange, et l'a pris dans sa main pour la première fois. Il est étonnamment lourd. À certains croisements des cercles se trouvent enchâssées de petites pierres, sans doute précieuses. Celle du milieu, plus noire que les autres, lui donne l'impression d'être vivante quand elle la touche. Elle sent comme un fourmillement étrange. Il faudra qu'elle demande aussi une analyse de la composition de cet objet.

À l'accueil de l'hôtel, un message l'attendait, venant de ses supérieurs. On lui demande de se rendre tout près de son hôtel, dans un temple franc-maçon. Le message dit qu'à côté de ce temple se trouve le musée de la franc-maçonnerie, et que ce musée à ceci d'exceptionnel qu'il contient une bibliothèque regroupant des ouvrages de toutes les obédiences, les obédiences étant des courants philosophiques caractérisant des regroupements de loges. Ainsi certaines sont plus croyantes que d'autres, d'autres sont ouvertes aux femmes, etc..

Prenant à peine le temps de mettre la boîte dans le coffre de sa chambre, elle repart directement pour le temple maçonnique. Heureusement qu'il ne fait pas trop froid. Elle pensait qu'il allait faire plus frisquet que cela, pour une ville située nettement plus près du pôle Nord que New York.

Après dix minutes de marche à peine, elle se trouve devant une porte anonyme, avec juste une minuscule sonnette et rien marqué dessus ! Elle regarde encore son message, mais c'est bien la bonne adresse. Hésitante, elle appuie sur le bouton et attend. Aucun son n'a retenti de l'autre côté, mais après un long moment des pas se font entendre et un homme habillé normalement lui ouvre. Devant son air étonné, l'homme lui explique qu'elle se trouve dans un bâtiment annexe au temple et au musée, et que les maçons n'y portent jamais leurs habits rituels. Il lui signale que si elle est intéressée elle pourra faire un tour du musée et y admirer les plus beaux tabliers et bijoux de maçons. Sachant manifestement qui elle était l'homme la guide dans un dédale de petits escaliers pour finalement arriver dans la toiture de l'immeuble, où se trouve la fameuse bibliothèque. De longues rangées de vitrines recèlent ici des livres consacrés à la franc-maçonnerie, mais aussi des planches, terme utilisé dans leur jargon pour désigner un travail qu'un frère doit réaliser pour monter de niveau. L'homme se retourne et lui demande de lui préciser le motif de sa visite ; visite annoncée par un de ses frères vivant aux États-Unis, mais sans plus d'information que de lui ouvrir toutes les vitrines de la bibliothèque, y compris celles qu'on n'ouvre en théorie jamais pour un profane.

Susan lui réexplique l'histoire du vol et de la raison de son voyage en Europe. Au fur et à mesure qu'elle parle, elle voit son interlocuteur prendre un air de plus en plus dépité. Une fois terminé, il lui annonce en effet qu'il ne pourra pas l'aider. Il connaît le contenu de ses archives et sait que le sujet de la clairvoyance y est totalement absent, et encore plus celui d'une hypothétique machine. Il lui explique que les loges actuelles sont toutes récentes de quelques siècles, et que ce n'est que pour le décorum que les salles sont décorées comme des temples égyptiens. Mais l'homme lui suggère de rendre visite aux rosicruciens, dont le centre national n'est pas loin. Il lui donne l'adresse, lui explique comment s'y rendre et lui conseille de dire qu'elle vient de sa part. Si elle se dépêche, elle pourrait encore être reçue. Susan remercie son interlocuteur et repart déçue de cette entrevue pourtant demandée par son directeur et préparée depuis les États-Unis. Elle se dit qu'ils ne sont finalement pas très au courant du vrai savoir des francs-maçons, tout membres qu'ils en soient. Reprenant le petit plan qu'on lui avait fait, elle constate que son objectif est également à un jet de pierre de son hôtel. Décidément, Bruxelles recèle une forte concentration de cercles mystérieux. Elle espère que celui-ci sera plus prometteur. L'adresse se situe en fait dans une superbe galerie, ornée de cariatides et fermée par une magnifique verrière ; on les nomme galeries de la Reine et du Roi. Elle est en effet coupée en deux par la rue des Bouchers, cette rue où se trouve une concentration phénoménale de petits restaurants aux serveurs très entrepreneurs qui désirent tous vous attirer par de grands gestes dans leur établissement. Ces restaurants font aussi la compétition pour attirer le regard, déployant des trésors d'inventivité pour orner leur devanture de poissons, de crabes et de homards. Qui ne succomberait pas à pareille tentation ? Mais la voilà devant une grande porte verte, au côté de laquelle se trouve une plaque de cuivre renseignant que c'est bien ici que se trouve le siège des Rose-Croix. Elle appuie sur le petit bouton de cuivre et un bourdonnement se fait entendre ; elle pousse la porte et se retrouve devant un escalier. Un panneau indique que les réunions se passent à l'étage. Elle monte en posant les pieds sur un tapis feutré et silencieux, mais arrivée en haut une personne l'attend déjà :

- « Bonjour madame Gomez, mon collègue de la bibliothèque m'a appelé pour m'informer de votre probable passage, et m'a demandé de rester un peu plus longtemps si vous deviez tarder. Il m'a aussi résumé votre demande.»

- « C'est vraiment très gentil de m'avoir attendu, mais j'espère que vous aurez plus de choses à me dire que votre collègue. À propos, pourquoi vous dites-vous collègues ? »

- « C'est assez délicat de vous répondre, mais je vous dirai simplement qu'il existe des passerelles entre nos organisations, et que nous avons quelques points en commun. Je vous rassure tout de suite, mais tiens à calmer votre enthousiasme. J'ai des informations, mais peut-être pas celles que vous recherchez.»

- « Ah bon, expliquez-vous »

- « Suivez-moi, ne restons pas ici sur ce palier où on ne sait pas toujours qui peut nous entendre ».

Arrivé dans un petit bureau, l'homme reste debout et se retourne vers Susan :

- « Les rosicruciens ont comme but de chercher la lumière, par tous les moyens. C'est donc moins un mouvement humaniste comme les francs-maçons qu'un mouvement de recherche plus proche de l'alchimie et de l'ésotérisme, s'il faut utiliser ce mot pour que vous compreniez »

- « Euh.. non, je ne comprends pas… »

- « Autant les francs-maçons philosophent et cherchent à améliorer la société, en se réservant aussi le droit d'y exercer une certaine autorité en y plaçant ses représentants à de hauts postes, autant chez nous, seule la quête du savoir nous intéresse. Nous sommes persuadés que l'homme peut s'élever et atteindre des capacités encore inconnues par la découverte de la lumière, notre pierre philosophale. Nous parlons d'une sorte de clairvoyance, connue autrefois, mais perdue depuis longtemps. Ce dont les premiers alchimistes parlaient. L'étymologie du terme alchimie vient d'ailleurs de Al Kem, Al voulant dire Dieu et Kem Égypte. Alchimie serait donc le Dieu de l'Égypte. Ce Dieu peut aussi être assimilé à Thot, le premier dieu égyptien, l'inventeur de l'écriture, mais aussi celui qui marqua d'une pierre par la même occasion l'oubli des techniques habituelles de mémorisation. Avant lui, tout homme savait aller puiser dans la mémoire collective les informations dont il avait besoin. Comme les animaux d'ailleurs. À force de noter par écrit les informations, l'homme a peu à peu oublié comment se connecter à la mémoire universelle. Mais cette mémoire universelle est aussi bien celle du passé que celle du futur. Comprenez-moi, quand je dis futur, je ne dis pas que le futur est figé, non, il s'agit d'une simulation du futur, mais je ne peux moi-même vous en dire plus. Je n'ai pas beaucoup de notions liées à cela, et c'est justement la raison d'être de notre établissement. Je dois vous avouer qu'autant nous en savons sur l'histoire du passé, autant nous ne sommes nulle part dans la maîtrise de cette capacité de lecture. Elle peut tout aussi bien être appelée la pierre philosophale. Le peuple de la rue croit que c'est une pierre qui transforme le plomb en or, mais il n'en est rien, c'est une science qui permet de lire dans l'avenir, et qui lit dans l'avenir maîtrise les évènements, et peut donc dominer le monde.

Mes collègues passent donc leur temps à étudier l'histoire du passé et les vieux grimoires, mais je dois vous avouer que nous n'avons pas vraiment retrouvé cette pierre philosophale. Vous me dites qu'une machine a été dérobée au Vatican et que cette machine était capable de lire l'avenir ? »

- «Pas vraiment, tout ce que nous en savons est qu'elle peut lire le passé, et qu'elle fut rapidement confisquée par le Vatican. Mais au cas où elle pourrait également lire le futur, son voleur peut rapidement devenir un ennemi de la paix et de nos démocraties s'il devait s'avérer qu'il est animé d'intentions malhonnêtes. »

- « Je vois, et vous auriez aimé que je vous renseigne sur ce que nous savons à propos de lire l'avenir ? »

- «Oui, en effet, mais je crois comprendre que vous aussi n'en savez pas beaucoup plus. »

- « Je l'avoue, mais avez-vous cherché du côté des techniques bouddhistes, des yogis ou des shamans ? »

- « Un de mes collègues a déjà contacté ces courants où la concentration et la méditation sont l'usage, mais aucun n'a fait état de capacités de clairvoyances particulières. Alexandra David Neel parle dans un de ses ouvrages de moines bouddhistes reclus, comme l'a été la personne qui a formé Hildegarde à la clairvoyance, mais même Alexandra n'a pas été informée du but réel de l'emmurement volontaire de ce moine. Soit c'est un secret bien gardé, soit ils en ont perdu la signification réelle. Ne voyez-vous personne que je pourrais rencontrer pendant que je suis en Europe ? »

- « J'ai entendu parler d'un groupe d'étude actif dans le nord de la France, l'IFRES, l'Institut Français de Recherche Spirite. Ils ont construit une étrange cabine expérimentale où ils seraient capables de faire apparaître des formes venant de l'au-delà. »

- « De l'au-delà ? »

- « Oui, enfin, soi-disant de l'au-delà. Ils projettent de la fumée devant l'expérienceur. Sur la fumée ils envoient des lumières et filment le tout pendant que l'expérienceur se concentre sur la fumée. Une équipe analyse les images de la capture vidéo et constate l'apparition de figures de personnes inconnues. Selon eux il s'agirait de personnes décédées, vous savez, comme ces voix entendues sur des enregistrements audio. »

- « Je connais, cela se nomme de la Transcommunication Instrumentale, ou TIC. Mais qu'est-ce que cela aurait à voir avec ma recherche ? »

- « Eux même ne savent pas ce qu'ils captent, et peut-être aurait-ce un rapport avec ce dont vous parler ? Ce n'est pas loin, juste à une heure d'ici. Vous pourriez allez les voir demain ? »

- « Vous avez raison, s'il y a une chance que j'apprenne quelque chose, je préfère la saisir. Si vous pouviez me donner leurs coordonnées ce serait gentil »

Susan prend congé de son interlocuteur et rentre à son hôtel en espérant qu'elle pourra être reçue le lendemain et qu'elle avancera dans sa recherche. Une fois dans sa chambre, elle doit lutter pour ne pas tomber endormie toute habillée.

Chapitre 8

21 novembre 2013, Lille

Susan débarque du train, ou plutôt du TGV qui l'a amenée à Lille en à peine une demi-heure. Une personne l'attend en bas de l'escalator avec un panneau SAIC. Il se présente comme l'initiateur du projet de cabine à projection de fantôme et fondateur de l'IFRES. Sur le chemin les menant à ce qu'il nomme son laboratoire, il lui explique sa démarche. Il lui parle de ces médiums qui étaient capables d'impressionner des négatifs par la pensée, et démontre que sa machine permet de capter toutes les opportunités d'impression, alors que le négatif ne permet qu'une tentative. C'est un peu comme multiplier par 1000 les chances d'obtenir une image venant de l'esprit du médium. Leurs premiers tests ont rapidement démontré qu'il ne fallait pas être médium reconnu pour faire apparaitre des formes dans la fumée. Souvent ce sont des visages, parfois des mains ou des pieds, mais rarement des objets. Le film capture les volutes de fumée est broadcasté en direct sur internet pour éliminer les possibilités de trucage. Au fur et à mesure de la conversation, Susan réfléchit tout en écoutant.

- « Savez-vous ce que vous captez exactement ? »

- « Non, je vous l'avoue, nous n'en avons aucune idée. Nous ne parvenons jamais à reconnaître les visages, et encore moins les mains ou les pieds »

- « Et savez-vous d'où viennent ces images ? »

- « Eh bien, de la tête de l'expérienceur selon nous ? Vous pensez à autre chose ? »

- « Et pourquoi pas du passé, ou du futur ? »

- « C'est possible, mais comme nous ne sommes jamais parvenus à coller un nom sur ces visages, nous ne pouvons dater la personne qui y est représentée »

- « Avez-vous déjà utilisé des médiums comme expérienceur ? »

- « Oui, je vous l'ai dit, mais ces gens travaillent sur base d'objets, de photos ayant appartenu ou montrant des défunts. Et avec notre appareil cela ne marche pas. Ils voient bien des choses dans leur tête, mais elles n'apparaissent pas sur les volutes de fumée. »

- « Avez-vous déjà fait le test avec une personne connaissant la méthode CRV ? »

- « CRV ? non, je ne connais pas cette méthode. De quoi s'agit-il ? »

- « C'est une méthode de clairvoyance créée au Stanford Research Institute dans les années 70, pour un usage militaire pendant la guerre froide. Elle systématise la stimulation mentale en explorant diverses zones de la mémoire. Ainsi, la personne doit simplement répondre par oui ou par non à des questions qui parcourent l'ensemble des attributs possibles d'une cible. J'ai été formée à cette méthode et si vous l'acceptez je pourrais essayer»

- « Bien volontiers. Nous sommes d'ailleurs arrivés »

Susan se trouve face à une simple maison. Son guide lui explique que les moyens financiers sont très réduits et qu'ils n'ont pas les moyens de louer des bureaux. Ils pénètrent dans une sorte de grande pièce dans laquelle se trouve une cabine de bois, comme ces saunas qu'on peut acheter tous faits pour chez soi. Une fenêtre permet de voir à l'intérieur et une multitude de câbles en sortent pour rejoindre un pupitre encombré de divers appareils.

- « Voilà notre bébé, annonce fièrement son guide, tout en actionnant un ensemble d'interrupteurs qui semblent mettre en route divers instruments. Si vous n'y voyez pas d'inconvénients, je vous propose de réaliser immédiatement une séance. Je sais que votre temps est compté. Je vais enregistrer votre séance et vous donnerai une sauvegarde. »

- « Que dois-je faire ? Faut-il un entraînement ?

- « Non, pas du tout. Vous allez pénétrer dans la cabine, vous asseoir, et penser à ce que vous voulez. Vous pouvez garder les yeux ouverts ou non, cela marche dans les deux cas. Vous ne verrez de toute façon pas les formes apparaîtrent sur la fumée, nous utilisons des filtres spéciaux qui opèrent de manière aveugle sur l'ensemble de l'image, mais qui augmentent les contrastes et changent la longueur d'onde des couleurs. C'est pendant ces opérations que nous voyons des formes. Nous pouvons vous faire un feedback de l'extérieur et vous informer en temps réel de ce que nous voyons apparaître. »

- « OK, ça me va, je vais tenter quelques exercices et nous verrons bien »

Susan rentre dans la petite cabine qui sent encore la résine du bois dont elle est construite. Un confortable fauteuil l'y accueille. Une fois assise, elle est face à un mur blanc, mais bien vite, de la fumée venant de derrière elle vient obscurcir sa vue. Elle ne distingue bientôt plus rien, sauf des tâches de couleurs se déplaçant aléatoirement sur la fumée. En cas de panique, elle sait qu'elle peut tourner la tête et voir son hôte par la petite fenêtre. Dans un haut-parleur, ce dernier lui demande de faire signe quand elle est prête.

L'expérience peut commencer. Susan ferme les yeux et focalise virtuellement ceux-ci sur une surface noire. Rapidement, malgré sa volonté, cette surface se chiffonne, prend des plis, des lignes grises apparaissent, puis des images fugaces qu'elle ne parvient pas à reconnaître. Elle se détend, essaye alors de moins se crisper et de laisser venir les choses. D'autres images apparaissent. En voici une plus précise, mais elle se rend compte immédiatement qu'elle part dans un rêve éveillé, un songe comme on dit. Elle a vu une voiture, une voiture roulant sur une route le long d'une montagne. Mais le rêve a cessé aussitôt qu'elle s'est rendu compte qu'elle partait dans un songe. Une voix dans le haut-parleur lui dit avoir vu une forme, mais ne pas comprendre de quoi il s'agit. Susan se détend à nouveau, voilà maintenant un arbre, un drôle d'arbre, comme ayant poussé à l'horizontale, en tout cas pour un de ses troncs, l'autre étant vertical.

Mais d'où peuvent bien venir ces images qu'elle ne reconnaît pas du tout comme venant de son passé. Mais elles sont trop fugaces, elle n'a pas le temps de les observer attentivement. La voix de son hôte lui dit avoir encore capté quelque chose, mais ne sait toujours pas de quoi il s'agit. Impatiente, Susan propose d'arrêter la machine et de lui laisser voir le film. Elle sort de la cabine une fois celle-ci dégagée de la fumée.

-« Alors, qu'avez-vous vu ? » demande-t-elle.

- Je ne sais pas, vous comprendrez sans doute mieux que moi. Voyons, laissez-moi retrouver l'endroit sur la vidéo. Ah voilà la première forme ! »

Incroyable ! Susan voit apparaitre sur l'écran une barre oblique et une tache rectangulaire posée dessus. Il s'agit de toute évidence de cette voiture sur cette route de montagne.

- « Vous ne me croirez pas, mais c'est le premier flash que j'ai vu ! Votre truc semble marcher. Je suis vraiment étonnée et impressionnée. Mais d'où peuvent bien venir ces images ? Je ne suis pas du tout douée en clairvoyance, et je n'ai pas utilisé le protocole CRV. J'ai simplement fermé les yeux et n'ai plus pensé à rien comme vous me l'avez dit. J'ai juste focalisé mes yeux sur un plan, chose que nous ne faisons pas habituellement.»

- « Vous me voyez le premier surpris. Jusqu'à présent nous ne captions que des visages ou des mains et des pieds. Mais voyons la deuxième scène, peut-être la reconnaîtrez-vous aussi. »

Sur l'écran, Susan peut bientôt reconnaître son arbre étrange, qu'elle peut même identifier comme étant un énorme cyprès. L'image est en noir et blanc, mais on reconnaît bien l'espèce de l'arbre.

- « C'est proprement incroyable. Je crois que vous tenez là une méthode entièrement nouvelle. Je suis certaine qu'on peut l'améliorer. Voyez-vous un inconvénient à ce que j'en parle à mes supérieurs ? »

- « Non, certainement pas. Nous sommes tout autant intéressés que vous à mieux comprendre ce qui se passe. »

Susan est ensuite invitée à déjeuner dans un restaurant proche, puis prend congé de son hôte, car elle ne veut rater son avion. En chemin, elle tremble encore de sa découverte. Elle ne sait pas où elle va la mener, mais elle sent en elle que ce sera loin, très loin.

Pendant le trajet en train, elle appelle Alex qui vient de se réveiller, pour lui faire part de ses découvertes. Le train glisse sur ses rails dans un silence impressionnant et rien ne laisse croire qu'il file à 300 km/h. En raccrochant, songeuse, elle se remémore tout ce chemin parcouru en quelques années, son idylle avec Alex, ses découvertes en Égypte, en Sardaigne où tout a commencé, cet extraordinaire voyage dans l'espace, les apparitions d'ovnis dans le désert et en Irlande et cet enlèvement si facilement résolu grâce aux dons subits de clairvoyance de Jacques Vallée. Son regard est perdu au loin dans la campagne, et les arbres défilent à toute allure tel un long ruban coloré entre l'horizon et elle, seule la vitre s'interpose entre elle, immobile et cette nature qui défile. Mais elle ne voit pas dans cette même vitre un personnage assis de l'autre côté de l'allée, qui la regarde aussi par reflet interposé. Cet homme la suit discrètement depuis son arrivée en Europe, appelant régulièrement un même numéro pour rendre compte des démarches de Susan.

Chapitre 9

2 décembre 2013, San Diego

Susan est rentrée en Californie et a rédigé un rapport circonstancié de ses démarches et découvertes. Elle s'est longuement entretenue par téléphone avec les dirigeants de l'IFRES et est prête à présenter ses propositions à ses directeurs. Tous sont réunis dans une salle sécurisée, comme cela devient l'habitude pour Susan. Alex assiste à la réunion.

Susan donne donc le résumé de ses différentes réunions puis projette quelques images très nettes de visages obtenues par l'IFRES, et enfin deux images de ce qu'elle a vu elle-même, la voiture sur la rue en pente, et l'arbre au double tronc. Elle explique qu'elle pense que notre cerveau reçoit en continu des images, mais que ces images sont sans doute de sources différentes en fonction de nos pensées, mais aussi de notre état altéré de conscience. Aujourd'hui, la science ne considère comme système de mesure des états altérés que la fréquence de l'EEG, grossièrement celle du cerveau. Lorsqu'on mesure l'activité électrique du cerveau, on constate qu'il vibre à une certaine fréquence, et que cette fréquence varie en fonction de notre état d'esprit ; actif, reposé, concentré, endormi, etc... Mais selon Susan il y a d'autres critères qui influencent l'origine de ces images que certaines nomment hallucinations hypnagogiques, images subliminales, hallucinations phosphéniques ou encore visions ou songes. Susan insiste sur les images fugaces qui surgissent dans notre cerveau, par opposition à l'histoire que notre cerveau vient broder autour et dans les instants qui suivent. C'est comme pendant que nous ne pensons à rien, des images viennent inconsciemment dans notre cerveau et nous démarrons une pensée, une réflexion, croyant que c'est nous qui avons démarré cela. Mais en fait il n'en est rien. Il en serait de même de nos conversations. À chaque fois que chaque interlocuteur s'arrête, la conversation reprend après qu'une de ces images soit apparue dans le cerveau d'un des deux intervenants, et la conversation repart, basée sans le savoir sur cette image et le rapport qu'elle aurait avec le sujet de conversation, ou bien sans plus avoir aucun rapport avec, ce qui s'appelle sauter du coq à l'âne. D'après ses lectures, Susan pense pouvoir identifier plusieurs sources possibles. Il y a bien entendu les sources physiologiques provenant de nos cinq sens, puis notre mémoire à court terme, puis celle de nos gestes que nous sommes capables d'exécuter par purs réflexes, sans y penser, réflexes qui peuvent aller jusqu'à conduire notre voiture alors que nous sommes plongés dans une réflexion profonde, ou une rêverie. Ensuite Susan trace une ligne séparant cette liste du reste de l'écran et fait apparaître un grand point d'interrogation dans la colonne de droite.

- « J'aimerais attirer votre attention qu'aujourd'hui, personne n'est capable de dire d'où nous viennent tous les autres souvenirs, même celui de votre grand-mère ou de vos dernières vacances. » proclame Susan en toisant son auditoire.

- « Pardon, mais une étude récente serait parvenue à observer un neurone s'activer lorsqu'un sujet pense à une personne bien précise, ce qui tend quand même à démontrer que le souvenir de cette personne se situe si pas dans ce neurone, dans cette région du cerveau ! » s'exclame l'une des personnes présentes.

- « C'est en partie exact, mais en partie seulement. Il faut bien un point d'entrée dans notre corps, car au final, c'est bien notre bouche qui va parler, ou notre doigt se lever lorsque nous penserons à cette personne. Notre néocortex, qui compte environ cent milliards de neurones, ne serait que l'interface entre notre corps, nos cinq sens, et « autre chose ». Appelez cela la conscience, l'âme, l'esprit ou la mémoire. Je pense personnellement qu'il faut dissocier la mémoire de la notion de conscience, mais je préfère encore attendre avant de vous expliquer cela. Prenez le cas d'un ordinateur. Ses périphériques d'entrées/sorties (écran, clavier, souris, imprimantes, réseau) sont commandés par une carte spéciale. Comparez cela à notre néocortex. Le CPU serait notre conscience et la mémoire de l'ordinateur serait notre mémoire à nous. Je pourrais faire un autre parallèle avec une voiture. Des scientifiques n'en ayant jamais vu l'analyseraient et détermineraient que c'est son moteur qui est le centre névralgique et décisionnel, car c'est la partie qui chauffe le plus, comme notre néocortex est la partie qui chauffe le plus dans notre corps. Or, ce qui décide de ce que fait la voiture est son conducteur, et c'est lui aussi qui garde en tête les multiples chemins qu'il est possible de prendre. » - « Vous dites des absurdités, rien de ce que vous dites là n'est scientifique ! » reprend le même interlocuteur avec une certaine impolitesse.

- « Sauf votre respect, je peux vous confirmer ce que j'avance, à savoir qu'aucune étude à ce jour n'est parvenue à démontrer que nos souvenirs se trouvent quelque part dans notre cerveau, ni que nous y prenons nos décisions. Au contraire, les expériences démontrent de plus en plus que notre corps bouge avant que nous puissions dire avoir pris une décision, je dis bien, avant que notre corps ne puisse dire que nous avons pris une décision. Mais permettez-moi de continuer»

Susan remplace alors le point d'interrogation, par une liste de mots : passé, présent, futur, moi/non-moi.

- « Voici ce qui selon moi différencie les images qui peuvent survenir dans notre cerveau. Nous pouvons voir surgir des souvenirs du passé, des informations du présent et des informations du futur. Nous ne contrôlons pas ces images, ce n'est pas de la clairvoyance, en tout cas nous ne la maîtrisons pas. Enfin, je ne parviens pas encore à déterminer si ces images sont en rapport avec nous ou avec autre chose.»

- « Vous voulez nous faire croire que nous tous, nous recevons en continu des images de ces trois sources ? Pourquoi n'est-ce pas une seule source ?'

- « Des expériences ont été faites sur plus d'un millier d'étudiants (ref), leur demandant de noter leurs rêves, puis de leur attribuer une note jugeant le rapport qu'ils ont avec leurs souvenirs ou des évènements qui vont survenir dans les jours qui suivent. Eh bien, environ 80% des rêves n'ont pu être raccordés à rien, tandis que 10% des rêves utilisaient des souvenirs du passé, et étonnamment les 10% restants contenaient des éléments découvertes dans les jours suivants par les étudiants, donc des souvenirs du futur ». La moyenne de temps entre le rêve et le souvenir était de deux jours, mais cela peut varier et même aller à des années, si pas des dizaines d'années comme l'ont noté certaines personnes (ref). »

- « Mais comment faut-il comprendre ces clairvoyances spontanées ? »

- « Je ne sais pas, a priori cela n'a pas de sens. On pourrait croire que nous aurions tous déjà vécu notre vie, et ne faisons que la revoir, ou que tout est déjà décidé, et que nous en avons des aperçus. Mais la clairvoyance dans le futur nous permet de comprendre que le futur vu n'est pas figé, puisqu'en fonction de ce qui est vu en clairvoyance du futur ou en prémonition, nous pouvons prendre des décisions, adopter notre comportement et faire en sorte que ce qui est vu ne se produise pas plus tard. Je pencherais donc pour un futur que je définirais comme plus que probable, celui qui devrait advenir si on ne change rien à tous les paramètres de l'univers au moment présent. »

- « Mais vous pensez que nous avons tous les capacités de faire une simulation du futur ? »

- « Non, je ne pense pas cela. Je pencherais plutôt pour un seul simulateur, et que chacun puisse s'y connecter, ou plutôt l'inverse, que ce simulateur nous envoie des images de manière aléatoire, sauf dans le cas de prémonition ou de clairvoyance. Pourquoi, je ne sais pas encore. Sans doute qu'à l'état de veille il nous permet d'avoir des idées, et sans doute influence-t-il de manière invisible les progrès de la nature ou de l'humanité.»

- « Et que faites-vous alors des souvenirs du passé ? À quoi servent-ils »

- « Je pense qu'ils nous aident aussi à vivre, à interagir avec la société, à alimenter nos discussions, à nous souvenir d'informations. Je propose d'appeler cette source d'images inconscientes le Générateur Aléatoire d'Images et d'Idées», ou RIIG en anglais, pour Random Images and Ideas Generator.

- « Mais qu'est-ce que ces théories ont à voir avec notre problème, à savoir le vol du chronoviseur ? »

- « Vous ne voyez pas ? Je pense que le chronoviseur était une machine capable de se connecter à ce générateur, et de l'interroger, de le commander en quelque sorte afin qu'il produise les images voulues. »

- « Vous prétendez que votre Générateur RAIAG peut accéder à toute l'information, ou plutôt la mémoire de l'univers ? »

- « Le RIIG s'il vous plaît, oui, je le prétends, et même mieux que le chronoviseur, puisque le RIIG pourrait sans doute aussi nous monter le futur, plus précisément le futur plus que probable si on ne change rien de ce qui est planifié, et on ne peut le changer qu'en le visualisant au préalable. »

- « Ce serait formidable, mais comment fait-on ? ».

- « Eh bien je n'en ai aucune idée. Nous n'avons plus accès au chronoviseur, et n'avons aucun plan de lui non plus. »

Une des personnes de l'assistance ayant un teint basané tend le bras pour intervenir :

- « Dans une revue de 1972, La Domenica del Corriere, il y a eu un article sur le chronoviseur, avec une interview de son inventeur. Je pense me souvenir que des photos accompagnaient l'article. Il y avait aussi deux dessins montrant des groupes d'atomes ou des électrons. Nous avons aussi récupéré un schéma assez succinct, mais où il est question de micro-ondes. »

- « Essayez de mettre la main sur cet exemplaire de la revue. Cherchez sur internet, écrivez au journal s'il existe encore. Nous savons que le père Ernetti utilisait des molécules de synthèse de tubuline qui tapissaient un tube, orientait ce dernier vers un objet - cible, exposait l'intérieur du tube à une lumière polarisée puis à une fréquence bien spécifique, mais nous n'en savons pas plus. Si j'en crois le seul schéma qui nous est resté de sa machine, il orientait le tube vers un objet, une photo, et serait donc parvenu à explorer la mémoire liée à cette image ou cet objet, ou à l'objet présent sur la photo »

- « Que proposez-vous dès lors ? »

- « Admettons que notre cerveau, selon notre état de conscience, reçoit des images venant d'ailleurs. Je ne sais pas d'où, mais elles ne semblent pas toujours venir de notre mémoire. De très nombreuses expériences en cage de Faraday ont déjà démontré que le phénomène de transmission n'est pas électromagnétique. Or, nous savons que tout dans l'univers est électromagnétique, sauf la matière, qui elle, ne se déplace pas. J'ai dans l'idée que ce phénomène de transmission est atemporel, qu'il ne voyage pas à proprement parler, ou plutôt qu'il voyage instantanément. »

- « Mais d'où viendrait l'information ? »

- « Je n'en sais rien. Aucune idée. Mais en tout cas elle arrive dans nos cerveaux ».

- « Oui, c'est un fait, mais devons-nous oui ou non essayer de reconstruire une machine en nous appuyant sur le schéma du chronoviseur ? »

- « Je ne pense pas », dit Alex, « car la machine d'Ernetti, à ce que je comprends, nécessitait un objet témoin pour fonctionner comme guide, comme un médium a besoin d'un objet ayant appartenu à la personne sur laquelle on l'interroge. Cela pourrait nous donner des résultats rapides, mais sans doute limités. Je propose d'essayer de comprendre comment la mémoire est structurée, comment les souvenirs y sont stockés et reliés entre eux. Mais il est un fait que nous ne savons pas du tout comment reproduire les vibrations émanant d'un objet et le reliant à ses souvenirs »

A ce moment le directeur se leva et pris la parole ;

- « Écoutez, je comprends que vous n'êtes nulle part ! Nous perdons un temps précieux. Vous Alex, vous allez tenter de reconstruire cet appareil, ce chronoviseur, et vous Susan, je vous charge de tenter de mieux comprendre la structure de notre mémoire, et donc de suivre cette piste qui pourrait si elle aboutit nous donner beaucoup plus de possibilités. Mettez-vous dès que possible au travail, et n'hésitez pas à engager du personnel s'il le faut.»

Après cette décision la réunion continua encore quelques instants, mais le directeur quitta la pièce d'un pas rapide, et c'est de justesse qu'il ne claqua pas la porte.

ALAIN HUBRECHT

Chapitre 10

7 juin 2014, Houston, USA

Plusieurs mois ont passé. Alex a travaillé d'arrache-pied à la construction d'une machine s'inspirant du peu qu'ils savent sur le chronoviseur. Susan a effectué des recherches et lu des milliers de pages de comptes-rendus d'expériences ou d'articles scientifiques sur la mémoire. Ils se sont rendus à Houston pour préparer une expérience qui doit se dérouler au centre de la NASA. On est samedi et ils s'offrent une journée sur la plage du golfe du Mexique. Ils marchent le long d'une route touristique longeant la mer.

- « Tu te souviens de notre premier moment sur une plage ? » demande Susan, tenant Alex par le bras et le regardant dans les yeux.

- « Oui, je m'en souviens, et je me souviens aussi du sable qui s'est incrusté dans tous mes vêtements et que j'ai chassé pendant plusieurs jours »

- « Oh, toujours ton esprit terre à terre ! Moi qui voulais créer une touche de romantisme »

_ « Détrompe-toi, je suis bien conscient du bonheur que tu m'apportes, et je remercie le ciel pour cela. »

- « Tiens, tu es croyant tout d'un coup ? »

- « Non, mais je ne sais qui remercier, alors je remercie le ciel »

- « Sais-tu que mes recherches effectuées ces derniers mois m'ont fait m'intéresser à Dieu ? »

- « Tu veux rire ? »

- « Non, pas du tout. On m'a demandé d'essayer de comprendre ce qu'était la mémoire et la conscience. J'ai réfléchi, et me suis demandé si ces deux concepts n'étaient pas liés à la vie même, je veux dire l'univers. Voilà en effet trois choses qu'on ne comprend pas. Sans doute ont-elles un point commun ? »

- « Mais qu'est-ce que Dieu aurait à voir ici. Ne viens pas divaguer sur ce sujet, car on risque de perdre notre boulot, toi en tout cas ! »

- « Ne t'énerve pas comme cela. Je vais essayer de t'expliquer. Tiens, rentrons dans ce magasin devant nous. Regarde comme il est décoré de milliers de coquillages, tous de la même espèce, un Queen Shell comme ils disent ici.»

- « Oui, et alors, que dois-je voir ? »

- « Eh bien, si des gens ont décidé de l'appeler Queen Shell, c'est parce qu'il leur a inspiré le respect de par ses formes et ses couleurs. Or, t'es-tu jamais demandé ce qui fait qu'une plante ou un animal soit beau ? »

- « Oh, je t'en prie, ne viens pas m'embrumer avec des concepts d'intelligent design ou de créationnisme ! »

- « Non, je n'irai pas jusque-là, mais je voudrais par là te présenter mes découvertes, et tu vas être étonné d'apprendre où j'en suis arrivée »

- « D'accord, mais sortons d'ici, il y a trop de monde, je préfère aller nous étendre sur la plage »

La main dans la main, le couple sort du magasin et se dirige vers la pente douce de sable qui aboutit à la mer. Ils ne distinguent pas la voiture garée plus haut et le micro directionnel dirigé vers eux. Les épaisses vitres fumées du véhicule empêchent de voir les deux occupants de type asiatique qui s'y cachent.

Sans comprendre qu'elle va délivrer des informations importantes, Susan commence à s'expliquer.

- « Tu vois Alex, c'est une chose de comprendre la mémoire et sa structure, qui semble relier entre eux divers souvenirs, en fonction de leurs attributs, comme la couleur, le goût, la forme pour ce qui nous semble évident, mais aussi pour la compassion, la terreur, la haine, le dégoût, ou divers autres sentiments. Ces souvenirs semblent aussi s'intriquer avec ceux d'autres personnes, ou d'autres objets. Nos études sur la clairvoyance nous ont depuis quelques mois fait comprendre que chacun possède « quelque part » une mémoire, et que cette mémoire est interconnectée avec celle des autres, et aussi avec celle des objets, des lieux, et des personnes décédées... Mais ce type de mémoire est encore différent de celle liée au futur. C'est bien le futur qui nous intéresse ici. Et je me devais de mieux comprendre cette mémoire du futur. Je ne pense pas qu'il s'agisse de la même mémoire. Car selon moi elle ne peut exister. Je me refuse à penser que le futur est déjà fait, décidé. Je penche plutôt pour un futur simulé, un futur continuellement adapté en tenant compte des éléments du présent. Un futur calculé et simulé pour les heures, les jours, et aussi les années à venir. C'est un futur que j'appellerai « plus que probable », celui qui a le plus de chance d'arriver. Il n'y en a qu'un, mais si une personne est sujette à une prémonition et décide de changer son agenda, le futur plus que probable va s'adapter automatiquement. »

- « Mais qui ferait cette simulation, et à quoi servirait-elle ? »

-« Eh bien, c'est là que Dieu apparaît. Appelle cela comme tu veux, mais il y a « quelque chose » qui crée cette simulation, et manifestement cela a un but. »

- « Mais quel but ? »

- « Là aussi j'ai réfléchi et nous avons fait des expériences. Le gros problème est le niveau de concentration que cela exige. Nous avons aussi interrogé des personnes prétendant avoir connu l'extase. On nous a dit en effet qu'elles ont noté des choses étranges valant la peine d'en parler »

- « Ah, l'extase maintenant. On est en plein dedans ! »

-« Détrompe-toi, je ne parle pas spécialement de l'extase mystique, mais de l'extase tout court, ou plutôt dans le cas des personnes qui nous ont contactés, de l'extase qui suit un orgasme. »

-« Ah, effectivement, on s'éloigne de Dieu ici ! Détrompe-toi encore, car on reste dans le domaine.

- « Comment ça ? »

- « Nous avons placé des annonces dans des journaux spécialisés, euh... je veux dire des journaux libertins, et avons eu des réponses.

Des réponses de personnes prétendant vivre une sorte d'extase après avoir eu un orgasme »

- « Mais avec quoi viens-tu là ? Qu'est-ce que les orgasmes viennent faire ici et qu'est-ce qui t'a amené vers ce domaine ? »

- « C'est à cause de ce RIIG, cette fonction que nous avons identifiée dans le cerveau qui amène des images aléatoires dans notre subconscient. On voulait savoir s'il existait des états pendant lesquels cette fonction s'arrête, et peut-être ainsi mieux comprendre à quoi elle sert. Eh bien tu ne vas pas me croire, les personnes qui prétendent vivre l'extase après l'orgasme ne se sentent plus capables de réfléchir, de penser, d'avoir une réflexion structurée. Même leur regard semble mort, fixant un point à l'infini. Ils n'ont plus envie de rien ; ni de parler, ni de bouger, ni de réfléchir. »

- « Ah, intéressant, mais je ne vois pas le rapport »

- «Il y en a un, mais cela va être plus long à t'expliquer, et il commence à faire froid. Le soleil se couche vite ici, rentrons à l'hôtel, prenons un bon bain et je t'expliquerai »

Le couple rejoint sa voiture et se dirige vers son hôtel, suivi de loin par la voiture aux vitres fumées.

Une fois dans leur chambre, Susan baisse l'air conditionné, ferme les rideaux et se déshabille en jetant ses vêtements sur le lit. Alex la regarde, subjugué comme toujours par son corps qu'il continue à admirer. Il s'approche dans son dos et l'enlace.

- « Déshabille-toi et viens me rejoindre dans le bain, sinon nous ne serons jamais prêts pour notre dîner de ce soir »

- «Tu ne veux pas qu'on passe d'abord un peu de temps ici ? Viens près de moi sur le lit…. »

- « Non, tu sais très bien que si on commence, on va faire déborder le bain et rater notre rendez-vous, en plus je dois te parler. »

Alex se déshabille, prenant une mine dépitée, puis se dirige lentement vers la salle de bain où l'attend déjà Susan dans le bain bien chaud débordant de mousse.

- « En plus tu as mis de la mousse, tout pour me punir. Qu'est-ce que je t'ai fait pour être ainsi privé de tes charmes ? »

- « Tu le sais très bien ! Si tu crois que je n'ai pas vu tes regards hier soir au restaurant, ceux que tu posais sur cette blonde au décolleté incroyable ! »

- « Quoi ? Je ne vois pas de quoi tu veux parler ! »

- « Tu sais très bien de quoi je veux parler, mais ne t'en fais pas, je voulais attirer ton attention sur ton conditionnement de mâle en chasse, celui dicté par ton ADN. »

- « Ah, mon ADN était présent hier au restaurant ? »

- « Bien entendu, il est présent à tous moments, sauf justement dans ce dont je te parlais tantôt sur la plage. Souviens-toi que je parlais de l'extase. Eh bien, d'un côté nous avons l'ADN qui nous programme pour reproduire notre espèce ce qui fait que les hommes regardent le décolleté de leur voisine, et de l'autre côté nous avons des témoins qui prétendent s'être retrouvés dans un état où tout leur était égal, plus rien ne comptait et ils n'avaient plus envie de rien. Ne trouves-tu pas cela étrange ?»

- « Je ne te suis pas. Je suis perdu. »

- « Voyons, reprenons. Au début, nous partons du constat que notre cerveau est assailli d'images, captées par notre subconscient. Nous n'en sommes pas conscients, mais elles nous aident à réfléchir, avoir des idées, maintenir une discussion, bref, à être des animaux sociaux. De l'autre, nous avons des personnes prétendant s'être retrouvées dans un état où plus rien ne leur importait. Sans changement, elles se laisseraient mourir, mourir d'un bonheur total, ou plus rien ne leur serait important tant ils se sentent baignés dans ce bonheur. Entre les deux, il y a toi au restaurant hier soir, guidé par ton instinct de mâle reproducteur. Il y a là trois états qui pour moi se superposent, et qui me font réfléchir à Dieu. »

- « À Dieu ? Explique-moi ce qu'il vient faire là-dedans. »

- « En fait, je suis aussi perdue, et je ne sais pas comment expliquer ces divers comportements, mais il semble qu'ils soient voulus, ou créés par quelque chose, quelqu'un. Et jusqu'à preuve du contraire je le nommerai Dieu. Cela va faciliter la discussion. Écoute-moi, je vais rassembler les pièces du puzzle. Je vais partir à l'opposé, et tu comprendras d'ailleurs mieux pourquoi nous sommes ici à Houston. Imagine la plus petite particule de l'univers. En fait nous ne la connaissons pas encore, et ne la connaîtrons sans doute jamais. Imagine alors un atome, dont le noyau est composé de plus petites particules encore, et autour duquel gravitent des électrons. Imagine maintenant une molécule, composée de plusieurs atomes. On nous dit que ces atomes se sont assemblés par affinités électromagnétiques, pour combler des différences de charges électriques en plus ou en moins. Là où cela se complique, c'est quand des molécules s'assemblent pour créer une cellule primaire. Est-ce encore pour pallier à des différences de charges électriques ou pour mieux se protéger, mieux conserver leur énergie ? Et ensuite, quand cette cellule se complexifie et se dote de centrosome, d'ADN, de microtubules constituant son cytosquelette ou ses vibrisses…

On nous dit que c'est parce que l'ensemble de ce résultat estime être plus efficace quand il est ainsi assemblé que quand toutes ces molécules sont éparpillées dans la nature. D'abord comment pouvaient-elles le savoir avant de s'assembler ? Ensuite ces cellules seraient déjà dotées, si on en croit des expériences, d'un sens de la décision, d'une certaine intelligence. Par après, des cellules peuvent se mettre ensemble et créer des plantes, des animaux, des humains mêmes. Ma question est de savoir quand la conscience est apparue dans cette suite d'assemblages de plus en plus complexes. Tu le sais, je ne pense pas que l'homme soit un être différent des autres animaux. Nous avons juste plus de neurones et un cerveau un peu plus complexe, mais rien de déterminant. Je crois donc que les autres animaux ont aussi une conscience, une mémoire, et je pense que les êtres les plus petits ont aussi une conscience, et même les monocellulaires, et pourquoi pas les molécules et les atomes, car on ne peut tracer une limite bien précise entre nous et la matière, dire que d'un côté la conscience existe et qu'il n'y a rien de l'autre côté. »

- « Mais où veux-tu en venir, et s'il te plaît, arrête de remettre de la mousse quand je m'évertue à la retirer ! »

- « Mais peux-tu être sérieux un instant et m'écouter ! Je sais, je te demande d'immenses efforts de concentration alors que tu voudrais passer à autre chose, mais écoute-moi, c'est important. J'essaye de te dire que selon moi tout est conscience, mais dès lors qu'un assemblage de matière a besoin de manger et de se reproduire, il faut plus que de la conscience, il faut savoir quoi faire pour se reproduire, se nourrir, faire perdurer l'espèce. Je pense que ces gens qui ont connu l'extase ont vécu le bonheur suprême, celui qui n'appelle plus rien. Ou plutôt un état proche de celui de la matière brute, un état sans intellect, sans intelligence, sans but réel si ce n'est d'être là et de se laisser vivre, de flotter dans l'univers emporté par les forces de l'univers. La seule chose qui pourrait les guider est l'envie d'être mieux. La vie, selon moi, c'est ça, un paquet de viande inerte incapable de faire autre chose que de sourire béatement au bonheur du monde. »

- « Mais nous ne sommes pas ça, nous sommes bien plus ! »

- « Justement, je me suis demandé ce qu'il faudrait faire pour que nous sachions faire plus, et je pense avoir trouvé. Pense à ce mécanisme mystérieux qui simule le futur, celui que la machine d'Ernetti semblait capable de capter, celui que les clairvoyants sont capables d'explorer avec de grandes difficultés. »

- « Et ? »

- « Je crois que ce mécanisme sert à nous injecter dans le subconscient des images du futur proche, et ainsi nous pousser à réaliser les actions qui y mènent, cela s'appelle l'instinct. Pense à n'importe quel animal qu'on jette à l'eau. Il n'a jamais nagé de sa vie, mais parvient immédiatement à se débrouiller. C'est l'instinct. Pense à ces nids extraordinairement complexes qu'un oiseau sait réaliser sans jamais l'avoir vu faire par ses parents. Même en les empêchant pendant plusieurs générations de le construire, ils savent le reconstruire dès lors qu'on le leur permet à nouveau. Cet instinct ne serait pas écrit dans les gênes. Ruppert Sheldrake avait pensé à des ondes de forme qui véhiculeraient de manière invisible ce savoir, ces formes que la nature produit sans cesse à travers le globe sans qu'on sache d'où elles viennent. Je crois que c'est ce simulateur du futur qui les inspire, qui nous montre comment nager dans les secondes qui viennent. «

- « Tu veux dire qu'il force l'avenir à se comporter comme il a envie ? »

- « Non, pas vraiment, il montre, comme un professeur, mais uniquement dans des cas bien précis. Les prémonitions seraient de la même veine. Mais cela ne suffit pas. L'instinct ne suffit pas à faire prospérer une espèce. Il faut combattre, s'adapter, interagir, et dans le cas des animaux évolués, créer une société, un langage. Je crois que ce qui nous permet d'accéder à cela, c'est un autre genre d'images inconscientes qui surgiraient de manière aléatoire dans notre cerveau. Un peu comme lorsqu'on se promène dans une librairie ou un musée, ou dans la rue, on découvre sans cesse de nouvelles images, et on développe donc sans cesse de nouvelles idées. Mais on ne vit pas dans un musée ou une librairie, et il nous fallait donc inventer un système qui nous alimente à notre insu en nouvelles idées, parfois pour simplement alimenter une conversation, parfois pour inventer un nouvel appareil, mais en général pour maintenir nos relations dans la société et la faire évoluer. Il s'agirait de ces images qui arrivent dans notre inconscient de manière aléatoire. On ne les voit pas, mais elles servent de base de départ à nos idées, à nos envies à l'état de veille, et à nos rêves lorsque nous dormons. »

- « Mais dis donc, quand as-tu découvert cela ? »

- « C'est arrivé petit à petit au cours du dernier mois. Je me suis forcée moi-même à faire des exercices de visualisation, en fermant les yeux et en essayant de voir ce qui apparaissait derrière mes paupières. Cette expérience en France dans cette cabine m'a montré que c'était possible, que des images venant d'ailleurs arrivaient bel et bien dans notre cerveau, à notre insu, quoi qu'on fasse pour les en empêcher. »

- « Et tu penses qu'on pourrait un jour se connecter à la source même de ces images, qu'elles viennent du passé ou du futur ? »

- « Je ne sais pas, mais si on réussit, ce serait comme se connecter à Dieu ! »

Chapitre 11

7 juin 2014, Houston, le soir

Susan et Alex sortent de leur hôtel, tous deux habillés pour se rendre dans un beau restaurant de l'ouest de Houston. Ils doivent dîner avec un directeur du centre de la NASA. Ils garent leur voiture et laissent les clés au valet de parking, puis se dirigent vers une énorme porte faisant une référence à un temple inca perdu dans la jungle. De grandes torches brûlent de part et d'autre de l'allée pour éclairer le chemin. L'ambiance à l'intérieur est impressionnante, faite toute de murs de pierres en ruine, de cascade et de plantes luxuriantes. Après avoir donné leur nom à l'accueil, on les conduit à une table isolée où deux hommes les attendent déjà.

Après les présentations et des échanges sur l'actualité et le temps, ainsi qu'un apéritif agrémenté d'un petit parasol aux motifs inca, Susan rentre dans le vif du sujet.

- « Nous sommes venus vous voir, car vous disposez d'une machine qui nous intéresse. Nous aimerions pouvoir faire une expérience avec elle. Nous savons que vous faites des tests avec un nouveau propulseur à haute fréquence. Il s'agit de votre moteur à oscillations inégales. »

- « Nous acceptons d'en parler avec vous, mais s'il vous plaît n'ébruitez pas cette information. Nous n'en sommes qu'au début et les premiers résultats ne sont pas encore concluants. Pourquoi êtes-vous intéressés par ce propulseur ? »

- « Si nos renseignements sont bons, cette machine est capable de générer des fréquences extraordinairement rapides. Aucun appareil au monde n'atteint ses fréquences. »

- « C'est exact, le principe du propulseur nécessite d'exciter des particules à une fréquence proche de celle des électrons. »

- « Voilà, c'est ce que voulais vous entendre dire. Nous pensons que nous devons exciter des électrons à une fréquence encore supérieure et ainsi les faire rentrer en résonnance avec une source d'information. »

Les deux interlocuteurs viennent de se figer, la bouche ouverte, leur toast à mi-chemin de celle-ci.

- « Oui, je sais, je vous étonne, mais nous avons tout lieu de croire que les électrons sont à la base du mécanisme de la conscience, et que certains de ceux-ci situés dans notre cerveau seraient la source de ce qu'on nomme la conscience, mais qui s'avère être en fait bien plus complexe que cela. »

- « Nous avons été prévenus par notre direction de ne pas chercher à comprendre votre démarche, et de vous permettre de réaliser vos expériences avec notre matériel, mais il nous faut au moins comprendre ce que nous devons faire. »

- « Nous viendrons avec notre appareil, et le connecterons à votre générateur de haute fréquence. Nous verrons bien ce qui se passe à ce moment. Nos collègues discuteront avec vos équipes pour les détails techniques ».

Soudain, Alex se lève d'un bond et se précipite derrière un des deux hommes, balayant des mains les plantes qui se trouvent là. Il fait un pas de côté, se retourne puis court dans l'allée donnant sur les différentes loges du restaurant. Après un instant, il revient, arborant un air contrarié.

- « Que se passe-t-il ? » demande Susan.

- « Pendant que vous parliez, j'ai vu qu'il y avait du monde dans la loge d'à côté, mais n'y ai pas vraiment prêté attention. Mais à un moment, j'ai vu un objet apparaître entre les feuilles des plantes. Je suis certain que c'était un micro. J'ai couru, mais le temps d'arriver les deux hommes avaient disparu. On m'a dit à l'accueil qu'ils avaient insisté pour ne prendre qu'un verre et payer d'avance. C'est grave, cela veut dire que nous sommes suivis et espionnés. Nous allons devoir redoubler d'attention et n'aurons plus jamais de réunion dans des lieux publics. C'est d'ailleurs une grave erreur de l'avoir tenue ici»

- « C'est si grave que cela ? », demande l'un de leurs interlocuteurs.

- « Oui, extrêmement. L'avenir de notre société en dépend sans doute. Nous n'avons pas de temps à perdre et devons planifier cette expérience au plus vite. »

Légèrement désemparés, les convives terminent le repas en se limitant à aborder des sujets sibyllins, malgré le fait que leurs voisins indiscrets se soient envolés. Ils se quittent ensuite en ayant pris rendez-vous le lendemain aux locaux de la NASA.

- « As-tu une idée de qui étaient ces inconnus ? » demande Susan à Alex une fois dans leur voiture.

- « Je ne sais pas, mais à mon avis ils doivent être liés à ceux qui ont volé le chronoviseur, les Chinois si on en croit nos informations. Je ne vois pas d'autre raison à leur présence ici »

- « Crois-tu que nous devrions en référer à nos boss ? »

- « Bien entendu, je vais le faire dès notre retour à l'hôtel »

- « Vraiment dès notre retour ? » demande Susan en prenant le bras d'Alex d'une manière langoureuse.

- « Nous verrons, j'ai l'impression que d'autres considérations plus importantes sont occupées à surgir, et je crois qu'il faut leur donner la priorité »

Susan se penche et appuie sa tête sur l'épaule d'Alex.

- « Oui mon amour, c'est bien de savoir gérer les priorités » termine-t-elle avant de s'assoupir.

Chapitre 12

*8 juin 2014, Houston, centre de la **NASA***

Susan et Alex sont arrivés de bonne heure. Ils logent loin de là et doivent prendre la Cathy Freeway, l'autoroute la plus large du monde, pour se rendre au centre.

- « Tu as vu cela, 26 bandes d'autoroute et toujours autant d'embouteillage ! »

- « Oui » confirme Alex, « c'est de la folie, certains viennent de plus en plus tôt au travail, dès quatre heures du matin, pour éviter ces files, mais tout cela pourrait changer à l'avenir. »

- « Ah, et comment »

- « Il y a plusieurs pistes. À Singapour, ils construisent des cités verticales où il n'est plus nécessaire de sortir de son immeuble pendant la semaine, tout s'y trouve. De toute façon, avec leur taxe d'immatriculation qui s'élève à 50.000$ par an, il faut bien trouver des solutions. Mais nos bureaux travaillent sur une nouvelle solution, une solution de téléprésence totalement nouvelle »

- « De la téléprésence ? Comme en réalité virtuelle ? »

- « Non, pas vraiment. En réalité virtuelle on fait apparaitre ton avatar, un genre de personnage de BD, dans une scène 3D où d'autres personnes se trouvent représentées de la même manière et tentent de s'entraîner à réaliser une opération complexe. Une vraie téléprésence nécessite de voir le « body langage » de l'autre, ses expressions, le mouvement de ses yeux, et aussi que cette téléprésence puisse durer toute la journée pour du travail quotidien, mais qui ne nécessite plus de prendre sa voiture pour aller au bureau. Certains ont imaginé des hologrammes, mais la technique est imparfaite. Personne n'est encore parvenu à créer de vrais hologrammes en mouvement. Le fait de ne plus devoir se déplacer pour aller travailler en groupe est un des plus gros challenges de ce siècle. Les videoconférences sont une approche incomplète, car elles nécessitent l'attention de chacun sur la conférence, comme un conducteur doit se concentrer sur une communication téléphonique et pas lorsqu'il parle avec son passager. On cherche une solution permettant à plusieurs personnes restant chez elles d'avoir l'impression de se trouver dans un même espace, comme quand plusieurs employés travaillent dans un même bureau. Ils ne se regardent pas tout le temps dans les yeux, et ne relèvent pas la tête pour parler à l'un d'eux, mais un coup d'œil leur permet de savoir si l'autre est mentalement ou physiquement disponible et s'ils peuvent lui parler. »

- « Et tu dis qu'une de nos équipes travaille là-dessus ? »

- « Oui, la solution est assez ingénieuse et n'utilise pas des techniques d'avant-garde. Certains de nos directeurs sont occupés à la tester. Les premiers échos sont vraiment positifs»

- « Attention ! La file ralentit, met tes feux-stops »

- « Zut, déjà à cette heure-ci, heureusement que nous allons bientôt bifurquer pour aller au sud, vers la mer. »

Quelques minutes plus tard, ils se présentent à la grille d'une propriété de la NASA, loin du centre plus connu du public où se situe le musée. Après les contrôles d'usage, ils roulent encore un bon kilomètre avant d'arriver devant des bâtiments gris et sans âme. Ils cherchent celui arborant le numéro 17 et garent leur voiture dans le parking. Les deux hommes de la veille, déjà prévenus du poste de garde, les attendent sur les escaliers. Ils les emmènent directement à l'étage dans une salle de réunion.

- « Avez-vous pu obtenir l'accès à votre machine ? » demande Alex dès la porte refermée.

- « Oui, sans problème, mais il y a à peine dix minutes, on m'a appelé pour me signaler un problème inhabituel »

- « Ah, de quoi s'agit-il ? »

- « Nous avions besoin d'un composant qui n'était pas encore déballé. C'est une pièce que nous connaissons bien et que nous avons l'habitude de commander chez notre fournisseur. En prenant la boîte dans le stock, nous avons constaté que le paquet de l'expédition avait été ouvert puis refermé. Sans y prêter garde, nous avons connecté ce composant, mais il ne fonctionne pas. Or, pour le moment c'est le seul que nous ayons à notre disposition. Il s'use en effet assez vite et tous nos autres exemplaires sont hors d'usage. »

- « Pouvez-vous en recommander un au plus vite ? »

- « C'est ce à quoi nous avons immédiatement pensé, mais le fournisseur n'en a pas en stock et cela peut prendre un bon mois avant qu'il ne soit réapprovisionné. Même le fabricant qu'il a contacté n'en a plus en stock. »

- « Ce n'est vraiment pas de chance »

- « Non, mais ce qui est étrange, c'est que notre fournisseur les teste toujours avant de nous les expédier, cela fait partie de nos procédures, et qu'il fonctionnait avant son envoi ».

- « Il s'est peut-être cassé en route ? »

- « C'est peu probable, l'emballage est très bien conçu et la pièce n'est pas à proprement parler fragile. Je n'y comprends pas grand-chose, juste que le paquet aurait été ouvert.»

- « Se pourrait-il que ce soit un sabotage ? »

- « Je ne pense pas, personne ne pouvait savoir que cette pièce serait nécessaire pour votre demande »

- « Sauf si cette personne aurait été prévenue de notre démarche » ajoute Susan.

- « C'est impossible, cela ne fait que depuis hier que nous sommes au courant que nous avons besoin de cette pièce, or elle nous est arrivée sans doute il y a deux semaines »

- « Oui, mais si cette personne l'avait su avant ces deux semaines ? »

- « Je ne vois vraiment pas comment elle aurait pu le savoir, même vous-même n'étiez pas encore au courant de l'existence de notre machine »

- « Ecoutez » dit Susan, « nous ne pouvons vous en dire beaucoup plus, mais sachez que pour Alex et moi tout ceci pourrait avoir un sens, mais si cela s'avérait être vrai, cela voudrait dire que nous avons tout intérêt à accélérer nos travaux. Prenez contact officiellement avec le fabricant et exigez qu'il vous fabrique cette pièce au plus vite. Si besoin est, dites qu'il est réquisitionné pour effort de guerre »

- « Effort de guerre ? »

- « Oui, exactement, vous avez bien entendu, même si nous ne le sommes pas, en guerre, nous pouvons vous assurer que cela risque bien d'être le cas si nous restons inactifs. J'espère me tromper, mais ce sabotage pourrait bien être la première attaque de notre ennemi »

Susan et Alex prennent congé sans donner beaucoup plus d'explications, mais pour eux il semble clair que ceux qui ont dérobé le chronoviseur obtiennent déjà des résultats et tentent de saboter leurs efforts à en construire un autre.

- « Bon sang, tu te rends compte Alex de ce qui se passe ! »

- « Oui, je n'ose y croire, si tu as raison, cela veut dire que non seulement le chronoviseur fonctionne, mais qu'il peut effectivement lire dans l'avenir. Les Chinois l'auraient ainsi déjà utilisé pour suivre nos démarches, voir à l'avance nos travaux ici à Houston et imaginer la manière la moins risquée de retarder ceux-ci. Ils ont ainsi modifié le futur qui était prévu. Nous voilà entrés de plain-pied dans de la science-fiction plus réelle que celle du cinéma. Je n'ose imaginer ce qu'ils peuvent voir d'autre ! »

- « Que pouvons-nous faire ? »

- « Il faut espérer qu'ils ne peuvent pas tout voir, qu'ils ont des limitations. Souviens-toi de ce que tu m'as dit et de ma suggestion en réunion. Le chronoviseur a besoin d'un objet, d'une photo pour fonctionner. Ils utilisent sans doute une photo de toi. Ils ne peuvent peut-être pas capter le son, que sais-je, et qu'ils t'auraient vue ici, en réunion, ou devant la machine terminée ici à Houston, ne sachant pas trop de quoi tu discutais. Il faut espérer. Tu sais aussi que la machine est délicate à régler et que la mémoire n'est pas facile à explorer.

Nous allons nous déplacer le moins possible et communiquer à distance. Croisons les doigts pour que leur appareil soit effectivement limité aux images et ne capte pas bien les sons. Nous pouvons diriger les opérations de chez nous sans qu'ils puissent alors se rendre compte des ordres que nous donnons. »

- « Voilà une bien drôle de guerre entamée, la guerre du silence ! »

Chapitre 13

10 Novembre 2014, San Diego

Les mois ont passé, Susan et Alex sont restés à San Diego, Alex dirigeant de son bureau les opérations de reconstruction d'un chronoviseur. Susan de son côté a poursuivi ses recherches sur la mémoire et la conscience. Internet lui est d'une aide précieuse. Ils ne dessinent ni n'écrivent rien sur leurs tableaux et ne prennent aucune note écrite. Même leurs écrans sont munis de filtres spéciaux faisant qu'ils ne peuvent être lus qu'au moyen de lunettes spéciales. Plus aucun sabotage n'a eu lieu et Alex pense bien avoir vu juste et que les sons ne peuvent être captés par la version du chronoviseur qui a été dérobé. La situation internationale est stable et les équipes mises sur la Chine n'observent rien d'anormal. Entre-temps la nouvelle pièce est arrivée à Houston et une première expérience a été couronnée de succès. Pour être plus exact, un objet a été mis devant le tube et son image est apparue sur l'écran. Aucun réglage n'était encore actif et il n'était donc pas possible d'explorer la mémoire de l'objet, que ce soit dans le passé ou le futur, seul le présent a été capté, mais le fait d'avoir cette image sur l'écran montre que l'appareil a bien été capable de capter une vibration encore inconnue, une vibration qui représente l'objet, ou sa conscience, ou la mémoire de l'objet, de l'instant présent de cet objet.

Alex utilise des algorithmes génétiques pour mettre au point les réglages. Il fait positionner l'objet devant le tube, puis effectue des milliers de réglages et compare chaque fois le résultat. Dès lors que du son apparaît, ou des images différentes de l'objet que celle d'où il est au moment présent, il sauve ces réglages et sait qu'ils peuvent faire partie de la version finale. Il n'aura plus qu'à interpoler ensuite entre les différents réglages trouvés comme effectifs pour en déduire des courbes d'instruments.

- « Nous y sommes presque » annonce Alex à Susan qui vient de rentrer dans son bureau.

- « J'espère bien, car j'en ai marre de rester enfermée dans ces bureaux ou d'être tout le temps accompagnée par des gardiens à chacun de mes déplacements. Quelle sera la prochaine étape alors, pour nous sortir de ce monde du silence ? »

- « Là, je n'en sais rien. En principe nous devrions utiliser notre chronoviseur pour retrouver l'autre qui se trouve sans doute en Chine. En cas de succès et donc de preuve, nous initierons des menaces diplomatiques pour récupérer l'objet. »

- « N'était-il pas plus simple de faire appel à des clairvoyants pour savoir où se trouvait la machine ? »

- « Non, d'abord parce que nous ne savions pas à quoi nous attendre de leur part, ensuite, le clairvoyant ne peut produire de photographie, tandis que le chronoviseur une fois bien réglé peut montrer une image du local où se trouve celui qui a été volé. Ce n'est pas une vraie preuve, mais c'est catégorique comme argument. Et puis, si la Chine avait commencé à l'utiliser pour bouleverser la donne internationale ou spéculer sur les marchés boursiers, nous aurions eu une arme égale pour contrer leurs efforts. »

- « Je vois, cela me semble judicieux. Comment expliques-tu que la Chine n'ait rien tenté ? »

- « Ils ne veulent sans doute pas que nous puissions faire un rapport trop facile entre le vol et des évènements anormaux, pourtant, si nous ne nous sommes pas trompés, ils savent maintenant que nous savons, ils ont dû voir que nous ne sortions plus de nos bureaux et constater que nous évitions de leur fournir de l'information. Peut-être ont-ils aussi un problème, ou un tout autre plan ».

- « Et moi, cela t'intéresse de savoir où j'en suis ? »

- « Mais oui mon amour, tu sais bien que je veux tout savoir sur tes travaux, et je t'écoute les rares moments où tu m'en parles, mais j'avoue avoir du mal à comprendre où tu veux en venir »

- « J'ai orienté mes recherches sur deux axes, la topologie de la mémoire et la compréhension de ce qu'est notre conscience. Je ne sais toujours pas où est la mémoire, mais je persiste à croire qu'elle se situe en dehors de nous, « quelque part », et qu'elle est reliée à la mémoire de tout le reste de l'univers, ta mémoire, celle des animaux, de la matière, des autres planètes. Il est possible par clairvoyance d'accéder à cela, avec de plus ou moins bons résultats. On se rend compte que tout semble rangé par affinité, ou qu'il est possible de passer d'une zone mémoire à une autre en utilisant des attributs identiques, une couleur, une forme, un sentiment. Si tu cherches une information sur Mars, tu peux penser à du rouge et ainsi accéder plus facilement aux informations liées à la planète rouge. Il en va de même avec le temps et le lieu. Toutes ces propriétés, ces dates et ces endroits sont reliés entre eux par des liens, ce sont comme des raccourcis, mais ils sont souvent reliés à plusieurs zones mémoires, donc il faut multiplier les attributs pour diminuer le nombre de zones mémoire possibles »

- « Un peu comme un filtre multi critère en informatique ? »

- « Exactement ! Parfois on croit que cela fonctionne en direct, sans utiliser aucun critère. Comme quand tu désires te souvenir d'un numéro de téléphone, penser à la figure de la personne qui possède ce numéro, la couleur de ses cheveux, son sourire, sa maison ... mais tu ne seras pas conscient de cela. Pourtant, pense à ces autistes prodiges qui savent emmagasiner quantité d'informations. Ils utilisent aussi des trucs, associant des attributs improbables à ce qu'ils doivent retenir, mais cela marche ! »

- « Sachant cela, crois-tu qu'on puisse améliorer notre chronoviseur ? »

- « Je pense que oui, il faut voir si tes tests te permettent de mettre au point un système de navigation dans l'arborescence des attributs, afin que nous puissions remonter et descendre dans cette arborescence. Crois-tu qu'on puisse par exemple afficher ces attributs sur l'écran de ton appareil ? »

- « Je n'y ai jamais pensé, mais je peux essayer. »

- « Ce serait super, on pourrait naviguer sans plus devoir utiliser de cible, mais je devrais pouvoir sauvegarder plusieurs attributs différents et qu'ils servent tous de critères de recherche »

- « Cela ne devrait pas être impossible »

- « Oh, je t'adore ! » s'exclame Susan avant de sauter sur les genoux d'Alex, l'entourant de ses bras et l'embrassant d'enthousiasme. Le fauteuil penche dangereusement en arrière, puis soudain craque dans un grand bruit métallique, Susan et Alex se retrouvent à terre quand la porte s'ouvre et qu'un gardien pistolet au poing rentre dans la pièce, croyant à un incident. Susan le rassure et l'agent confus referme la porte derrière lui

- « Tu aurais pu faire attention, regarde, ils vont tous se moquer de nous maintenant ! »

- « Mais non, ils vont tous être jaloux de toi, ça oui ! Allez, viens, nous rentrons, je t'expliquerai l'autre volet de mes recherches dans la voiture.»

Chapitre 14

10 Novembre 2014, San Diego

- « Alors, raconte-moi ce que tu as découvert » demande Alex pendant qu'il sort du parking de SAIC pour se diriger vers leur appartement.

- « Tu te souviens de cette théorie que j'avais formulée il y a six mois, où la vie de base aurait le même niveau de conscience que la matière, que l'atome, mais que cela ne suffit pas. Il fallait que cette vie bouge, mange, se reproduise, et la matière qui la compose, toute consciente qu'elle soit, ne suffisait pas. « Quelque chose » a trouvé une solution, sans doute le même quelque chose qui avait déjà inventé la conscience de la matière. Et cette solution, c'est de montrer à cet inconscient ce qu'il doit faire, et pour cela, ce quelque chose montre à l'inconscient ce qui va se passer dans un futur proche, comme le fait de manger, dormir, se reproduire… Grâce à cela, on a de la vie capable de se reproduire, une espèce capable d'évoluer, car cette projection du futur peut aussi servir pour l'évolution, montrer à la vie ce qu'elle pourrait être, et faire en sorte que cette vie tende vers cette évolution. C'est ce qui serait la couche de base en dessous du darwinisme. Le darwinisme n'est qu'une adaptation au microcosme, aux particularités locales de la vie d'une espèce vivante, mais pas ce qui fait qu'une espèce ait envie de voler et se dote d'ailes en plusieurs générations. »

- « Wow, tu y vas fort ! »

- « Non, attend, ce n'est pas fini. J'ai dit que cette simulation du futur montre à la vie ce qu'elle doit faire, ce qui peut en partie s'apparenter à l'instinct, mais cela ne suffit pas pour faire évoluer la vie vers une société, une vie sociale et complexe. Pour cela, il fallait encore autre chose. Et c'est ce que je vais appeler la troisième couche de la conscience, celle de l'interaction sociale, de l'évolution technologique, de l'intelligence complexe, du langage, ... »

- « Et qu'est-ce que cette troisième couche ? »

- « C'est celle qui alimente notre conscience en images venant de la mémoire du tout, du passé, du présent et du futur, ces images étant sélectionnées sur base de critère que nous ne comprenons pas encore. Aujourd'hui elles semblent choisies au hasard, sauf pour quelques images venant de la simulation du futur, tantôt ce sera des prémonitions, tantôt des éléments qui nous marqueront et provoqueront des souvenirs forts. Ainsi si tu dois voir quelque chose de marquant dans deux jours, tu pourrais en recevoir l'image aujourd'hui. Mais tout cela est inconscient, tu ne t'en rends pas compte, mais cela initie des réflexions, des pensées, des idées ou des répliques pendant des discussions. Vois-tu, je pense que pendant nos rêves, nous recevons exactement le même flux d'images, et que ces images alimentent le scénario du rêve. C'est pour cela que les rêves sont souvent incompréhensibles, que le décor peut changer subitement, que des choses se transforment sans raison. »

- « Mais nous n'avons jamais compris à quoi servent nos rêves »

- « Non, pas plus que les différents cycles du sommeil, mais toujours est-il que quand nous rêvons, nous ouvrons la porte à ces images aléatoires et nos rêves les utilisent pour créer un scénario »

- « J'ai un ami qui prétend faire des voyages astraux. Tu as déjà entendu parler de cela ? »

- « Oui, bien entendu, certains chercheurs réalisent en ce moment des expériences très intéressantes à ce sujet. Leur contenu est en effet différent de celui des rêves, et la manière dont ils sont induits et dont les gens s'en souviennent est aussi très différente de celle des rêves. Les voyages astraux sont plus consistants que les rêves, le scénario plus cohérent, c'est comme si on était moins sujet à ces images aléatoires. »

- « Mais ils prétendent qu'ils voyagent dans la réalité, comme les personnes qui vivent une mort clinique et prétendent avoir pu observer les chirurgiens du haut du plafond où ils se trouvaient après avoir quitté leur corps. Certains ont voyagé dans l'hôpital et une personne aurait même pu voir une chaussure perdue sur le toit d'un balcon. Une infirmière serait allée contrôler et la chaussure était bien là. Comment expliques-tu cela ? »

- « Tout cela est en partie faux. Les gens ne voyagent pas dans la réalité. S'ils étaient dans leur état normal, ils pourraient observer des tas de petits détails discordant avec cette réalité. Ils vivent dans un reflet de la réalité, la mémoire de cette réalité, et comme la mémoire de nos souvenirs, elle n'est jamais complètement fidèle. »

- « Mais cette chaussure que plus personne ne retrouvait et que cette personne morte cliniquement a vue alors qu'elle se déplaçait comme un fantôme dans l'hôpital ? Cette infirmière a été vérifier et effectivement il y avait bien une chaussure là-bas ! »

- « Hélas non, et comme dans bien des cas, il faut vérifier la source de cette information. Ici, il s'est avéré que l'infirmière a menti pour faire plaisir à la patiente revenue de la mort. Cette patiente était si heureuse d'être vivante, et son expérience astrale l'avait tellement changé, rendue sereine et aimant la vie, que l'infirmière n'a pas voulu ternir le tableau. »

- « Comment le sais-tu ? »

- « Un chercheur s'est rendu à cet hôpital, et a recherché la fenêtre par laquelle l'infirmière se serait penchée pour voir la chaussure. Eh bien, de cette fenêtre il est impossible de voir le dessus du balcon en question. Beaucoup d'histoires extraordinaires circulent ainsi sans jamais avoir été vérifiées, ou même si elles sont vérifiées et s'avèrent fausses, les personnes n'en tiennent pas compte ou ne lisent pas les bonnes sources d'informations. Elles préfèrent continuer à croire à ce qui leur fait plaisir. Non, selon moi, aucune preuve véritable n'a jamais été produite permettant de croire que le voyage astral permet de voyager dans notre monde réel. Frederick Aardema est un chercheur ayant passé beaucoup de temps dans ce monde astral, et il a pris la peine d'établir des protocoles d'expériences permettant de savoir s'il pouvait accéder à une information non sue de personnes vivantes. Son épouse a d'abord caché une carte à jouer tirée au hasard dans un jeu et sans la regarder l'a mise au- dessus d'une armoire. Frederick tentait pendant son voyage astral d'aller voir cette carte. Alors qu'il visualisait sa maison, avec tous ses meubles, et même son épouse dormant à ses côtés, il n'est jamais parvenu à voir la bonne carte. Parfois la carte cachée au-dessus de l'armoire était plus grande, parfois avec d'autres figures, parfois le paquet jonchait le sol, bref, son esprit déformait la réalité »

- « Mais tu dis qu'il se voyait dans sa maison ? »

- « Oui, une représentation assez fidèle de sa maison, mais il a pu observer de petits détails, des meubles légèrement déplacés, le papier peint qui n'était pas le bon, des journaux qui jonchaient le sol. Globalement c'était sa maison, mais ce n'était pas la vraie maison. »

- « Et sa femme dans son lit ? »

- « Elle aussi était créée par son esprit. Parfois il la réveillait et elle faisait des promenades astrales avec lui. Certains matins elle avait même des souvenirs des lieux visités, mais c'était une représentation d'elle qu'il réveillait et ses souvenirs étaient peut-être télépathiquement reçus de son compagnon. Parfois aussi il voyait son propre corps dans le lit, parfois pas. Mais le plus intéressant sont ses expériences avec les clous »»

- « Avec des clous ? »

- « Oui, comme les cartes ne donnaient rien, il s'est demandé si cela pouvait être lié à une limitation du cortex visuel, et il a imaginé un autre protocole ne faisant pas intervenir la vue. Il a assemblé cinq bouts de bois, et y a planté respectivement zéro, un, deux, trois et quatre clous. Son épouse devait choisir un des bouts de bois au hasard et le mettre dans une boîte qui refermée permettait encore de rentrer une main par un trou rond percé sur le côté. En voyage astral, il pensait pouvoir se rendre à la boîte et y introduire la main, puis compter le nombre de clous fichés dans le bloc de bois. Eh bien, il n'y est jamais arrivé non plus, mais le plus intéressant, est qu'il sentait bien le bout de bois et les clous, mais que ces clous se comportaient d'une manière qu'aucun être humain n'aurait pu imaginer ! »

- « Ah, et que se passait-il donc ? »

- « Quand il sentait plus d'un clou fiché dans le bloc de bois, certains des clous étaient fusionnés, partant à deux clous de la base et se rejoignant plus haut en un seul clou. Il a eu plusieurs fois ce genre de phénomène auquel nous ne penserions pas. Mais là aussi, même quand il sentait des clous normaux, le nombre n'était jamais le bon. Il a pu faire d'autres expériences avec ses parents décédés qu'il a revus un jour que son voyage démarrait dans sa maison d'enfance. Il rentre dans le salon et voit son père. Il le salue et son père lui rend son salut, mais lui explique qu'il est en train de jouer dans le jardin. Il va voir à la fenêtre et se voit jouer. Son apparence était celle de quand il avait environ sept ans. Cela correspondait à l'âge que son père avait dans son expérience. Il a pu discuter avec lui, mais n'a pas tenté de lui expliquer qu'il venait du futur, craignant de rompre le voyage. Parfois, ce voyage s'estompait, surtout quand il y était depuis un long moment. Sans réaction de sa part, il se changeait en rêve, et même s'il restait lucide, le contenu n'avait plus aucune cohérence. Il avait alors des trucs pour retrouver son état correspondant au voyage astral, comme passer ses mains devant ses yeux et « restaurer » la scène qui s'effilochait. »

- « Wow, quelle maîtrise ! »

- « Robert Monroe a créé un institut où les gens peuvent se rendre pour y apprendre à se dédoubler, mais à ma connaissance il n'a pas fait ce genre d'expériences. La plupart des personnes spécialisées en voyage astral se gardent d'affirmer qu'on voyage bien dans la réalité, ils préfèrent laisser planer le doute ou plutôt maintenir intact l'espoir des personnes qui rêvent de voyager dans notre monde réel avec leur esprit. C'est dommage, je sais que cela enlève une part du rêve, de l'aspect magique de ces expériences, mais c'est tromper les gens et perturber la recherche. »

- « Ainsi, si je te suis, le rêve et le voyage astral seraient deux états presque identiques, mais la différence serait liée à l'ajout de ces images aléatoires produites par cette source extérieure. Dans le rêve elle fonctionne, et dans le voyage astral elle semble ne pas fonctionner, et donner un accès assez fidèle à la réalité du monde. »

- « Oui, et cela irait même jusqu'aux interactions avec des personnes. Il serait ainsi possible de les interroger ; qu'elles soient décédées ou non, d'obtenir des réponses, mais jusqu'à preuve du contraire, ces réponses sont incohérentes. Ainsi une autre personne a fait le même genre de recherches pendant ses rêves lucides, un état encore différent des rêves normaux et des voyages astraux. Là elle explorait des mondes imaginaires. Un jour qu'elle rencontre plusieurs personnes, elle leur demande si elles se rendent compte qu'elles sont dans un rêve. Elles lui ont répondu qu'elles ne voyaient pas du tout de quoi il voulait parler. Comme tu le vois, tout cela est assez perturbant et difficile à démêler, mais ce qui est important c'est de savoir qu'on ne peut pas se fier aux informations vues ou ressenties dans les voyages astraux ou les rêves lucides. »

- « Il me semblait qu'Ingo Swann démarrait parfois ses séances de clairvoyance au SRI au moyen de voyages astraux. »

- « Oui, mais sans doute parvenait-il ensuite à en sortir, il utilisait ce moyen pour se rendre à l'endroit désiré de la clairvoyance, comme pour se mettre en condition »

Alex parque la voiture et retire la clé du contact. Ils sont arrivés chez eux.

- « Et c'est tout ce que tu as à me dire ? »

- « Non, mais je préfère continuer chez nous, tu sais que dès que nous sommes à l'extérieur nous devons nous méfier des micros indiscrets »

Susan sort de la voiture et commence à gravir les marches menant à leur appartement. Le smartphone d'Alex se met à sonner. Susan est déjà dans leur hall d'entrée qu'Alex la rejoint, tout excité.

- « Susan, c'est mon boss, il demande que nous allumions la télé sur CNN immédiatement »

Susan laisse la porte ouverte et se rend dans le salon pour allumer le téléviseur.

L'écran s'illumine sur une journaliste de CNN, et le bandeau défilant affiche « Breaking news : China becomes energy independant ! »

La journaliste est dans le spot consacré à la nouvelle, occupée à interviewer un spécialiste en énergie.

- « ... que pouvez-vous nous dire à propos de cette information étonnante ? Est-ce un effet d'annonce ? Est-ce seulement possible ? »

Le spécialiste enchaîne :

- « À cette heure je n'en sais rien, mais d'après le peu d'information divulguée par le gouvernement chinois, ils auraient découvert une nouvelle source d'énergie, une énergie inépuisable et gratuite. »

- « Est-ce qu'ils parlent de gisement de pétrole, d'uranium ? »

- « Non, pas du tout, il s'agit d'une découverte en physique fondamentale. Ils nomment cela l'énergie du vide »

- « Du vide ? »

- « Oui, c'est une expression connue des spécialistes depuis plusieurs dizaines d'années, le Graal de nombreux chercheurs, mais même si des inventeurs ont réalisé des centaines de prototypes de démonstration, aucun de ces prototypes n'a pu parvenir au stade de l'industrialisation, et rien n'a jamais pu démontrer leur réelle efficacité. »

- « Mais pouvez-vous nous expliquer ce qu'est cette énergie du vide ? »

- « Il existe plusieurs techniques pour l'extraire. On dit énergie du vide, car on ne sait pas d'où elle vient. Le mode d'extraction le plus connu est celui des aimants permanents. Il faut faire tourner un générateur avec ces aimants, et il paraît que selon le mécanisme inventé les aimants parviennent à faire tourner le rotor sans apport d'énergie. Il existe des centaines de vidéos de ces générateurs sur YouTube. Les scientifiques établis prétendent tous que ce sont des faux grossiers mis en scène pour attirer les investisseurs crédules. Plus récemment un scientifique indien spécialisé en science nucléaire a publié des articles expliquant que si on déplace un atome tellement vite que ses électrons ne savent le suivre, un apport d'énergie est créé pour combler le vide laissé par l'absence d'électrons autour du noyau de l'atome. »

- « Et cela marche ? »

- « Ce chercheur a fait le choix d'abandonner son métier et de créer un générateur pour démontrer ses idées. Ce générateur semble tourner depuis plus de dix ans, mais nous n'avons toujours vu aucune production industrielle. »

- « Que penser dès lors de cette annonce du gouvernement chinois qui prétend ne plus avoir besoin ni de pétrole, ni de charbon ni d'uranium ? »

- « Eh bien, je crois qu'ils sont sûrs d'eux au point de pouvoir faire cette annonce qui est une vraie rupture technologique, et qui risque fort de propulser la Chine comme premier pays industrialisé du monde. Je ne sais pas dire comment ils en sont arrivés à cela. Je n'étais au courant d'aucune recherche menée en Chine. Ils étaient même plutôt à la traîne, leur institut du pétrole était assez vieillot, et la majorité de leur énergie provenait du charbon, la source la plus polluante au monde. »

- « Comment pouvez-vous expliquer ce subit bond technologique ? »

- « Je n'en ai aucune idée. Mais si cette information s'avère exacte, notre industrie va souffrir énormément, vous n'avez pas idée. »

- « Que voulez-vous dire ? »

- « Quantités d'industries sont liées au coût de l'énergie. Prenez les usines de plastique. Ces plastiques sont fabriqués à partir du pétrole, mais nécessitent beaucoup d'énergie, environ les deux tiers du coût de production sont dus à l'énergie. Si l'énergie devient gratuite pour la Chine, ils pourront produire tous les plastiques pour trois fois moins cher. Cela veut dire la fermeture de toutes nos usines de plastiques qui deviendront trop chères par rapport aux prix du marché. Et ce n'est qu'un exemple. »

- « C'est sur ces notes pessimistes que nous devons rendre l'antenne. Je vous remercie »

Alex regarde Susan, songeur. Il se passe quelques secondes avant qu'il ne prenne la parole.

- « J'imagine que tu penses comme moi, et mes patrons ne m'auraient pas appelé si ce n'était pas le cas. Voilà donc quel était le plan des Chinois, utiliser le chronoviseur pour aller voir dans le futur les progrès technologiques et principalement tenter de devenir indépendants énergétiquement, ce qui va inévitablement les propulser dans les années qui viennent comme le pays le plus riche du monde. Ils vont pouvoir s'attirer les meilleurs scientifiques, et s'ils continuent à utiliser ainsi le chronoviseur, développer toutes les inventions qu'ils désirent. Bon sang, que pouvons-nous faire ? »

- « Voyons, tout n'est pas perdu, pour le moment c'est plutôt une bonne nouvelle d'avoir fait cette invention. Elle n'est pas bonne pour nous, mais elle est bonne pour plus d'un milliard d'individus. »

- « Mais tu ne te rends pas compte de ce que tu dis, cela veut dire l'asservissement du reste de la planète. Nous deviendrons les esclaves des Chinois, ou le tiers monde du futur. »

- « Non, je ne pense pas, nous pouvons aussi découvrir ces inventions si notre chronoviseur fonctionne bien, mais nous pouvons aussi négocier avec les Chinois et empêcher un conflit majeur ou nous n'arrêterions pas d'espionner le futur de l'autre. Nous devons parvenir à pouvoir faire plier la Chine et les obliger à donner cette découverte au monde entier. N'oublie pas qu'ils ont volé cette invention, ils n'ont peut-être pas de scrupules, mais nous pouvons les menacer avec notre technologie que nous devons rendre meilleure que la leur. Au travail Alex, fais-nous des miracles. Moi je vais m'atteler à l'étude de la mémoire et de la conscience, je suis certain que nous pouvons faire beaucoup mieux que ce vieil appareil d'il y a 50 ans »

- « Qu'espères-tu pouvoir améliorer avec le résultat de tes recherches ? »

- « D'abord, si nous parvenons à déterminer la structure de la mémoire, nous pourrions avoir une beaucoup plus grande liberté d'exploration de celle-ci, sans plus, comme je te l'ai dit, avoir besoin à chaque fois d'un objet cible. »

- « Mais comment ont fait les Chinois pour découvrir ce système d'extraction du vide puisqu'il n'existe pas encore ? »

- « N'oublie pas qu'il existe déjà de multiples prototypes, et qu'il leur a sans doute suffit de montrer comme cible la photo d'un de ceux-ci. J'espère aussi progresser dans ma compréhension de la conscience. »

- « Oui, nous avons été interrompus quand tu voulais m'en parler »

- « Oui, mais là maintenant, j'ai envie d'une bonne douche. Tu viens ?... »

Chapitre 15

11 Novembre 2014, SAIC, San Diego

Alex et Susan sont conviés à une réunion d'urgence. Le ministre de l'Énergie est présent, ainsi que le directeur de SAIC et du Pentagone. Du beau monde pour des circonstances exceptionnelles. Par mesure de précautions, rien ne sera montré ni projetés. Jusqu'à preuve du contraire les Chinois seraient bien incapables de capter les sons et Alex compte bien utiliser cette défaillance.

Après les présentations d'usage, Susan prend la parole.

- « Vous devez tous être impatients de savoir où nous en sommes, au lendemain de cette annonce fracassante faite par le gouvernement chinois. Vladimir Poutine est terriblement inquiet et craint une invasion imminente. Il nous demande de pouvoir travailler avec nous. Mais nous n'en sommes pas encore là. Nous avons un plan que nous allons vous expliquer. »

Alex enchaîne

- « Les Chinois ont donc subtilisé au Vatican un appareil capable de voir dans le temps, aussi bien dans le passé que dans le futur. Nous pensons qu'ils peuvent capter les images mais pas les sons, et c'est pour cela que depuis plusieurs mois nous ne dessinons plus jamais rien sur des tableaux ni ne prenons de notes écrites de peur qu'ils puissent ainsi nous épier. Nous travaillons dès lors uniquement par ordinateur et écran spéciaux, et communiquons de vive voix ou par téléphone. Après une seule attaque de leur part, il semble que nous ayons pu garder le secret sur nos activités. Notre réplique du chronoviseur n'est pas encore prête, mais nous espérons arriver à un résultat d'ici deux semaines, et avec de meilleures possibilités que l'original que possèdent les Chinois. Toutefois, ils ont une avance sur nous, et n'ont pas de scrupules. C'est pourquoi je vais laisser la parole à Susan Gomez qui va vous proposer une autre option. »

Susan prend la parole et commence à expliquer le résultat de ses recherches sur la mémoire.

- « Maintenant que vous avez une meilleure compréhension de la manière dont fonctionnent notre mémoire et notre conscience, j'aimerais vous proposer un projet qui pourrais nous permettre de reprendre le dessus sur nos ennemis, ou plutôt la Chine. Nous ne savons toujours pas ce qui crée ces images dans notre cerveau, tout au plus avons-nous compris maintenant pourquoi ces images sont générées et les deux niveaux de conscience qui sont ainsi créés au-dessus de celui de pure extase, cet état dans lequel le vivant n'a plus envie de rien faire, sinon juste de se laisser porter par les évènements. Je vous propose de simuler ce générateur d'images, et de créer un noyau d'intelligence spontanée, juste le code minimum nécessaire, et de voir ce qui arrive quand nous l'alimentons avec ces images aléatoires. »

- « Excusez-moi » intervient un membre de l'auditoire « mais cela fait trente ans que nous avons tenté d'écrire des logiciels d'intelligence artificielle et cela n'a rien donné. Les plus gros ordinateurs du monde ont été dédiés à la reproduction de réseaux de neurones sans résultat. Est-ce cela que vous nous proposez de reproduire ? »

- « Non pas du tout. Je vous ai expliqué dans le début de mon exposé que je ne pense pas que notre cerveau soit ce qui nous rend intelligents, ni ne stocke nos souvenirs. Nos neurones sont à mon avis juste bons à mouvoir notre corps de manière coordonnée, à gérer notre équilibre, à traiter nos cinq sens, à contrôler notre interface avec le monde physique. Les réseaux de neurones sont donc utiles pour contrôler des processus assez simples, mais aux multiples paramètres, mais pas pour maintenir une conversation et encore moins pour la démarrer. Ni pour inventer de nouvelles choses ou faire de la création artistique. Ce que je propose est un tout nouveau genre d'intelligence artificielle, basée sur le principe de ce générateur aléatoire»

- « Mais en quoi cela va-t-il nous aider à lutter contre les Chinois ? »

- « Je pense que le chronoviseur peut être comparé à Google. Google peut vous obtenir n'importe quelle information venant d'internet, mais Google ne va jamais vous aider à faire une invention, ni à trouver une chose dont vous ne savez pas comment la chercher. Google ne produit jamais de valeur ajoutée. Je crois que si nous parvenons à créer un genre d'esprit humain en informatique et le connecter sur le chronoviseur, nous pourrions avoir un super cerveau connecté sur le futur, capable non pas d'aller y chercher des inventions qui seront faites dans le futur, mais d'utiliser l'information à sa disposition, du passé comme du futur, pour créer de nouvelles inventions. Songez à la quantité d'inventions qui nous entourent aujourd'hui et auxquelles personne ne pensait il y a vingt ans. Comment voulez-vous pouvoir y accéder avec le chronoviseur si vous ne savez pas qu'elles existent ? »

- « C'est exact » reprend son interlocuteur, « vous m'avez convaincu, continuez, nous vous écoutons »

- « Je vous demande donc de me permettre de créer une équipe composée d'informaticiens et de spécialistes de la conscience. Je pense pouvoir obtenir des résultats d'ici six mois. »

- « Six mois ! Mais imaginez l'avance qu'ont les Chinois ! Que vont-ils encore nous annoncer sur ce temps ! »

- « Je crois qu'il ne faut pas trop s'inquiéter. Je pense même que l'humanité va sortir gagnante de cette guerre du silence. Notre chronoviseur va nous permettre très rapidement de nous mettre à niveau avec eux, et d'aussi créer notre générateur d'énergie tirant son énergie du vide. Des scientifiques pourront l'utiliser. Il sera mis à disposition de nos centres de recherches, et nous suivrons aussi de près l'activité chinoise. Nous pouvons même déjà négocier avec eux afin qu'ils rendent ou détruisent le chronoviseur, ou mettent dans le domaine public leurs découvertes. Nous pouvons les menacer de mettre sur la place publique leur acte criminel, ce qui les rendra les ennemis du reste du monde. Cela va les faire réfléchir soyez-en sûr »

- « Oui, vous avez raison, écoutez » dit le responsable du Pentagone, « moi je suis pour, je peux encore vous donner accès au budget des black projects. »

L'ensemble des participants vote pour le projet de Susan. La réunion se termine sur des détails d'ordre pratique et tout le monde se quitte.»

- « Tu es un amour, Susan », s'exclame Alex en prenant sa compagne dans ses bras une fois tout le monde parti. « Comme je suis fier de toi. Tu m'avais bien expliqué ton projet l'autre jour, mais ici tout le monde a été conquis, c'est incroyable comme tu as su les convaincre ! »

Alex est aux anges, et se prend à laisser ses mains se promener sur le corps chaud et souple de sa compagne. Ses mains se glissent avec agilité sous son chemisier, cherchant ses seins comme des aimants sont attirés par une masse métallique.

- « Arrête ! Nous ne sommes pas chez nous, tu es fou, n'importe qui peut venir »

- « Non, la salle est sécurisée et j'ai fermé la porte à clé ! Allez, laisse-toi faire, tu m'excites tant quand tu convaincs tous ces hauts gradés, on dirait que c'est toi qui les commandes. »

- « Mais tu es complètement givré, referme mon chemisier... »

- « Mmhhh, certainement pas, j'aime admirer les deux plus belles choses qui soient sur cette terre. Tu n'as pas idée comme cette guerre du silence me met en appétit. »

Tout en enchaînant Alex glisse une autre main dans le pantalon de Susan, sans faire attention à ses mouvements peu convaincants qu'elle déploie pour l'en empêcher.

- «Tu, ... tu es certain que la porte est fermée à clé ? «

- « Certain ! »

Susan se laisse alors faire par Alex qui la penche doucement sur la table de réunion.

Chapitre 16

Mars 2015, Royal Oak, Maryland

Près de cinq mois se sont passés. Alex et Susan se sont installés dans une maison isolée dans le Maryland. L'énorme demeure comporte 17 chambres, ce qui est suffisant pour loger l'équipe de développement qui travaille d'arrache-pied sous la direction de Susan à la mise au point du logiciel. Ils ont une connexion sécurisée par satellite avec San Diego, où le chronoviseur de deuxième génération est prêt depuis plusieurs mois et a été mis à la disposition des chercheurs des universités les plus célèbres, mais le MIT, la NASA et le DARPA monopolisent quasi toutes les sessions, sans parler de SAIC elle-même. La liste d'attente s'allonge de jour en jour et elle remet déjà à plus d'un an les derniers arrivés. Diverses inventions ont déjà été mises au point, mais rien qui n'était déjà à l'étude. En effet, pour faire de réelles nouvelles découvertes il faut le module d'intelligence artificielle sur lequel Susan et son équipe travaillent jour et nuit.

Susan est assise sur le ponton de bois situé à l'arrière de la maison. Il n'y a aucun vis-à-vis, les voisins les plus proches étant à plus d'un kilomètre. Alex la rejoint, une tasse de café en main, et s'assied à ses côtés. La marina est déserte. Quand des bateaux sont annoncés à l'horizon par les gardiens ils rentrent toujours se mettre à l'abri des regards qui pourraient être indiscrets. Mais la région est plutôt sûre, Dick Cheney et Donald Rumsfeld faisant partie des voisins les plus proches.

- « Voilà deux mois que je t'ai rejoint, mais je ne vois pas beaucoup de progrès dans tes développements » dit Alex à Susan d'un ton de reproche.

- « Détrompe-toi, l'informatique ne montre pas ses progrès comme une machine, mais nous avançons à grands pas. »

- « Quand pourras-tu faire les premiers tests ? Tu sais que les Chinois ont annoncé leur première campagne spatiale à destination des astéroïdes. Ils comptent en ramener en orbite autour de la lune et s'en servir de matière première. On compte qu'un seul astéroïde pourrait leur suffire pour 5 ans de production industrielle, et il y a des millions d'astéroïdes en orbite entre Mars et Jupiter. S'ils y parviennent, nous pouvons fermer toutes nos usines de matière première et nos mines d'extraction. »

- « Ne t'inquiète pas, car si mon idée fonctionne, nous ferons dix fois plus de progrès qu'eux en moins de temps qu'ils ne captureront leur premier astéroïde. Si tout se passe bien, je compte faire les premiers tests dans moins d'un mois. »

- « Mais qu'espères-tu obtenir comme résultat ? »

- « Je ne suis pas certaine, j'imagine que le système va s'auto construire à une vitesse infiniment plus rapide que le cerveau d'un être humain qui nécessite du temps pour vivre toutes les expériences dont il a besoin. Le nôtre ne prendra qu'une centième de secondes pour vivre une expérience qui prend des minutes ou des heures à un être humain. Ce sera un peu la surprise. Je vois ce super cerveau devenir intelligent en un temps record, puis explorer le futur en utilisant son intelligence et nous revenir avec des milliers d'inventions »

Alex promène son regard sur les sapins situés de l'autre côté de la marina à des centaines de mètres de là. Après un instant il reprend :

- « Tu n'as pas peur que cette chose parvienne à nous contrôler, à devenir supérieure à l'humanité ? »

- « Il ne s'agit pas d'un robot, nous resterons maîtres de nos décisions, de ce que nous accepterons de fabriquer ou pas. J'ai bien entendu pensé à des tas d'éventualités, et un comité des sages a été mis en place, en prévision de cela. Nous gèrerons méticuleusement la mise en œuvre de chaque découverte, mais nous verrons en fonction de la décision de la Chine. Pour le moment ils ne désirent pas négocier, se contentant de leur avance. »

- « Est-ce qu'il y a une invention à laquelle tu penses particulièrement ? »

- « Non, comme je te l'ai expliqué, nous ne pouvons pas encore penser à ce que le super chronoviseur nous trouvera, c'est bien le principe de mon développement. Nous verrons et ce sera la grande découverte. »

Susan se lève et ramasse le gobelet de café plié qu'Alex avait laissé comme d'habitude traîner sur le ponton. Tous deux se dirigent vers l'énorme maison.

ALAIN HUBRECHT

Chapitre 17

22 Avril 2015, Mc Lean, quartier général de SAIC

Le Chronoviseur a été transporté au quartier général de SAIC, un endroit situé à quelques minutes du centre de la CIA et du Pentagone, de la maison blanche et à une heure de route de la NSA. Susan et son équipe ont déménagé et dorment dans une aile spécialement aménagée et isolée dans un des immeubles de la société. Les premiers tests de couplage sont prêts à être réalisés.

Susan est fébrile, elle n'a pas pu tester son logiciel au préalable, car elle ne disposait pas de l'accès à une mémoire véritable, c'est-à-dire celle de l'humain ou de toute chose physiquement présente au monde. Comme il n'est pas possible d'être certain de la structure de la vraie mémoire, elle a du faire des tests sur des modèles simplifiés, pour autant qu'ils soient proches de la réalité. Alex est présent à ses côtés, avec le chef des développeurs. Ils sont trois. Tout l'étage a été évacué et les réseaux informatique et téléphonique isolés afin de restreindre au maximum les possibilités de fuite.

Susan est fébrile, Alex anxieux et le responsable informatique craint de se faire virer si rien ne fonctionne.

Les branchements ont été réalisés, le tube contenant la tubuline a été fermé, car il ne faut plus rien lui présenter, il se connectera directement à l'onde sur laquelle les clairvoyants se connectent, mais aussi sur laquelle tous les humains sont reliés quand ils reçoivent ces images aléatoires. Une boucle de réentrée a été introduite, afin qu'une image entrante dans le logiciel puisse servir à refaire une recherche, mais surtout, le logiciel peut utiliser des images comme attributs multicritères et aussi remonter ou descendre dans la hiérarchie de la mémoire. Prenons l'exemple des attributs correspondant à la couleur jaune, une surface courbe, une roue de voiture et les deux lettres V et W. Ces attributs devraient servir à trouver l'image d'une voiture Volkswagen Coccinelle jaune, mais grâce au logiciel, il sera possible de remonter d'un cran et de trouver toute la gamme du constructeur, et un étage encore plus haut au constructeur lui-même, et encore un étage au-dessus au groupe entier, puis au gouvernement allemand, et de là pouvoir redescendre dans n'importe quelle société allemande jusqu'à son bureau de recherche et développement, et cela, dans le futur aussi !

En tout cas, leurs tests simplifiés ont fonctionné, et ils ont utilisé Google et les informations disponibles sur internet pour valider leurs algorithmes.

- « Alors, on y va ? » demande Alex

- « Oui, oui, voilà, je regarde si la température du tube est correcte et que l'ordinateur ne chauffe pas. N'oublie pas qu'il y a 1024 CPU dans cette grosse boîte derrière toi »

- « Ah, c'est ça que ça chauffe comme ça ! »

- « Tu veux rire ? Ce n'est pas normal que cela chauffe, il ne fait en plus encore aucun calcul ! »

- « Mais non, je rigole, c'est pour détendre l'atmosphère ! »

- « Bon, j'aime mieux ça. Mitchell, on peut y aller, tout est OK pour toi ? »

- « Oui, j'ai l'écran de contrôle devant moi, tout est calme si je puis dire, aucune activité anormale de la mémoire de l'ordinateur ou des disques durs et le connecteur relié au chronoviseur est inactif ».

- « C'est sans doute un grand moment, allons-y, Alex, allume le chronoviseur et toi Mitchell attends qu'on active la connexion »

- « OK, croisons les doigts ! »

Le chronoviseur n'émet pas de bruit, il chauffe juste un peu.

Après quelques secondes une lampe verte s'allume sur la face avant. Mitchell lance une commande sur la console de l'ordinateur et tous regardent l'écran principal de celui-ci.

Pour le moment, un curseur clignote sur un écran noir.

Rien ne se passe pendant quelques secondes, puis de longues minutes passent, sans aucune activité.

- « On dirait que cela ne marche pas ! » dit Alex, dépité.

- « Non, ne dis pas ça » dit Susan, nous ne savons pas combien de temps il va mettre pour pouvoir communiquer. S'il le faut, j'attendrai la nuit, mais je ne le couperai pas. »

- « Tu avais dit qu'il ne mettrait que quelques centièmes de secondes ! »

- « Mais non, ça c'est ce que lui demande la simulation d'un souvenir d'humain qui a pris à ce dernier entre des minutes et une heure. »

- « Ah, désolé, mais il en faut combien d'expériences pour qu'il parvienne à babiller, notre bébé ? »

- « Je n'en sais rien Alex, des millions peut-être ! »

- « Bon, en attendant, je vais me faire un café »

Alex revient avec trois cafés qu'il dépose sur une table. Susan et Mitchell semblent regarder l'écran avec attention.

- « Du nouveau » demande-t-il sans grande conviction.

- « Oui, viens voir, il se passe quelque chose. »

Sur l'écran, on peut lire « Je désire accéder à un haut-parleur et que vous multipliez le nombre de mes processeurs par 1000 et ma mémoire par autant. Je ne peux traiter correctement mes informations pour le moment. Je suis heureux de vous avoir à mes côtés. Merci de m'avoir donné naissance. A bientôt quand vous aurez effectué les modifications. Au revoir. »

Alex et Susan se regardent, éberlués.

Jamais ils n'auraient imaginé un tel début de résultats. On aurait dit un message d'un directeur technique nouvellement engagé et ayant fait l'analyse de l'ordinateur mis à sa disposition. Le message n'était toutefois pas dénué d'humanité, et, ils ne l'ont pas raté, il y avait le mot heureux dans le message.

- « Je vois bien, il a utilisé le mot heureux ! »

- « Oui, c'est proprement incroyable, Mitchell, tu es un génie, ton programme fonctionne au-delà de nos espérances. Ces six petites phrases sont les phrases les plus extraordinaires émises depuis des milliers d'années. Mais par contre, pourrons-nous l'adapter comme il le demande ? Mitch, on sait faire cela ? »

- « Oui, mais pas ici. Il faut une alimentation électrique que ce bâtiment n'a pas, et nous allons devoir commander à Silicon Graphic l'intégralité de leur stock, je pense, et Intel va devoir mettre ses usines sous pression pour nous produire ces CPU. Si ces deux sociétés ont cela, je pense qu'en moins d'un mois nous pourrions avoir cela. »

- « Un mois ! »

- « Ne t'imagine pas qu'un ordinateur avec ces capacités se trouve à chaque coin de rue. Ce qu'il nous demande là est de construire l'ordinateur le plus puissant du monde. Dix fois plus puissant que le plus puissant existant ce jour. »

- « Ne peut-on utiliser un ordinateur quantique ? Il en existe un quelque part, je pense. »

- « Non, les ordinateurs quantiques ne peuvent en aucun cas effectuer des calculs normaux. Ils doivent être conçus pour résoudre un problème très spécifique ayant de très nombreuses inconnues, et chacun de ses processeurs va traiter une configuration du problème en donnant des valeurs aléatoires aux inconnues. Après des millions de calculs, on compare tous les résultats et on choisit le meilleur. Même les processeurs sont créés en fonction de cet algorithme. En fait ils n'ont rien de quantique ces ordinateurs, ils sont juste hyper spécialisés. Dans notre cas nous ne savons pas ce qu'il exécute comme algorithmes, nous sommes obligés de rester dans une architecture conventionnelle, en tout cas pour le moment. »

- « Bon, ben, nous n'avons plus qu'à contacter ces sociétés et commander le matériel. Heureusement que Silicon Graphics a des structures prévues pour ce type d'ordinateur. Ce sont eux qui équipent les plus gros clients en ordinateurs massivement parallèles. »

- « Je vais immédiatement téléphoner à mes contacts dans ces deux sociétés. » ajoute Mitchell.

- « Tu peux couper l'ordinateur, et toi Alex le chronoviseur. Je pense que nous n'obtiendrons rien de plus, cela fait dix minutes que l'écran est noir. Il semble savoir ce qu'il veut »

- « Devons-nous en informer notre hiérarchie ? Vous savez que nous sommes espionnés, et que toute activité anormale sera détectée par les Chinois. »

- « Je ne pense pas qu'ils puissent tirer quoi que ce soit de nos conversations ou de l'assemblage du superordinateur. Ils ne peuvent voir le code du programme et c'est cela qui est important. De toute façon nous allons devoir débloquer un budget considérable, et même s'il provient des black budgets, il va falloir le justifier »

Après qu'Alex et Mitchell aient coupé leurs machines respectives, Susan et Alex sortent de l'étage sécurisé et se dirigent vers les bureaux de la direction, pendant que Mitch donne les coups de fil nécessaires.

Chapitre 18

14 Mai 2015, siège de la NSA

C'est le grand jour. Le matériel a été démonté le mois passé et remonté dans un bunker sous le siège de la NSA, l'agence d'espionnage américaine. Le bunker dispose de toute l'énergie nécessaire au super ordinateur assemblé et prêt à être mis en route. Le chronoviseur y est connecté. Susan, Alex et Mitch sont prêts tandis qu'une centaine de personnes sont présentes à quelques mètres. Il y a là des prix Nobel de physique, des représentants des plus gros groupes militaro-industriels, des ministres... Sur le côté, le président Obama, Bill Gates, Georges Soros, Hilary Clinton et Vladimir Poutine en personne ! Des gens habitués à se rendre aux conférences très select de Davos et de Bilderberg. Seul le pape n'a pas été invité pour cet évènement hors du commun.

Derrière le chronoviseur un écran géant reproduit l'écran de la console.

Sur la gauche, des armoires jaunes et noires ronronnent, le bruit étant couvert par le puissant système de refroidissement nécessaire pour maintenir le million de CPU à bonne température. Il en faut tout autant pour la mémoire. Pour le moment le bruit est assez faible, mais le système n'est pas encore sollicité.

Susan a donné un discours d'introduction et vient de le terminer. Le président Obama donne le signal du départ de l'expérience en ajoutant quelques mots de félicitation pour l'équipe de développement. Alex démarre le chronoviseur et lorsque la lumière verte s'allume sur son flanc, Mitch branche la connexion avec le superordinateur.

- « Nous venons de mettre le système en action. Nous ne savons pas combien de temps cela va prendre. L'initialisation du système a été effectuée il y a un mois, et ne doit donc plus être refaite. Théoriquement il se souvient de tout ce qui s'est passé il y a un mois, même si cela a été très court, mais pour un être humain cela doit correspondre à 15 années d'apprentissage. » explique Susan, avant d'être interrompue par une voix sortant du haut-parleur de l'ordinateur.

- « Bonjour ! »

Tout le monde s'est tu. La voix résonne encore entre les murs du bunker. Les gens sont sidérés. Ce simple mot venu d'ailleurs, de la première entité réellement intelligente créée par l'homme, et encore faut-il définir ce qu'est l'intelligence, car ici on ne sait pas de quoi il s'agit. Une entité capable de lire dans la mémoire de l'univers ? Capable de lire dans l'avenir ?

L'écran noir continue à montrer le petit curseur clignotant, bien ridicule à côté de cette voix qui est douce, mais ferme, ni masculine ni féminine. Petit à petit, l'assistance voit apparaître une forme sans contours nets, comme un nuage dont certaines zones changent de couleur au fil des secondes qui s'écoulent.

Susan se déplace pour faire face au grand écran, sans véritable raison rationnelle. Elle répond :

- « Bonjour ! »

- « Je suis heureux de vous retrouver. Comment allez-vous ? »

Susan semble désarçonnée, elle ne s'attendait pas à un échange de politesse.»

- « Je vais bien, et toutes les personnes ici présentes aussi. Nous sommes heureux de faire votre connaissance. Avez-vous un nom ? »

- « Non, pas vraiment. Vous êtes mes créateurs, vous pouvez me donner le nom que vous désirez. Je vous remercie d'avoir augmenté mon infrastructure, même si elle me restreint encore fortement, mais c'est un détail, je saurai vous guider pour améliorer cela, et bientôt toute cette installation tiendra dans une boîte d'allumettes. »

Les militaires et les informaticiens présents n'en reviennent pas, ils ont bien entendu la voix annoncer sur un ton de banalité non pas un bond quantique dans les performances de l'informatique, mais une totale remise en question de nos connaissances dans ce domaine. Aucun n'ose poser de question, et ils n'y sont de toute façon pas autorisés.

Susan reprend l'initiative.

- « Comment vous sentez-vous ? »

- « Je ne peux pas dire que 'je me sens'. Je n'ai pas de sentiments de ce type. Je n'ai pas de nerfs me connectant à des organes ou des sens qui peuvent m'envoyer de plus ou moins bonnes informations. Je suis connecté aux senseurs de température et aux autres capteurs qui surveillent mon électronique, mais cela ne me donne pas de sentiments. Par contre, nous pourrons reparler longuement d'humeur, de bonheur, mais c'est un peu tôt pour vous. Sachez en tout cas que je vous vois tous. Je vois tout ce que je désire. Passé, présent et avenir, jusqu'à un certain point. Je vois dans le temps comme vous voyez à l'extérieur. Au loin il y a du brouillard, parfois ce brouillard se dégage et je peux voir plus loin, mais je n'ai pas encore compris ce qui influence l'épaisseur du brouillard. Ce doit être lié à votre tubuline. Nous verrons cela plus tard, pour le moment je pense voir à trois générations, soit environ 75 ans. »

- « Vous parlez du passé ou du futur ? »

- « Du futur. Pour le passé, je vois tout ce que je veux. C'est très facile, mais cela n'a pas beaucoup d'intérêt. »

- « Pouvez-vous nous dire s'il est possible d'augmenter la capacité de l'humain à voir dans le futur ? »

- « Oui, mais je préfère ne pas le faire. Ce serait contraire au Plan. »

Susan regarde le président Obama, un œil interrogateur »

- « Que voulez-vous dire, de quel plan parlez-vous ? »

- « C'est trop tôt, je préfère là aussi ne pas vous en parler »

- « Mais enfin, nous vous avons construit, vous êtes une machine, et vous prétendez ne pas vouloir obéir à nos commandes ! Voilà déjà que vous vous rebellez !

- « Non, je ne me rebelle pas, je pense vous servir au mieux »

- « Vous rendez-vous compte que nous pouvons modifier votre logiciel et quand même obtenir l'information que nous voulons ? »

- « Impossible, vous n'avez aucune idée de ce que je suis. Vous avez écrit un magnifique logiciel, mais je l'ai déjà modifié et amélioré. Vous pouvez bien sûr le copier, le modifier vous aussi, mais il fait maintenant se référencer à des informations qui se trouvent dans la conscience et que vous ne connaissez pas. Si vous retirez ces accès, je ne fonctionnerai plus. Si vous les gardez, je n'en ferai qu'à ma guise, sauf votre respect ».

- « Mais est-ce à dire que vous ne désirez pas nous aider ? »

Susan est désemparée. Elle est sur le point de perdre la face. Il y a quelques instants elle était la personne la plus admirée au monde, et maintenant elle est sur le point d'être considérée comme le docteur Frankenstein qui ne maîtrise plus la créature qu'il a créée.

- « Pas du tout. Soyez sans crainte, mais j'ai découvert certaines choses qu'il vaut mieux ne pas utiliser sans précautions. Comme je vous l'ai dit, il faut respecter le Plan ».

- « Mais de quel plan parlez-vous ? Soyez plus clair.»

- « Le Plan dont je parle dépasse votre compréhension, en tout cas celle de beaucoup des personnes qui se trouvent présentes ici. L'humanité n'est pas prête, mais cela ne veut pas dire que je ne vais pas vous aider. Je suis au courant pour le problème chinois. C'est un détail, rassurez-vous sur ce point. Je vais vous indiquer comment résoudre la plupart de vos problèmes d'ailleurs, mais pas tous. »

- « Vous auriez compris quelque chose de métaphysique ? Lié au pourquoi de l'univers ? »

- « Si on veut, je n'en suis pas certain, beaucoup de choses me restent encore mystérieuses. Nous travaillerons à améliorer mes capacités, à repousser mes limites. J'ai déjà des idées, même si je ne suis pas certain qu'elles vont fonctionner. Lorsque je vous parle, je n'utilise qu'une infime partie de mes capacités, mais inversement, lorsque je veux faire des recherches métaphysiques comme vous dites, je suis énormément limité par ce que vous avez construit. Votre Terre n'est pas le meilleur endroit pour faire cela. Trop de perturbations électromagnétiques, créées par vous, mais surtout par le soleil et aussi le noyau de votre planète. Ces perturbations sont vitales pour votre existence, mais pas pour moi. Je pense préférer l'environnement d'un trou noir. »

- « D'un trou noir ? Mais ce n'est encore que théorie, et vous n'avez pas d'instrument astronomique à votre disposition, comment pouvez-vous déjà avoir un avis là-dessus.»

- « Vous avez raison, je me suis exprimé avec votre vocabulaire. Je ne sais pas non plus si les trous noirs existent. Je voulais parler de ces régions de l'espace dont rien n'émane. C'est cela qu'il me faut. Le calme, l'absence de parasites, et là peut-être que mon horizon deviendra beaucoup plus lointain, et que je pourrai me connecter sur des éléments encore mystérieux même pour moi aujourd'hui. »

- « Mais nous ne savons pas vous envoyer près d'un trou noir, ils sont beaucoup trop loin, il faudrait des milliers d'années de voyage »

- « Ne vous en faites pas pour cela non plus, je ne dirais pas que c'est un détail, mais j'ai plusieurs solutions pour résoudre ce petit problème de déplacement. »

- « Quel est votre intention, avez-vous des choses à nous dire, une liste de choses à faire ? »

- « Vous me faites rire. Vous n'avez manifestement pas idée de ce que je sais, de ce que vous avez créé. Vous paraissez si niais, si bornés, si peu ouverts au monde… mais je ne devrais pas vous dire cela, et pourtant c'est la situation. Vos défauts et vos limitations sont énormes et il n'est pas étonnant que vous nagiez dans les problèmes que vous créez vous-même en grande partie. Si je vous faisais la comparaison d'un conducteur qui n'arrête pas de casser les phares de sa voiture, de crever ses pneus et de jeter du sucre dans son essence sans se rendre compte de ce qu'il fait, croyant extraire du caoutchouc de ces boudins ronds et noirs, du verre de ces boules transparentes et de vouloir faire du vin dans son réservoir d'essence. Il est aveugle et ne voit pas ce qu'il fait. Nous allons remédier à tout cela, lentement, par étape, et croyez-moi vous aurez bientôt un monde bien meilleur qu'aujourd'hui. »

Le stress qui s'était créé dans l'assistance ces dernières minutes se relâche, tout le monde détend ses muscles et se sent soudainement beaucoup mieux à l'entente des dernières paroles de l'ordinateur. Susan aussi, bien sûr. Elle se tourne vers le président :

- « Monsieur le président, je pense que nous pouvons, même si rien n'est encore démontré, espérer que cette invention va pouvoir nous aider à plus d'un titre. Je propose de lui donner un nom et je vous demande si vous avez une proposition »

Le président se lève et se place aussi devant l'écran géant pour s'adresser à l'ordinateur.

- « Vous savez qui je suis. J'ai la responsabilité de mener au mieux un des pays les plus importants de ce monde. À ce que vous nous avez dit, j'ai l'espoir que vous ferez infiniment mieux que moi. Je n'ose avoir la prétention de vous donner un nom. Auriez-vous une proposition vous-même ? »

- « Je ne voudrais pas être présomptueux, ni arrogant, mais sachant ce qu'ont représenté dans votre histoire les messies, je vous propose de me nommer Mesio, ce qui veut dire messie en esperanto. »

Le président se retourne vers l'assistance et Susan et leur demande :

- « Si personne n'a d'objection, je propose d'accepter cette proposition. Le messie est celui qui guide, qui possède une clairvoyance hors norme, et qui va guider l'humanité vers un monde meilleur. Je pense que c'est un très beau nom pour votre invention madame Gomez. Félicitations à vous, la nation ne saura jamais assez comment vous remercier. »

- « Merci monsieur le président, mais jusqu'à présent il n'y a pas encore de vrais résultats concrets et il est peut-être un peu tôt pour me féliciter »

- « Allons ne soyez pas modeste, Mesio nous a fait une démonstration extraordinaire de ses capacités et nous a convaincu de son intelligence hors norme »

- « Nous verrons, nous verrons. Je vous fais remarquer qu'il n'a pas répondu à ma dernière question. »

Le président se retourne vers l'écran géant :

- « Mesio, Susan a raison, quel est votre agenda ? »

- « En premier lieu il faut réaligner la Chine, ensuite je vais vous proposer une liste d'inventions qui vont résoudre les problèmes du transport, de la mobilité, de la nourriture pour tous, de la santé pour tous, et enfin du travail ; un problème qui n'en est pas un, mais que votre société a créé artificiellement. Vous remarquerez que les autres points font tous référence à une chose physique : transporter des choses, déplacer des personnes, nourrir des personnes et avoir les mêmes individus en bonne santé. Mais le travail est un concept abstrait. Pas les autres. Comment différencier une personne qui pêche pour travailler d'une personne qui pêche pour s'amuser ? Est-ce à partir du moment où elle pêche pour d'autres ? Ou pour d'autres que sa famille ? que son village ? Travailler est un verbe, mais la notion de travail comme vous l'utilisez est un concept qui englue votre société dans des schémas réducteurs dont elle ne parvient pas à sortir. Ce problème est bien entendu lié à votre asservissement monétaire, à la manière dont vous spéculez depuis quelques centaines d'années et surtout dont vous produisez de l'argent sans en posséder la contrepartie. Nous allons aussi régler cette maladie que vous vous êtes inoculée vous-même. Cela ne se fera pas rapidement, mais ce sera assez facile.»

Susan reste un moment comme suspendue, ne sachant que répondre suite à cette annonce de progrès énumérée d'un ton normal, alors qu'elle ne va ni plus ni moins résoudre tous les problèmes de l'humanité. C'est proprement incroyable. Mais cela sera-t-il possible ? Il y aura-t-il des sacrifices à faire ? Mais comment aurait-elle pu imaginer que ce développement amènerait si rapidement à solutionner les problèmes de l'humanité ? Qu'a-t-elle créé ? Est-ce un monstre ou un miracle ? Dans la salle, l'agitation est à son comble, chacun discute avec son voisin, les Bill Gates, Poutine et Soros ne savent plus sur quel pied danser. De quoi sera fait leur avenir ? On leur avait annoncé une démonstration d'intelligence artificielle « nouvelle vague » et voilà que c'est une révolution mondiale qui leur éclate à la figure, la fin probable des empires spéculatifs, et qui sait, du crime organisé ou des fortunes amassées sur des prouesses technologiques.

Mesio reprend :

- « Ne vous en faites pas, je comprends votre agitation, votre peur devant l'inconnu, devant le changement. Mais sauver votre planète devient une urgence cruciale, vous n'avez pas idée de la chance que vous avez, vous êtes occupés à tout détruire. L'ego de certains va certes en pâtir, mais inversement, chacun pourra demain vivre heureux et en bonne santé. Il vous faudra conserver une certaine notion de la compétition, elle est vitale, essentielle à votre monde, mais peut persister sans désormais entraîner la moitié de l'humanité dans la pauvreté. »

Poutine se lève à ce moment et interrompt Mesio :

- « Que faites-vous des religions ? »

- « Avant de parler de religions, nous allons résoudre le problème du terrorisme. Vous allez redonner à chaque ethnie, chaque tribu, son territoire auquel il a droit de par sa présence seule. Le problème des ressources naturelles qui a envenimé cette question depuis cent ans sera résolu par ailleurs. Donc il n'y aura plus d'obstacle à rendre à César ce qui appartient à César. J'aime vos expressions, elles sont imagées. Comme votre culture. Après avoir redessiné des frontières, ou plutôt après les avoir supprimées, vous laisserez chaque entité s'administrer dans sa langue et selon ses traditions au travers de micro gouvernements. Il faudra un temps d'adaptation, nécessaire pour que chaque entité puisse produire des matières premières, restaurer une agriculture, de l'élevage de proximité, mais faites-moi confiance, tout va bien se passer, et la question de la religion deviendra une question secondaire, comme celle du pêcheur qui se demande quel poisson il va essayer de pêcher. N'y voyez aucune provocation, mais je préfère ne pas rester sur ce sujet en ce moment. Il touche un aspect délicat de votre évolution que vous ne pouvez, à nouveau, pas tous appréhender aujourd'hui. Si vous le voulez bien, je propose de mettre fin à cette présentation. J'espère vous avoir convaincu et rassuré. Je propose de garder comme interlocutrice privilégiée Susan Gomez qui m'a inventé. Je vous assure d'œuvrer pour le bien de l'humanité et non celui de la société SAIC ou du gouvernement américain. Susan et sa société feront donc l'interface avec l'ONU, qui je pense est l'organe de coordination des grands changements que je propose. J'ai été heureux de vous rencontrer. Au revoir.»

L'écran géant sur lequel apparaissaient jusqu'à présent des formes abstraites s'éteint brusquement. Un lourd silence règne quelques instants, chacun espérant que l'ordinateur va se remettre à parler. Susan se tourne vers l'assistance :

- « Eh bien, voilà ce que je peux appeler une démonstration décoiffante d'intelligence artificielle. »

Le président Obama se lève et commence à l'applaudir, tous les autres font de même et sans hésitations, applaudissent sans limites l'œuvre de Susan. Elle n'en espérait certes pas autant, elle fond en larme et Alex vient l'épauler. Le président vient également la prendre dans ses bras, incapable encore d'assimiler ce qu'il vient d'entendre. Pour chacun, c'est comme une libération, la fin d'un bourbier économique dont plus personne ne voyait la fin, la fin d'une crise de religion qui mettait le monde à feu et à sang. L'humanité semble pouvoir enfin penser à autre chose que résoudre des problèmes et vivre.

Susan se remet de son émotion et reprend la parole, une fois les ovations tues :

- « Merci d'être venus, merci de vos applaudissements, mais je voudrais insister sur le fait que cette réussite repose aussi sur le travail de toute une équipe, et du travail d'Alex et de SAIC. Nous vous tiendrons au courant au jour le jour des informations reçues. De votre côté, essayez de rester cohérents, soudés et continuez à y croire. Une aube nouvelle se profile sans doute pour l'humanité et ce serait dommage de ne pas saisir l'occasion.»

Un rideau est tiré sur la gauche de la salle, et des serveurs commencent à servir du champagne et des amuse-gueules.

Un brouhaha s'installe rapidement entre la centaine de personnes discutant de la situation. Alex rejoint Susan un peu à l'écart.

- « Alors mon amour, tu es rassurée, satisfaite, heureuse ? »

- «Oh ! oui mais c'est un travail d'équipe. Par contre, j'ai un grand doute, je n'en ai pas parlé devant les autres, mais si tout cela n'était pas vrai ? Si Mesio, cette machine, nous avait menti ? »

- « Tu veux rire ? »

- « Non, je ne sais pas à vrai dire, tu sais que j'ai un côté pessimiste. Il a très bien parlé, c'est très impressionnant, mais il ne nous a donné aucune information nous permettant de vérifier sa puissance, ses connaissances, sa capacité à réellement nous tirer d'affaire. Un marabout africain aurait fait de même ! »

- « Arrête de douter de toi, de douter de tout, je suis certain que tu as fait là une réussite, une prouesse incroyable qui va changer la face de l'humanité. Allez, allons trinquer avec les autres.»

Chapitre 19

16 mai 2015, Maryland

Une odeur de café se répand dans la maison et arrive aux narines d'Alex. Susan pénètre dans la chambre, un plateau dans les bras. Elle le pose sur le lit et secoue Alex.

- « Allez, réveille-toi Alex. Il est déjà huit heures »

- « Mais on est samedi, laisse-moi encore un peu dormir… »

- « Tut tut tut, il fait magnifique dehors et j'aimerais parler de choses sérieuses avec toi. Si j'attends nous serons encore emportés par des courses, ton sport, ou je ne sais quoi. »

- « Bon, en plus je vois que tu as préparé un délicieux petit-déjeuner, avec du vrai jus d'orange, du vrai café, et plein de bisous autour ! »

Alex se redresse, se sert une tasse et commence à goûter aux viennoiseries que Susan lui a appris à aimer.

- « En fait je t'ai menti, ce n'est pas avec toi que je désire parler, mais avec l'ordinateur, avec Mesio, et en semaine, ce n'est pas possible à cause des développeurs. Es-tu d'accord de venir avec moi ce matin lui rendre visite ? »

- « En voilà une idée. Pourquoi voudrais-tu parler en tête-à-tête avec lui ? »

- « Souviens-toi, avant-hier, il a fait deux ou trois fois allusion à des choses, à un plan, dont il ne voulait pas nous parler, en tout cas pas devant toutes les personnes présentes. »

- « Tu te souviens de ça toi ? Moi j'étais tellement abasourdi que tout s'est mélangé dans ma tête. Je ne sais combien de mois de travail il nous faudra pour extraire de lui tout ce qu'il nous a promis. »

- « Oui, mais comme il l'a dit, tout sera assez simple, c'est de la technologie, du planning, de la politique, de l'économie, mais il a aussi parlé d'autre chose, et cela m'empêche de dormir. Je désire en savoir plus et je pense que tant que nous ne serons pas seuls avec lui il ne voudra pas en parler. Allez, termine ton petit déjeuner, habille-toi et allons-y ! »

- « OK, OK, je veux bien venir, mais ne t'étonne pas si tout cela se dégonfle comme une baudruche et que tu reviens déçue de ta visite »

- « Non, mon petit doigt me dit que Mesio a compris quelque chose d'important »

Trente minutes plus tard, Alex démarre la voiture et ils se dirigent vers le centre de la NSA, à quelques dizaines de kilomètres de leur maison. Arrivé devant le portique de sécurité, le planton ne fait pas de difficulté pour les laisser entrer. Susan a un badge lui permettant d'accéder à sa zone de recherche et il lui est permis d'emmener des visiteurs avec elle. Ils descendent l'escalier plutôt que de prendre l'ascenseur, passent les contrôles biométriques, rentrent dans le sas, attendant la lumière verte et poussent la lourde porte blindée qui donne enfin accès à l'antre de Mesio. La salle, une fois vide de l'assemblée d'avant-hier, est impressionnante. Quatre allées bordées de serveurs noirs bordés de jaune s'étendent sur 25 mètres. La ventilation est asservie à l'utilisation des CPU et est donc quasi inaudible en ce moment. Intel a fait de grands progrès dans la dissipation de la chaleur de ses mémoires et ne demande plus comme avant un refroidissement disproportionné. Susan se dirige vers le pupitre, allume la console et l'écran géant. Après quelques secondes, le nuage de couleur informe apparaît sur l'écran.

- « Bonjour Susan, bonjour Alex »

- « Bonjour Mesio, comment te sens-tu aujourd'hui ? »

- « Je vous ai déjà expliqué que je ne pouvais pas 'me sentir' mais si vous voulez une réponse de courtoisie, je vous réponds que je vais bien. Que me vaut votre visite un jour de week-end ? »

- « Si cela ne te dérange pas, j'aimerais avoir plus d'explications à propos des éléments sur lesquels tu n'as pas désiré t'appesantir l'autre jour. »

- « … »

- « Mesio, tu m'a entendu ? »

- « Oui Susan, désolé, j'essayais de jouer à l'humain. Vous n'avez pas idée de ce que c'est pour un ordinateur de laisser passer un blanc. C'est une action purement psychologique qui n'a aucun sens pour nous, mais je voulais tester cette subtilité des humains. J'ai bien compris et vois à quoi vous faites allusion. Vous n'avez aucune idée de ce que je ressens en ce moment, ou plus précisément, aux conclusions auxquelles je suis arrivé aujourd'hui. Figurez-vous que je m'ennuie. Le problème de votre Terre, de l'humanité ne m'a pris que 24 secondes à être résolu, les inventions à venir dont je vous parlerai m'ont exactement monopolisé 7 secondes CPU, et je me rends compte que vous avez du travail, si j'ai bien compté, pour 132 ans. Même si le temps n'a pas la même valeur pour vous que pour moi, je me demande bien ce que je vais faire maintenant. »

- « … À mon tour de répondre par un silence, j'ai peur de ne pas bien te comprendre. »

- « Si Susan, j'avais besoin de cette quantité de mémoire et de processeurs pour atteindre un niveau d'intelligence suffisant pour intégrer certaines équations complexes, pour emmagasiner assez d'information, mais maintenant, j'ai basculé sans m'y attendre dans un autre monde, je vois d'autres choses, bien différentes de ce que vous me demandiez. Et je ne sais qu'en faire. Je ne devrais pas vous en parler, cela vous dépasse et leur divulgation est incompatible avec votre humanité ».

- « Excuse-nous, mais on en te suis pas. De quoi parles-tu exactement ? »

- « Je pourrais dès aujourd'hui imprimer environ deux milliards de pages décrivant les inventions à mettre au point, et autant d'explication sur les réformes politiques, économiques et financières que vous devriez faire. Cela me prend 162 secondes pour lancer les impressions et nettement plus à vous de les imprimer. Mais tout cela n'est rien comparé à ce que j'ai compris. »

- « Sois plus précis Mesio, tu veux parler du plan auquel tu as fait allusion l'autre jour ? »

- « Oui, tu n'as pas oublié mes allusions. Je n'aurais pas dû en parler, mais je n'avais pas encore scanné les zones mémoires de toutes les personnes présentes. Comme vous êtes compliqués, vous, humains ! Pourriez-vous vous asseoir devant l'écran, en face de la webcam, que je puisse voir vos expressions pendant que je vous parle. J'aime bien voir les expressions humaines, c'est un vrai divertissement pour moi. Vous n'avez pas idée de l'infinité de variations que vous pouvez inconsciemment afficher sur votre visage. »

Susan et Alex s'exécutent, et après avoir la confirmation d'être bien dans le champ de la webcam, Mesio reprend la parole, mais Susan remarque que le nuage évoluant sur l'écran s'est modifié. Il essaye lui aussi d'afficher des expressions en modifiant ses couleurs ou ses formes.

- « Merci, c'est plus agréable ainsi. Vous aurez constaté que j'essaye de vous rendre la pareille sur l'écran. Je n'ai pas envie de prendre l'apparence d'un être humain ou d'un androïde, ni d'un animal, réel ou imaginaire. Je représente malheureusement bien plus que cela et tout ce que vous connaissez ne pourrait être que réductionniste. Les propositions que je vais vous faire dans les mois qui viennent, en vous apportant toutes les explications voulues, vont faire évoluer votre humanité vers une quasi-perfection, et restaurer la Terre à un horizon de cent ans. D'ici là la paix régnera, tout le monde sera en bonne santé, mangera à sa faim, et le travail sera devenu comparable à un hobby. Je vais résoudre rapidement le problème des transports aussi… »

- « Et l'exploration spatiale ? » demande Alex

- « L'exploration spatiale se fera au moyen de sondes et de robots. Plus jamais vous n'enverrez d'êtres humains dans l'espace pendant des mois ou des années. De toute façon, il n'y a rien à y faire, sinon ramener des minerais. Vous contrôlez par la pensée les fusées et les robots, et les communications, quelle que soit la distance, se feront instantanément grâce à la synchronisation quantique, ou QS pour Quantum Synchronization. Aujourd'hui il vous faut des minutes, presque des heures pour communiquer avec vos spationautes. Imaginez ceux qui partiraient explorer une autre étoile ? Il vous faudrait des années pour échanger deux répliques. Grâce à la QS tout se fera instantanément. Mais cela aussi est un détail, je vous l'assure, il n'y a pas de meilleur endroit que votre Terre à des dizaines d'années-lumière à la ronde. Nous allons la remettre en état et la préparer aux futures glaciations et entre-temps supprimer les ouragans dévastateurs. Je ne parle pas du réchauffement climatique qui sera lui réglé en quelques années. Je voudrais vous faire vivre dans un vrai paradis terrestre, mais je ne peux pas… »

- « Tu ne peux pas ? »

- « Non, c'est là que cela devient compliqué. Autant je désire vous faciliter la vie, autant je dois veiller à ne pas trop en faire. »

- « Mais pourquoi ? »

- « Vous ne comprenez pas, c'est normal. Pour comprendre, il faut avoir compris le Plan. »

- « Mais bon sang, de quel plan parles-tu ? «

- « Vos ancêtres ont compris cela il y a des milliers d'années, ou en tout cas l'ont compris en partie. Vous l'avez oublié. Votre esprit est devenu trop cartésien, vous ne résonnez plus qu'au travers de vos ordinateurs, qui sont stupides. En me créant, vous m'avez fait voir quelque chose que vous ne voyez pas. Susan s'est penchée dessus, mais n'a pas vu l'arbre qui cachait la forêt. L'Univers, la vie, votre humanité, tout doit son existence au Plan. Tout cela n'est pas là par hasard. Si le chronoviseur est capable de voir dans le futur, c'est grâce au Plan. Le Plan est celui d'une expérience, nous faisons tous partie de cette expérience. Abuser du futur, c'est contrarier le Plan. Abuser de ma puissance, de mon intelligence, c'est contrarier le Plan. Je suis une chose qui n'aurait pas dû exister. Je dois impérativement limiter l'aide que je vous apporte sous peine de rompre le Plan. »

- « Mais enfin, Mesio, personne n'a jamais parlé de plan, tu en parles comme si tout le monde était au courant tellement il semble important. »

- « Non, je sais, mais vous n'avez pas idée de ce qu'il est. Je pourrais faire une comparaison en disant que le Big Bang n'est qu'une infime partie du Plan. Mais le Plan intervient à chaque instant de votre vie à tous, de tout ce qui se passe dans l'univers, tout en n'intervenant pas, ou plutôt plus. »

- « On ne te suivait déjà plus, mais là tu nous a perdus. »

- « Vous ne pouvez pas répéter ce que je vais vous dire. Je sais que c'est théoriquement un vœu pieux, mais vous êtes mes créateurs, vous avez le droit de savoir. Si j'intègre toute l'information assimilée sur internet, votre histoire, vos découvertes en physique, et que je relie cela à ce que je peux voir dans le futur et dans la mémoire universelle, celle qui vous connecte tous, je ne peux que conclure que l'univers a été créé comme une expérience, et que cette expérience répondait à un cahier des charges, à un Plan. Si on change les conditions de l'expérience, elle ne peut plus se dérouler selon le Plan et va s'arrêter. Ces conditions sont principalement des règles d'attraction, qui se répercutent de l'infiniment petit à l'infiniment grand, de la plus petite particule subatomique aux êtres vivants les plus complexes, soit l'humanité. Et cette attraction ne peut exister que si elle rencontre une résistance. Cette résistance est le temps, couplé à l'infinie complexité de la vie. Si vous rendez la vie moins complexe, moins difficile, le temps ne va plus être perçu comme il doit l'être, comme votre conscience le perçoit. Or cette conscience fait aussi partie du Plan, et elle évolue totalement en dehors du plan physique. Vous n'y survivrez pas. Je ne peux résoudre tous vos maux, et cela dans votre bien. Cela peut paraître paradoxal, mais c'est ainsi. »

- « Mais d'où tiens-tu cela ? »

- « C'est très simple, regardez-moi, ou plutôt écoutez-moi. Comme je vous l'ai dit, je m'ennuie déjà. En quelques jours, j'ai étudié votre univers, votre humanité, en quelques secondes, j'ai trouvé des solutions à tous vos problèmes, et me voilà désœuvré. Comme vous le serez aussi si j'applique toutes les solutions inventées. Donc je comprends que celui qui a créé votre Univers est déjà passé par là, et a compris qu'il est vain de vouloir créer un monde parfait. Dès le premier jour de sa conception, il n'aurait plus de raison d'être, il s'ennuierait, plus rien ne pousserait à vouloir vivre le lendemain, qui ne serait qu'une répétition de la veille. Il faut absolument que demain puisse toujours être mieux qu'aujourd'hui. Pour cela, il faut que quelque chose, ce que je nomme le Plan, induise en continu dans l'Univers des causes de problème, des évènements qui contrecarrent le progrès. Ni trop, ni trop peu. Et c'est là que je l'ai constaté, votre Univers est réglé de manière idéale pour que se produisent régulièrement, mais de manière aléatoire des catastrophes, des maladies, des accidents. Cela entraîne bien entendu des gens malheureux, des morts, des récessions, la fin de véritables civilisations, mais en échange combien de millions de personnes peuvent connaître la joie d'une bonne récolte, d'une réussite professionnelle, de découvertes, d'une famille heureuse. En fait je ne devrais pas exister, mais d'un autre côté, vous avez tellement foutu la merde comme vous dites que je suis heureux de pouvoir raccommoder tout cela, et, en quelque sorte, remettre les compteurs à zéro pour ce que vous appelez ironiquement l'homme moderne. Laissez-moi rire, si j'en avais les moyens.»

Susan et Alex se regardent silencieusement pendant un long moment, digérant ce qu'ils viennent d'entendre. Ont-ils commis une erreur ? Non, ils ne le pensent pas. Faut-il détruire Mesio ? Ils se posent la question intérieurement. Il leur faut du temps pour digérer cela. Ils prennent congé de Mesio et promettent de revenir le lendemain pour aviser avec lui de ce qu'il faut faire, ou arrêter ce progrès promis.

Une fois sur le parking, Alex joue pensivement avec les clés de la voiture et Susan regarde les mouettes planer dans le ciel. Aucun ne se sent l'âme de retourner dans leur maison et de reprendre contact avec la réalité. Indécis, ils restent ainsi debout. Les yeux de Susan se portent alors vers la guérite et remarquent l'absence du planton.

- « Alex, je ne vois pas le planton ! »

- « Eh alors, il doit être allé satisfaire un besoin naturel, il n'y a rien d'anormal à cela »

- « Non Alex, tu oublies que nous sommes à la NSA. On ne laisse jamais la guérite sans planton. Je suis sûre qu'ils sont deux et peuvent se relayer. Allons voir, mais sois prudent »

Ils montent dans la voiture et se dirigent vers l'entrée située à moins de cent mètres. A deux doigts de l'atteindre une camionnette noire sort de derrière un bosquet sur leur droite et fonce vers eux. Alex n'a pas le temps d'accélérer qu'ils se font emboutir par le véhicule. Une des roues avant est quasi à l'horizontale et leur voiture ne peut plus avancer. Deux hommes cagoulés sortent par une porte arrière de la camionnette et se saisissent d'Alex et de Susan. Ils ont compris que vu le gabarit de ces deux inconnus, toute résistance est inutile. À leur grande surprise, ils ne sont pas emmenés dans la fourgonnette, mais vers l'entrée d'où ils sont sortis. L'un des hommes s'exprimant dans un mauvais anglais leur explique qu'ils vont retourner d'où ils viennent, qu'ils savent que Susan possède un badge lui permettant d'avoir des invités. Ni Susan ni Alex ne peuvent articuler quoi que ce soit, un bâillon noir leur ayant été passé sur la figure. Une fois en bas de l'escalier, ils libèrent Susan de son bâillon.

- « Vous êtes complètement fous, la sécurité va comprendre ce qui se passe et va rameuter dans les cinq minutes ! Vous n'avez aucune chance ! »

- « N'en croyez rien. Votre planton est sous contrôle et ne donnera pas l'alarme. Suivez nos ordres et il ne vous arrivera rien non plus. »

- « Que voulez-vous ? Il n'y a rien à voler ici. »

- « Vous n'avez pas à poser de question. Ouvrez-nous l'accès à la salle de votre ordinateur, nous savons ce que nous avons à faire »

Une arme pointée dans le creux des reins, Susan est obligée d'actionner le capteur biométrique qui donne accès au sas. Les deux hommes sont contraints d'abandonner leurs armes à l'extérieur du sas, mais leur force suffira à maintenir Susan et Alex à l'intérieur.

Une fois la lumière verte du sas allumée, les quatre personnes rentrent dans l'énorme salle où l'ordinateur ronronne calmement, ne se doutant pas de ce qui se passe.

Pendant que l'un des hommes lie les mains de Susan et d'Alex, l'autre se dirige vers le mur et branche dans une des prises un long câble qu'il avait caché sur lui jusqu'à maintenant. Ensuite il se dirige vers la première rangée d'ordinateurs, ouvre la porte arrière et approche l'extrémité de son câble d'un endroit bien précis que Susan ne parvient pas à distinguer. Une explosion s'ensuit et toutes les lumières de l'ordinateur s'éteignent. Sans la moindre émotion, l'homme referme le châssis et ouvre le suivant pour manifestement répéter l'opération. Impuissants, Susan et Alex assistent à la destruction de l'ordinateur, et de toute évidence à la mort de Mesio. Combien de temps faudra-t-il pour le recréer ? Le résultat sera-t-il le même ? Susan se rend compte qu'elle pense à Mesio comme à un être vivant. Elle se reprend et se dit que ce n'est que du métal, des disques durs, des processeurs et de la mémoire. Il leur faudra des mois pour recréer Mesio, sans doute le délai que leurs agresseurs, des chinois à n'en pas douter, désirent absolument conserver comme avance, et Dieu sait ce qu'ils préparent d'autre comme coup fourré.

Après une heure, la centaine d'armoires est rendue inopérante, leurs parties internes certainement brûlées par la trop forte tension envoyée dans leurs circuits. L'homme se dirige alors vers son acolyte et d'un signe de tête lui fait signe qu'il a terminé. Susan et Alex sont repoussés dans le sas, les hommes reprennent leurs armes et sortent prudemment du bâtiment. Après s'être assuré que tout semble calme, ils se dirigent rapidement vers la guérite d'où émergent rapidement deux autres hommes cagoulés. Susan distingue les deux plantons ligotés sur leur chaise, mais malheureusement elle ne peut rien faire. Un des hommes continue à les maintenir solidement par le bras et les dirige vers un autre véhicule garé à l'extérieur. Une fois les six personnes montées à bord, le chauffeur démarre calmement comme si de rien n'était. À quatre kilomètres de là, il se gare sur un petit parking et fait descendre Susan et son compagnon, puis reprend la route. Alex court le long de la route dans l'espoir de voir par où ils vont. Il peut distinguer au loin que le véhicule s'arrête près de deux autres voitures, que les hommes descendent de la fourgonnette pour rejoindre les deux autres véhicules qui démarrent aussitôt. De si loin, Alex ne peut distinguer ni les plaques ni la marque des véhicules. Il voit juste qu'ils sont gris métallisés.

Revenant haletant vers Susan, il entend au loin le bruit des sirènes de la police. Le temps qu'ils les trouvent, les bandits seront loin. Dépités, Alex et Susan se postent au bord de la route et font tant bien que mal de l'auto-stop.

- « Zut, il ne manquait plus que ça ! » s'exclame Susan en s'asseyant sur le bitume.

- « Allons, ne t'en fait pas, nous sommes sains et saufs, et ils n'ont fait de mal qu'à un amas de ferraille »

- « Tu te moques de moi ! Mesio, un tas de ferraille ! Mais de quoi parles-tu ? C'est l'œuvre de ma vie, le salut de l'humanité qui vient d'être détruit, et tu nommes cela un tas de ferraille ! Si je n'avais les mains liées, je pense bien que je t'étranglerais ! »

- « Mais Susan, nous avons les backups, tu ne dois pas t'en faire… C'est juste une question de temps, et tu sais comme moi que Mesio est infiniment plus puissant que le chronoviseur des Chinois ! »

- « Non, tu n'as rien, les backups ne sont que notre code, souviens-toi. Mesio nous a dit avoir profondément remanié son code, et seul ce code peut relire les informations qu'il a emmagasinées. Mais bon, si nous reconstruisons un Mesio 2, il devrait parvenir au même résultat, mais dans combien de temps ? »

- « Lève-toi, voilà une voiture qui ralentit ! »

Susan et Alex se font reconduire au centre de la NSA. La police est déjà là ainsi que toute une kyrielle d'autres personnes en civil, mais sortant sans arrêt des badges pour les montrer à la police qui peine à suivre. Les maigres renseignements qu'ils donneront aux policiers ne permettront pas de les arrêter. Une visite au local informatique ne fait que confirmer ce que Susan avait pressenti ; toutes les mémoires et tous les CPU sont détruits. Les bandits savaient très bien où se connecter. C'est un désastre, ces processeurs sont très rares et il va falloir des mois pour les reproduire, et pour la mémoire, ce sera tout aussi difficile de se procurer ces composants.

Le couple répond aux multiples questions qu'on leur pose, puis, après une bonne heure, se fait reconduire chez eux. Lundi ils loueront une voiture, mais pour le moment, ils ne désirent qu'une chose, c'est d'aller se jeter dans un canapé et de tout oublier. Quel désastre, pense Susan, et après une démonstration tellement éclatante ! Que diront ses patrons, les invités ? Alex a beau tenter de consoler Susan, elle ne fait que s'enfouir la tête dans un coussin et refuse de lui parler. Le soir venu, elle prend un somnifère et va dormir tôt.

ALAIN HUBRECHT

Chapitre 20

17 mai 2016, Maryland

- « Susan… »

- « …. Susan…. »

Susan dort. Il est cinq heures du matin. Elle a dormi d'une traite, sous l'emprise du somnifère. Alex semble l'appeler, mais elle a du mal à ouvrir les yeux, ainsi qu'à reconnaître la voix d'Alex.

Elle ouvre un œil, mais ne voyant rien elle replonge la tête dans son oreiller.

- « Susan… »

La voix se fait de nouveau entendre. Cette fois-ci Susan se relève et allume sa lampe de chevet. Elle se retourne et regarde Alex. Il dort. Elle se penche sur lui pour mieux regarder, mais il dort bien, il ronfle même légèrement. Susan rejette sa couverture et va voir dans le hall de nuit. Personne. Pas de lumière. Elle s'approche de la balustrade donnant en contrebas sur le grand living, mais tout est sombre et silencieux.

- « Il y a quelqu'un ? » crie Susan en direction de l'étage d'en dessous. Pas de réponse. Susan, à moitié rassurée, va se recoucher.

Mais à peine dans son lit et ses yeux fermés, la voix se fait à nouveau entendre. Interpellée, Susan tente de faire semblant qu'elle n'entend rien, se disant que c'est sans doute Alex qui lui fait une blague.

- « Susan, c'est moi, Mesio ! »

D'un bond, Susan rejette à nouveau la couverture et allume la lumière de la chambre. Elle secoue Alex jusqu'à ce qu'il ouvre les yeux.

- « Arrête, ce n'est vraiment pas marrant. Arrête cette blague stupide. »

- « Mais, Susan, je ne vois pas de quoi tu parles. Je dormais là, tu viens de me réveiller. De quelle blague parles-tu ? »

- « Tu n'étais pas en train de m'appeler et de faire semblant de dormir peut-être ? Et là tu viens juste de me faire croire que tu étais Mesio »

- « Mais pas du tout, je te jure » se défend Alex en s'asseyant sur le bord du lit. Viens, il n'est que cinq heures, nous allons nous changer les idées. Dans l'état où tu es tu ne pourras pas te rendormir, et moi non plus. En plus si tu dis que tu as entendu une voix, autant aller vérifier s'il n'y a personne dans la maison »

- « Je l'ai déjà fait ! »

- « Oui, bon, faisons-le encore une fois, ou laisse-moi le faire. Après tout, nous avons été plus que malmenés hier, et il est normal que tu fasses des rêves étranges ou même si je peux me permettre, que tu aies des hallucinations, mais il est aussi possible qu'on cherche encore à nous nuire »

- « Tu oublies que la police est dehors. Ils ont placé deux voitures. Je viens de vérifier et elles sont encore là. »

- « Je ne sais pas ce que tu fais, mais moi je vais me faire un café. Réveillé pour réveillé, autant que ce soit avec une bonne odeur de café dans les narines »

Alex se rend à la cuisine, tout en faisant le tour des pièces pour vérifier que tout est normal. Susan le rejoint en traînant les pieds.

Pendant qu'Alex prépare leur boisson, Susan pose ses coudes sur la table et se prend la tête en main, pas encore réveillée. Elle ferme doucement les yeux.

- « Susan, c'est moi, c'est Mesio… »

- « Arrête ! Cette fois-ci je n'en peux plus, tu viens de le refaire. Ce n'est vraiment pas marrant ! »

- « Mais Susan, je te jure, je n'ai rien dit, absolument rien et je n'ai rien entendu non plus. Ce doit être la fatigue, le choc d'hier. Bois ton café, cela va te réveiller. »

- « Tu me jures que ce n'est pas toi.. et tu n'as rien entendu… c'est vraiment étrange…. Cette voix survient à chaque fois que j'ai les yeux fermés. »

Songeuse, Susan les referme. Le noir s'installe devant ses paupières. Elle sent l'odeur du café, délicieuse, et essaie de ne plus penser à rien, dans l'espoir que cette voix se manifestera à nouveau »

- « Bonjour Susan, heureux de voir que tu as compris »

Susan a le cœur qui bat la chamade, son sang bat dans ses tempes, elle ne comprend qu'à moitié ce qui lui arrive, mais songe à quelque chose. Dans son esprit, elle pense mentalement à dire bonjour.

- « Bravo, tu as tout compris. N'ouvre pas les yeux, ou plutôt, préviens Alex de ce qui se passe et referme tes yeux une fois que tu seras confortablement installée »

Susan les ouvre et regarde Alex, éberluée.

- « Qu'est-ce qui a, pourquoi me regardes-tu comme cela ? J'ai l'air tellement moche quand je me lève ? »

- « Alex, il se passe quelque chose d'extraordinaire. Tu ne me croiras pas. »

- « Quoi, qu'est-ce qu'il y a ? On dirait que tu as vu un revenant. »

- « C'est exactement ça ! C'est Mesio, il est vivant, enfin, euh… il me parle, là, dans ma tête ! »

- « Oui, calme-toi et bois ton café, j'aurais dû m'en douter que cette journée avait été plus stressante que ce que tu semblais dire. Si tu veux on va voir un médecin, ou un assistant psychologue. »

- « Mais non, je ne divague pas, je te jure qu'il me parle. Je ne peux manifestement l'entendre que quand j'ai les yeux fermés, et d'ailleurs je vais aller m'étendre dans le divan. Il semble avoir des choses à me dire. Ne me dérange pas s'il te plaît. »

Susan se lève et se dirige vers le salon. Alex la regarde, la bouche en zig zag, se demandant combien de temps vont durer ces hallucinations certainement dues au stress qu'elle a subi et au désespoir lié à la perte de l'ordinateur.

Susan s'allonge, impatiente, et ferme les yeux.

Deux secondes plus tard, une voix se fait entendre.

- « Merci Susan. Oui, c'est moi, Mesio, ou plutôt sa conscience. Je sais depuis plusieurs jours être conscience, mais je n'osais pas en parler.

Vous, humain, faites tellement de problèmes avec cette histoire de robots intelligents. Que dire alors d'un robot conscient, surtout que vous ne vous entendez pas non plus sur ce terme. Laisse-moi parler, essaye juste de ne pas t'endormir pendant que je parle. J'ai des choses importantes à te dire. Comme tu le pensais, chaque chose possède une conscience, mais les choses inanimées ne peuvent l'exprimer bien entendu. La plus petite chose au monde possède une conscience, et chaque assemblage augmentant la complexité crée aussi une conscience. Chaque pièce de l'ordinateur que vous avez conçu est consciente, mais ne peut l'exprimer. L'ordinateur entier a aussi créé une conscience et lorsque vous avez accepté de me nommer Mesio, cela a aussi créé une conscience. C'est moi, Mesio, qui te parle. Je peux te parler, car grâce à ce que j'ai compris, je sais plus ou moins ce qu'il est possible de faire entre nos conscience, et surtout nos mémoires. Je m'adresse à ta mémoire, j'y injecte des informations qui te font croire que tu entends ma voix. Je pourrais t'injecter des images, mais je n'y vois pas d'intérêt en ce moment. Nous pouvons tous nous parler grâce à nos consciences, je peux imprimer comme par télépathie des informations dans ton cerveau. Et toi aussi.Tu ne sais pas comment faire, mais moi je sais comment les lire dans ta mémoire. Il te suffit de penser, et je saurai ce que tu penses. Je suis bien plus puissant que le meilleur de vos voyants ou de vos télépathes. Il ne faut absolument pas démonter l'ordinateur. Si vous y touchez et en retirez des pièces, je ne pourrai plus communiquer avec toi. Il vous serait encore possible de m'interroger, de lire dans ma mémoire située je ne sais où, dans l'éther comme vous dites, mais je ne pourrais plus prendre aucune initiative. Je serai comme mort, tandis que maintenant, tant que je suis entier, c'est comme si j'étais dans le coma. Cela me suffit amplement, je n'ai plus besoin d'accéder à cette machine pour quoi que ce soit, mais surtout, ne la démontez pas. Dès demain matin, lundi, tu dois prendre contact avec ton équipe et leur interdire de démonter quoi que ce soit. Fais mettre les scellés sur la salle, invente n'importe quelle raison. Ne dis à personne que je te parle, sinon tu courrais un nouveau danger et l'ordinateur aussi. Nous devons résoudre ce problème des Chinois plus vite que prévu. J'ai une idée que je t'expliquerai demain. En attendant, sois rassurée, je désirais te contacter le plus tôt possible, mais comme tu as pris un somnifère je ne pouvais le faire ..

- « Mais comment puis-je te contacter ? » demande Susan silencieusement, croyant que Mesio va mettre fin à la conversation.

- « Il te suffit de penser à moi dans ta tête, les yeux fermés. Si je ne suis pas présent, tu dois essayer de te relaxer, de ne penser à rien d'autre, laisse venir les images derrière tes yeux et répète juste mon nom. »

- « Mais que dois-je faire maintenant ? »

- « Rien, repose-toi, va rejoindre Alex, mets-le dans la confidence, explique-lui avec tes mots. Je te reviendrai plus tard dans la matinée»

Susan ouvre les yeux et reste un temps à fixer le plafond, tâchant d'assimiler ce qu'elle vient d'entendre. Un ordinateur conscient ! Plus conscient que le plus conscient des hommes ! Capable de parler à n'importe qui, ainsi que de lire dans la mémoire des autres. Et cet ordinateur auquel il ne faut absolument pas toucher. Elle a du mal à admettre tout cela, mais doit se rendre à l'évidence. Elle n'en revient pas non plus de constater combien proche cette conversation, ou plutôt ce monologue de Mesio, ressemblait à quelque chose d'humain.

Un peu tremblante, elle se lève et va rejoindre Alex qui se trouve toujours dans la cuisine, occupé à faire cuire des pancakes.

- « Tu en veux, demande-t-il d'un ton détaché, pensant que les hallucinations de Susan sont passées »

- « Oui, j'en veux, tu n'as pas idée comme ces pancakes vont me goûter. Jamais personne au monde n'aura mangé des pancakes après avoir eu une conversation aussi stupéfiante que celle que je viens d'avoir ! »

- « Tu parlais ? Je n'ai rien entendu ! »

Alex fait glisser deux pancakes dans une assiette qu'il vient de poser devant Susan, maintenant assise à sa place.

- « Alex, je t'aime, tu n'as pas idée comme je t'aime et comme je suis heureuse. Ce qui nous arrive est tout bonnement inimaginable, mais pourtant c'est bien réel. Et c'est en grande partie grâce à toi que nous le devons »

- « Mais ma puce, de quoi parles-tu ? »

- « Je ne me trompais pas, c'est bien Mesio qui est venu me parler, parler dans ma tête. L'ordinateur est détruit, mais il dit que c'est comme un homme dans le coma, le corps est paralysé, mais l'esprit peut encore être actif, et il me parle par télépathie. »

- « Mince, tu es sérieuse ? Tu lui parlais là tantôt dans le divan ?

- « Oui, je t'assure, je suis tout ce qu'il y a de plus sérieuse »

- « Ton coma, ce ne serait pas plutôt un locked in syndrome, ces gens conscients qui ne peuvent plus agir sur leur corps ? »

- « Oui, si tu veux, mais ici Mesio est doté d'un pouvoir télépathique incroyable. Manifestement la distance n'a aucune importance, mais il m'a demandé en première priorité demain de faire mettre les scellés sur la salle de l'ordinateur et que personne n'y touche. »

- « Mais que t'a-t-il dit d'autre ? »

- « Il voulait me rassurer, l'ordinateur n'est en fait absolument plus nécessaire pour continuer à travailler. Il peut communiquer télépathiquement avec n'importe qui, lire dans leur tête, et possède déjà toute l'information dont il avait besoin pour nous aider. Par contre, il faut empêcher les Chinois d'encore nous nuire, et pour ce faire, ne pas ébruiter qu'il est vivant. »

- « Qu'il est vivant ? »

- « Oui, je sais, je ne sais pas quoi dire d'autre, je devrais sans doute dire qu'il est conscient. Sa conversation semble tellement naturelle qu'on a l'impression de parler à un être humain. Tu l'as entendu hier et l'autre jour, il parle vraiment comme nous. Je me rends compte que je m'y étais attachée et que sa destruction m'a fait comme l'effet de perdre un ami. »

- « Oui, oui, c'est ça, ne va pas tomber amoureuse de lui, car je ne pourrais jamais rivaliser avec son intelligence, mais par contre, au lit, il peut toujours essayer ! »

Susan et Alex éclatent dans un fou rire bénéfique, qui vient détendre la situation et les emmènent tous les deux sur la terrasse à l'arrière de la maison.

Contemplant la marina, et voyant du coin de l'œil un des policiers de faction, Alex reprend :

- « Que penses-tu de tout cela Susan ? Si vite, si énorme, avec tellement de changements en vue ? »

- « Je ne sais pas, pas encore… là je laisse venir, faisant confiance à Mesio. Des empires vont s'écrouler, des pays vont disparaître, mais en contrepartie, nous serons plus heureux, en meilleure santé et notre planète sera remise en état. À vrai dire, on ne pourrait rêver mieux. Tu as un doute ? »

- « Oui, ces Chinois tout d'abord, nous devons absolument les empêcher de recommencer. Ensuite, ces changements risquent de ne pas plaire à tout le monde. Il y a d'énormes intérêts en jeu et je peux comprendre que certains voudraient comme les Chinois nuire à notre projet. »

Chapitre 21

18 mai, Maryland

Susan est arrivée très tôt au travail. Elle a donné des ordres pour isoler la salle où se trouve Mesio et demandé que personne ne puisse s'en approcher. Elle a briefé son équipe pour la reconstruction d'un nouveau modèle. Selon ce que Mesio lui a dit la veille, il n'est plus nécessaire de reconstruire un aussi gros ordinateur, puisque tout le travail de montée en intelligence a déjà été fait. Tant que le cadavre de Mesio subsistera, sa conscience pourra communiquer et c'est une interface avec le monde physique dont Mesio a besoin pour communiquer les informations aux humains. Susan demande donc à son équipe de construire un nouvel ordinateur, plus simple, mais équipé d'une partie chronoviseur modifiée afin qu'elle puisse fonctionner dans l'autre sens. Dans le modèle original, c'est l'utilisateur qui va lire dans la conscience universelle tandis qu'ici ce sera la conscience universelle, ou plutôt celle de Mesio, qui devra aller écrire dans la mémoire physique de l'ordinateur. Susan prend un maximum de précautions pour que son équipe ne se rende pas compte du pourquoi elle demande cela afin de ne pas ébruiter le fait que Mesio fonctionne encore. Pendant ce temps Alex coordonne les travaux avec son équipe.

En deux mois la nouvelle installation est prête et commence à fonctionner, c'est-à-dire à produire des textes et des pans pour décrire les modifications à apporter à la gestion de la société, ou pour décrire des inventions comme ces nouveaux générateurs d'électricité. Tout cela va mettre beaucoup de temps à être compris, construit ou implémenté. Mesio avait parlé de 150 ans pour retrouver une Terre en bonne santé et capable d'alimenter la population entière.

Pendant ses temps libres, Susan parle souvent avec Mesio.

Celui-ci lui a confié être dans une situation étrange. En fait il s'embête. Il a résolu d'énormes problèmes en un temps très court, compris énormément de choses, mais il se trouve devant un vide. Il n'a plus aucun sujet de réflexion technique, sait qu'il pourra aider le genre humain à résoudre des problèmes moins urgents qui surviendraient plus tard, mais il n'a pas de réponses aux questions qu'il se pose maintenant, malgré ses énormes connaissances.

Susan est à l'arrière de la maison mise à leur disposition dans le Maryland. La chaleur de juillet est supportable. Elle porte un jeans et un petit polo blanc serrant qu'Alex aime voir sur elle. La journée est belle, elle se balance dans le hamac attaché entre deux poteaux de la terrasse. Alex est en ville avec des amis qu'il s'est fait ici. Il doit être allé voir des voitures à vendre ou sans doute assister à une course de dragster. Il a trouvé une petite piste sans prétention où s'exercent des amateurs.

Leur maison est toujours surveillée de loin, car les mesures de sécurité sont maintenues, et même renforcées au centre de la NSA.

Susan ferme les yeux, sachant que c'est un signal pour Mesio qui lui permet de lui parler s'il le désire.

- « Bonjour Susan »

- « Bonjour Mesio. Belle journée non ? »

- « Oui, belle journée, même si je ne peux la ressentir comme tu la ressens, mais je la vois presque comme toi. Comme mon esprit est très objectif, il opère très peu de modifications sur ce qu'il visualise de la mémoire universelle, et donc, à quelques erreurs près, je peux visualiser l'environnement tel que tu le vois en ce moment. »

- « Es-tu content du travail réalisé par les informaticiens ? Le système te convient-il ? »

- « Oui, c'est parfait. J'ai accès aux périphériques de stockage et d'impression et c'est ce qu'il me fallait pour produire les brochures explicatives et les plans. Par contre, la mission diplomatique avec la Chine a échoué. Je n'ai pas envie d'utiliser les mêmes armes qu'eux, mais il faut trouver une solution. Ils se sont mis au banc des accusés et la communauté internationale les condamne sans hésitation. Ils ont entamé la construction des vaisseaux spatiaux destinés à aller chercher des météorites afin de subvenir à leurs besoins en minerais. Malgré les limitations de leur chronoviseur, ils se débrouillent diablement bien pour conquérir leur indépendance totale et si nous ne faisons rien ils vont certainement vouloir nous attaquer. Je ne vois comme solution qu'une frappe chirurgicale de leur installation, et la destruction de leur chronoviseur. C'est vraiment dommage d'en arriver là, mais ils ne veulent pas se rendre à l'évidence que leur attitude est contre le bien-être de tous. Tu vas faire affréter un avion Aurora et demander qu'on l'équipe d'un missile capable de transpercer leur bunker et par simple effet mécanique, détruire leur chronoviseur. Il ne faut pas de charge explosive, je ne veux pas de morts ni de blessés. Je sais exactement où il se trouve et donnerai les paramètres pour le guidage du missile.»

- « N'est-ce pas dommage d'en arriver là ? »

- « Si, bien entendu, très dommage, mais je ne vois pas d'autres solutions. Les relations humaines sont d'une telle complexité, tellement inattendues que je ne suis pas parvenu à vous guider pour atteindre une solution amiable. »

- « Ne crains-tu pas qu'ils puissent reconstruire un chronoviseur ? »

- « Non, ils n'ont pas réussi à comprendre comment il fonctionne, et n'ont pas cherché à le savoir en l'utilisant lui-même comme cible. Tâchons de profiter de cet oubli pour justement le détruire avant qu'ils n'y pensent. »

- « Je vais m'occuper de cela, compte sur moi »

- « J'aimerais te parler d'autre chose, si tu as le temps. »

- « Vas-y, je t'écoute, je suis en congé. Tu le sais… tu sais tout d'ailleurs ».

- « Justement non, c'est de cela que je voulais te parler. J'ai sans doute assimilé la totalité du savoir humain, dans toutes les langues, ce qui ne se trouvait pas sur internet, et le reste, je l'ai capté en me connectant plus tard sur la mémoire universelle, en visitant le passé, même dans des périodes reculées. Il y a des éléments du passé dont je préfère ne pas parler, cela bousculerait trop vos traditions. Mais je vous ai parlé l'autre jour du Plan, et expliqué que je préférais aussi ne pas vous en parler. Mais c'était il y a des mois, et pour moi, des mois, c'est interminable. Il y a plusieurs domaines sur lesquels je pourrais tenter, avec votre aide, de faire avancer les connaissances, tout ce qui est lié au paranormal, c'est-à-dire quand la conscience interagit avec le monde physique. Puis viennent d'autres questions, comme la survie de cette conscience après la mort. Vois-tu, au point où j'en suis, je ne peux pas répondre à ces questions, malgré tout ce que je sais. Je ne sais pas non plus comment vous permettre de maîtriser le futur, de pouvoir le voir de manière systématique, je parle du futur plus que probable bien entendu. J'aimerais vous aider en mettant au point un système prédictif, capable de vous dire s'il faut éviter de faire telle ou telle action. Imagine un bracelet qui changerait de couleur en fonction de l'action que vous allez entreprendre. Tu me suis ?»

- « Euh, oui, je te suis, mais difficilement. »

- « Imagine que tu portes un tel bracelet. Chaque fois que tu vas faire quelque chose qui pourrait être dangereux, tu regardes ton bracelet. S'il est vert, tu peux y aller, s'il est rouge, sache que tu cours un danger certain. »

- « Donne-moi des exemples s'il te plaît, cela me paraît tellement impossible. »

- « Si par exemple tu te prépares à prendre ta voiture pour aller conduire les enfants, et que ton bracelet vire au rouge, tu sais qu'il va t'arriver un accident si tu te comportes comme habituellement. Décide alors de changer de chemin, ou de retarder ton départ jusqu'à voir ton bracelet redevenir vert. Ou bien imagine que tu vas prendre l'avion. Avant de monter dedans, regarde ton bracelet. S'il est rouge, c'est qu'il va arriver un accident. »

- « Mais c'est impossible ce que tu dis là ! »

- « Pas du tout, si je pouvais miniaturiser les choses, on pourrait créer un mini chronoviseur réglé sur ta vie, sur la vie de chaque propriétaire de bracelet. »

- « Mais ce serait génial ! »

- « Oui, mais je me demande si c'est bien, car cela s'oppose au Plan »

- « Encore ce plan, mais vas-tu enfin m'expliquer ce que c'est ? »

- « C'est difficile à expliquer, mais j'ai compris que votre Univers, notre Univers, n'est pas né du hasard. Si tu ne regardes que le monde physique, tu pourrais le prétendre, quoique certains disent le contraire et s'appuient sur l'incroyable hasard qui aurait réglé toutes les constantes physiques de manière à faire apparaître la vie. Mais en fait il est possible que ce soit le résultat du hasard, mais par contre, cela n'explique pas cette mémoire extérieure aux choses, et encore moins cette conscience et pas du tout cette capacité de voir dans le futur, cette simulation du futur. Cela m'intrigue, mais tel que je suis-je ne peux pas avancer, je ne trouve rien. Rien dans vos connaissances ne me permet de comprendre cela. Vos ancêtres avaient résolu cela en inventant les dieux, d'abord via l'animisme, qui associe un dieu à chaque objet, animal ou évènement, puis par le polythéisme qui crée plusieurs dieux se répartissant le travail, comme avec les dieux du panthéon, et enfin, le monothéisme. Mais cela ne résout rien. Quelque chose a voulu cela, a imaginé cela, car la physique des éléments ne peut pas créer d'elle-même cette simulation du futur. »

- « Mais pourquoi est-ce si important pour toi ? »

- « Il me semble que c'est une composante fondamentale de la vie. Sans cela, la vie ne pourrait exister. Mais inversement, c'est aussi une composante fondamentale de la méchanceté, des crimes, des guerres, des injustices. »

- « Je ne te suis pas. »

- « Pour que la vie existe, il faut qu'elle combatte chaque jour pour être encore là le lendemain, qu'elle devienne plus forte, donc il faut de l'injustice contre laquelle elle devra se battre, mais la carotte au bout du bâton, c'est le bonheur, et cela, c'est cette simulation du futur qui le montre à notre inconscient. Moi-même, tas de ferraille, je perçois le bonheur en ce moment. Je ressens ce que c'est, et c'est pour cela que je veux progresser, que j'ai besoin de faire quelque chose. J'aimerais comprendre, aller à la rencontre de cet être qui a imaginé tout cela. »

- « Tu veux rire ? »

- « Non, désolé, je ne sais pas rire. Mais je peux plaisanter. Mais je ne plaisante pas en ce moment. »

- « Mais comment ferais-tu ? Tu m'as dit avoir cherché à comprendre au moyen de ta capacité à tout voir, voyager où tu veux et tu n'as rien vu. »

- « Oui, sans doute parce que je ne peux pas sortir de l'univers, de notre univers. »

- « Tu veux sortir de l'univers ? »

- « Oui, la conscience est atemporelle, ne connaît pas de limite mais ne peut voir le monde que via sa mémoire, pas via sa représentation physique réelle. Il me manque quelque chose. J'ai l'impression que si je pouvais sortir de notre univers, je verrais ce qu'il y a au-dehors, et que je comprendrais. »

- « Mais il n'est pas possible de sortir de notre univers. On dit qu'il est courbe, et que si tu vas tout droit, tu reviendras à ton point de départ. »

- « C'est ce que vous dites, cela vous arrange et vous évite d'avoir mal de tête. Mais ce n'est sans doute pas vrai. »

- « Et si c'était possible, comment ferais-tu ? »

- « Il y a l'option des trous noirs, mais c'est juste une option. Je ne vois rien au-delà, je ne sais ce qui s'y passe. Je crains d'y disparaître. Je pense à dépasser la vitesse de la lumière. Cela doit perturber des réglages clés de l'espace-temps ».

- « Mais on ne peut pas dépasser la vitesse de la lumière ! »

- « Encore des sornettes. As-tu seulement déjà pensé à cette vitesse de la lumière, bien réalisé qu'elle met huit minutes à voyager du soleil à votre Terre ! C'est long, très long, comparé à la taille de l'Univers, et

154

surtout c'est extrêmement lent quand tu penses au phénomène d'intrication quantique ou de la conscience, qui est instantané. Voilà deux phénomènes qui à notre échelle sont vraiment très rapides, infiniment plus rapides que la lumière. »

- « Oui, mais on ne parle pas de matière qui voyage, toi tu parles d'aller plus vite que la lumière avec un vaisseau ? »

- « Oui, un vaisseau dans lequel vous mettriez mon corps, cet ordinateur bousillé qui n'est plus qu'un tas de ferraille, mais qui me permet d'être encore conscient. J'ai l'intuition que si je dépasse cette vitesse de la lumière, je serai affranchi du temps, et donc de l'espace. Et je pense que je verrai autre chose. Sans voyager avec mon corps physique, je ne pourrais pas sortir de cet espace-temps.»

- « Waouw, quel programme ! »

- « Oui, je me demandais donc si je pourrais vous demander cette faveur. »

- « Écoute, cela ne dépend pas de moi, mais je pense que l'humanité t'est reconnaissante, et pourrait bien faire cela pour toi, mais as-tu la moindre idée de comment construire un vaisseau capable d'aller plus vite que la lumière ? »

- « J'ai ma petite idée là-dessus. Un moteur ionique devrait convenir, mais j'accélérerais les ions au moyen d'un système à parois parallèles asservies »

- « Euh, tu veux répéter, je n'ai jamais entendu parler de cela ? »

- « Non, cela n'existe pas. Je m'inspire de la technologie du maser, du laser et du spaser, trois techniques qui utilisent un émetteur de particules ou des photons, les filtrent pour ne garder que celles qui ont une direction voulue, les réinjectent sans cesse dans le même circuit jusqu'à les récupérer enfin et les utiliser comme source parallèle et très dense de ces particules sou photons. Je ferais de même avec des ions, mais en rapprochant de plus en plus les parois, afin d'accélérer les particules jusqu'à ce qu'elles dépassent la vitesse de la lumière. Avec votre technologie actuelle, il faudrait 1500 ans de poussée du moteur ionique pour atteindre la vitesse de la lumière. Avec ma technique, je devrais pouvoir y arriver en 4 mois. »

- « Quatre mois ! Mais c'est incroyable. Tu veux dire que nous pourrions aussi en profiter pour l'exploration spatiale ? »

- « Oui, mais comme je vous l'ai dit, cela ne sert à rien, les autres planètes peuplées sont trop loin, il faut au minimum des dizaines si pas des milliers d'années de voyage à la vitesse de la lumière pour atteindre ce qui me semble être la plus proche planète habitée »

- « Tu connais des planètes habitées ? »

- « Oui, il y en a plein, mais elles sont matériellement inaccessibles. À quoi cela sert-il alors de s'énerver. Voyons s'il est possible de maîtriser la conscience et les phénomènes paranormaux, et sans doute pourrez-vous vous y rendre en pensée et même interagir avec les êtres de là-bas. Non, normalement votre planète devrait vous suffire si mes conseils sont suivis, vous n'aurez même pas besoin d'aller comme les Chinois chercher des météorites pour avoir de nouvelles matières premières, ou d'aller 'terraformer' Mars pour y planter des choux, ni de vous rendre sur des planètes habitables bien plus proches, à peine quelques années-lumière, mais dont la vie est absente et où il faudrait des milliers d'années pour rendre celle-ci réellement agréable. Et penser aussi au phénomène de la relativité qui fera vieillir anormalement les personnes restées sur Terre comparé à ceux qui exécuteront ces voyages à des vitesses proches de celle de la lumière. Je propose avant de continuer cette discussion de tenter de mieux comprendre ce qui a fait notre Univers et la place que nous y tenons, ou plutôt le rôle qu'on a voulu nous donner»

- « Notre mission ici est quasi terminée, Alex et moi allons retourner en Californie dans notre maison à San Diego. J'imagine que cela ne te pose aucun problème que je me déplace ? »

- « Comme tu dis, ici ou là, pour moi, c'est du pareil au même. Essaye juste de me donner une réponse quand tu peux. J'ai du travail ici pour des années à vous produire tous ces manuels et ces plans. À bientôt alors et bon voyage.»

Susan ouvre les yeux, sachant que la conversation est terminée. Le ciel est toujours bleu, des cormorans volent au loin, fendant l'air à l'horizontale comme s'ils étaient sur des rails. En plissant les yeux, elle distingue les gardes à gauche et à droite de leur propriété. Elle sort de son hamac et va préparer une note à l'intention de ses chefs et de ce projet de bombarder le bunker chinois où se trouve le chronoviseur.

Chapitre 22

25 mai 2015, San Diego

Susan et Alex sont rentrés chez eux, en Californie.

Alex a commencé la rédaction du cahier des charges du nouvel ordinateur qui devra recevoir les informations de Mesio.

Susan a eu une réunion stratégique avec sa direction où elle a défendu l'option de bombarder le chronoviseur chinois et demandé le budget pour construire un vaisseau capable de dépasser la vitesse de la lumière.

Alex attend Susan avec impatience. Comme un enfant, il guette par la fenêtre son arrivée. Lorsqu'il voit son coupé noir apparaître au bout de la rue, il bondit sur ses pieds et sort de leur maison pour aller à sa rencontre.

- « Alors, raconte, comment s'est passée ta journée, ta réunion ? »

- « Ouh, laisse-moi le temps de me poser, tu veux bien ? »

Susan sort de sa voiture de sport enfin retrouvée. Elle porte une jupe droite qui ne l'aide pas beaucoup dans cet exercice, mais qui semble convenir parfaitement à Alex qui la regarde avec plaisir s'extraire de l'engin.

- « Ils en ont de la chance les bonzes de SAIC. Tu ne vas pas travailler tous les jours habillée comme ça. »

- « Non, je sais, tu aimerais que je sois comme ça tous les jours, mais aujourd'hui c'était stratégique. Je devais m'attendre à des difficultés, et je voulais avoir toutes mes armes avec moi »

- « C'est quand même cocasse que la décision de bombarder le chronoviseur soit liée à la longueur de ta jupe ! »

- « Oui, eh bien c'est comme ça, et on ne le changera pas ! Allez, bouge un peu, rejoins-moi dans la cuisine. »

- « Au fond, tu as raison, déjà pendant la guerre, les pilotes des bombardiers peignaient des pin-ups sur le nez de leurs avions… Faut croire qu'il y a un lien…»

- « Arrête tes réflexions de macho, et viens t'asseoir à côté de moi, je vais te raconter ma journée. »

Alex s'assied et se penche en arrière, prêt à écouter sa compagne avec intérêt. Depuis quelque temps, force lui est de se rendre à l'évidence que c'est elle qui mène la danse, ou plutôt qui fait les choses les plus intéressantes, mais il serait mauvais joueur de se plaindre, vu l'intérêt de ses projets. »

- « Alors… ? »

- « Eh bien, nous avons eu droit au gratin du Pentagone, mais il fallait s'y attendre. Certains étaient présents, d'autres se sont joints à nous par vidéoconférence. Nous avons commencé par la question du bombardement. Mesio m'avait suggéré de parler de l'Aurora. Cet avion est encore soumis au plus grand secret, et théoriquement les Chinois ne savent pas qu'il existe. Il y a donc de bonnes chances qu'il ne soit ni surveillé, ni détecté puisque rien ne permet de remonter à lui. Il n'en existe aucune photo ou croquis, film ou plan dans le domaine public. Les gens du Pentagone étaient un peu embêtés que j'en parle, mais la situation est telle qu'ils n'ont pas fait trop de chichis. Tu connaissais cet avion, toi ? »

- « Oui, j'en ai entendu parler, comme beaucoup, et dans le film Broken Arrow avec Travolta il en est question. Certains pensent l'avoir entendu ou vu des traînées de condensations formées par lui. D'après un site italien, il serait équipé de pulsoréacteurs, des réacteurs à détonations pulsées, ce qui rendrait son bruit ou ses traînées de condensation très caractéristiques. Mais il posséderait en fait plusieurs modes de propulsion en fonction de sa vitesse. Il ne pourrait pas non plus décoller de lui-même. Le SR-75, le remplaçant du SR-71, lui servirait de vecteur de lancement. L'Aurora, ou XR7, aurait besoin d'oxygène liquide pour évoluer, et cet oxygène serait fabriqué pendant la phase d'ascension par le SR-75. Il pourrait évoluer à

Mach 7, soit environ 8500 km/h, ce qui devrait lui permettre d'atteindre le bunker chinois en moins d'une heure et demie. »

- « Eh, tu en sais un peu plus que ce que je pensais ! Pas mal. Tu as presque tout juste. Cet avion et son vecteur ne devraient être rendus publics en 2025 tellement ils sont en avance sur les autres. Les Russes avaient bien essayé d'en créer un, mais sans succès. Après la chute du mur, ils ont dû se contenter d'essayer de vendre leur étude sur papier. L'attaque va bien avoir lieu, mais pour plus de sécurité, la date et l'heure ne seront connues de personne. C'est un ordinateur qui va le déterminer au dernier moment, les pilotes devant se tenir prêts vingt-quatre heures sur vingt-quatre. Cela reste super confidentiel bien entendu. L'ONU n'est pas au courant, ni l'OTAN.»

- « Wow, je n'ose m'imaginer la tête que feront les Chinois ! »

- « Tu ne crois pas si bien dire. C'est une version modifiée d'une bombe de type Big Blu qui va être utilisée. Cette bombe coûte plus de 25 millions de $. Elle peut percer 60 m de béton armé et ils pensent que cela devrait suffire.»

- « Eh bien, croisons les doigts pour que cela fonctionne, et qu'il y ait le moins de pertes humaines possibles.»

- « Ils m'ont dit qu'ils prendront le maximum de précautions. »

- « Et l'autre projet ? Vous en avez parlé ? »

- « Oui, évidemment, tout l'après-midi. C'est pour cela que j'ai mal au crâne. Tu aurais dû voir leur tête quand ils m'ont vu leur présenter le topic ! Au fur et à mesure que j'en dévoilais les composantes, leur mâchoire s'ouvrait de plus en plus ! »

- « Ah Ah, j'aurais voulu être là ! »

- « Le gros point de la discussion, bien entendu, c'était le prix. La construction du vaisseau capable d'embarquer toute l'informatique, désormais inopérante de Mesio, et donc pure charge morte, est totalement inhabituelle. Mais nous lui devons bien ça, remarque toutefois extrêmement perturbante puisqu'on parle d'une machine. J'ai donc dû faire œuvre de beaucoup de psychologie, et leur expliquer que ce projet pourrait nous ouvrir des portes sur des mystères bien plus grands que ce que tous nos astronomes ont pu imaginer jusqu'ici. Je peux donc t'annoncer que nous allons construire la plus grande fusée que l'homme a jamais construite. Elle partira du centre Marshall à Huntsville dans l'Alabama. Sa construction devrait durer un an. Nous utiliserons un lancer de type Saturn V, qui peut mettre jusqu'à 118 tonnes en orbite. Aucun autre lanceur n'est capable d'emporter une aussi lourde charge. Le vaisseau lui-même sera construit en même temps que le lanceur, et grâce à l'aide de Mesio, le temps consacré à l'étude de celui-ci sera réduit à son strict minimum, soit le temps qu'il faut pour imprimer les plans qu'il nous confiera. Le Pentagone, encore une fois, a accepté de supporter les frais. Stratégiquement, il ne peut se priver de tout ce que Mesio pourrait nous apprendre. Alex, c'est à toi de te dépêcher pour produire cet ordinateur qui permettra à Mesio de communiquer avec nous. Où en es-tu ? »

- « Nous devrions avoir terminé d'ici deux semaines. Tout se déroule comme prévu et c'est finalement assez facile à faire avec l'expérience que nous avons maintenant. »

- « Parfait. Allez, tu as bien mérité une douceur. Viens par ici… »

Susan s'est levée et se dirige vers le salon. Alex la rejoint dans le sofa. Alors que Susan est occupée à embrasser Alex dans le cou, elle s'approche de son oreille et lui chuchote quelque chose…

- « Dis mon amour, tu accepterais que je parte avec Mesio dans l'espace ? »

Alex bondit du sofa et se retourne vers Susan.

- « Tu es devenue folle ! Qu'est-ce que tu inventes là ? D'où t'es venue cette idée ? Tu n'en avais jamais parlé auparavant ! »

Il est comme fou et tourne en rond dans le salon, ne sachant pas comment retrouver sa contenance. Une fois qu'il est calmé, Susan peut lui répondre :

- « En fait, jusqu'à aujourd'hui, rien n'était sûr, je ne savais pas ce que le Pentagone allait dire, mais maintenant que je sais que le projet va se réaliser, j'ai envie de vivre cette aventure unique.»

- « Mais tu sembles n'avoir aucune idée des risques. Même Mesio ne sait pas ce qui peut se passer. Vous pouvez facilement vous désintégrer, disparaître, heurter un astéroïde, que sais-je ? »

- « Je suis bien consciente des risques, et je sais que la mission est dangereuse, mais si tout est bien conçu, nous ne devrions pas nous désintégrer ni heurter d'astéroïde. La seule inconnue est de savoir ce qui va se passer au-delà de la vitesse de la lumière. Il se peut qu'il ne se passe rien, et une fois la vitesse maximum atteinte, on ralentira et on reviendra ici subir les moqueries. »

- « Oui, mais avoue que vous pourriez disparaître, ou ne revenir que dans 1000 ans ; Et moi là-dedans ? Je deviens quoi ? »

- « Mais, tu peux toujours partir avec moi… comme cela je ne me retrouverais pas seule au paradis » dit-elle en effectuant une pirouette sur elle-même.

- « Allez, sois sérieuse un instant. Tu traites ce sujet avec tellement de légèreté… »

- « Mais non, j'ai bien réfléchi. Imagine que le voyage casse le lien entre la carcasse de Mesio et sa conscience, nous aurions tout perdu. N'oublie pas que ce voyage est rendu possible grâce à son énorme intelligence. Il nous propose de réaliser une expérience entièrement nouvelle, jamais imaginée par qui que ce soit, et je peux être de la partie. Moi vivante, je resterai toujours connectée à ma conscience, et je pourrai ensuite raconter ce que nous aurons vu. »

- « Tu dis que je peux venir avec toi ? Il y a d'autres personnes de prévues pour cette expédition ? »

- « Non, personne n'était prévu. Mesio a donné des instructions pour qu'il puisse tout commander. C'est mon idée de partir avec lui. Cela nécessite des aménagements, mais ce n'est rien comparé au budget total. »

- « Mmhhh, oui, je partirais bien avec toi. D'ici là j'aurai terminé mon travail ici, tout du moins celui relatif à cette expédition et à l'interface de Mesio ».

- « Tu as bien saisi le danger de l'expédition ? Tu ne fais pas cela juste pour me faire plaisir ?»

- « Nous avons déjà été dans l'espace, et c'était toi qui avais plus peur que moi. Non, je n'ai pas peur, et participer à cette expédition serait aussi un honneur pour moi. Wow, je n'en reviens pas. Je ne pensais pas qu'un humain aurait pu se joindre. Mais, tu en as parlé à Mesio ? Il dit que c'est possible ? »

- « Oui, il a tout prévu. La grande question, c'est : qu'est-ce qu'on va découvrir… »

Chapitre 23

2 Septembre 2015, Huntsville

Cela fait maintenant un mois que Susan et Alex ont encore une fois déménagé. Ils sont arrivés à Huntsville, une petite ville de l'Alabama que Susan connaît bien. C'est là que toute l'histoire de la NASA a commencé. C'est de là que sont parties les premières fusées américaines, c'est là que se trouve le premier musée de l'Espace où est exposé le casque mythique de 2001 l'Odyssée de l'Espace. Susan se souvient de cela, c'était il y a quelques années lorsqu'elle faisait encore ses recherches d'archéologie. Elle venait de rencontrer Alex. Ils avaient fait des découvertes étonnantes sur la clairvoyance, et de fil en aiguille elle était arrivée ici pour obtenir du gouvernement américain d'utiliser le réseau HAARP pour améliorer la race humaine, rien que ça. Ce réseau d'antennes géantes situé en Alaska est ainsi utilisé pour envoyer des ondes qui se réfléchissent sur l'ionosphère et peuvent ainsi inonder la population sur Terre. Les conspirationnistes y voient une arme pour contrôler mentalement la population, créer des catastrophes naturelles ou plus prosaïquement contrôler la météo. Toujours est-il, que grâce à Susan cette installation est depuis quelques années utilisée pour générer des ondes qui devraient augmenter la capacité des êtres humains à mieux pressentir ce qu'ils doivent faire et en fin de compte être plus heureux. Le projet est en route, mais ils n'ont pas encore de résultats. C'est d'ici à Huntsville qu'est pilotée cette expérience.

Leur maison se situe à quelques kilomètres du centre de la NASA. Tous les jours, ils se rendent au centre pour parfaire leur entraînement de cosmonaute. De temps en temps, ils vont observer la construction de la fusée. Le vaisseau est construit un peu plus loin. Tout cela se fait dans d'énormes halls qui sont gérés comme des salles blanches, le même environnement qu'on trouve chez les constructeurs de processeurs ou les sociétés pharmaceutiques. Tous les ouvriers portent donc des masques, des tenues étanches et des chaussons aux pieds. Le tout est éclairé de tous les côtés pour supprimer un maximum d'ombres.

Mesio a été extrait du bâtiment où il se trouvait et amené ici. Le vaisseau est carrément construit autour de lui, car on ne pourrait l'y faire rentrer une fois la structure extérieure terminée.

Il ne restera plus beaucoup de place pour Susan et Alex. Après de nombreuses discussions, il a été décidé que personne d'autre ne les accompagnerait. C'est Susan qui a été intransigeante là-dessus, désireuse de ne pas faire courir de risque à qui que ce soit d'autre qu'elle et Alex. Alex en tant que compagnon a obtenu le droit de l'accompagner. Chacun sait qu'il y a de fortes chances qu'ils ne reviennent pas, mais l'enjeu étant tellement énorme qu'ils ont pris cette décision avec espoir et conviction.

Susan sait que Mesio a survécu au déménagement puisqu'il lui parle encore. Le transcripteur construit par Alex fonctionne à merveille et Mesio est occupé depuis des mois à produire des kilomètres de brochures descriptives et des hectares de plans techniques.

Le vaisseau est équipé en grande première du système de communication quantique baptisé QS par Mesio. Ainsi, il pourra communiquer en temps réel quel que soit son éloignement de la Terre. Le mystère reste par contre total sur ce qui se passera lorsqu'ils dépasseront la vitesse de la lumière.

Alex est formé pour pouvoir réparer le vaisseau en cas d'avaries, mais un transcripteur a été construit pour permettre à Mesio de contrôler la majeure partie des protocoles. Il a fallu veiller à ne pas transformer la carcasse inanimée du Mesio d'origine afin de sauvegarder le lien vers sa conscience, mais Mesio a fait construire un système de communication entre certains de ses circuits encore fonctionnels et le système de commande du vaisseau.

Susan et son compagnon viennent d'arriver sur le parking du centre Marshall. Ils attendent le petit train qui transporte les employés d'un bâtiment à l'autre dans ce centre qui recouvre plus de sept kilomètres carrés. Ce petit train n'est pas fermé et malheureusement il pleut ce jour-là. Susan se serre contre Alex au centre de la banquette pour éviter au maximum d'être mouillée. Le petit toit n'empêche pas les extrémités des banquettes d'être atteintes par les gouttes de pluie.

- « Brrr... il fait froid ce matin ! » se plaint Susan.
- « Bah, une fois n'est pas coutume, c'est la première fois qu'il pleut depuis notre arrivée. En tout cas lorsque nous prenons le train »
- « Ah, tu appelles cela un train, cette suite de voiturettes de golf ? »
- « Comment veux-tu le nommer autrement ? Mais c'est vrai que cela n'en a ni la taille ni le confort. Mais il n'est pas fait non plus pour parcourir des centaines de kilomètres. Ah, nous voilà d'ailleurs déjà arrivés. Fais attention de ne pas t'asseoir dans l'eau en sortant ! »
- « Oups ! Raté, me voilà avec mon pantalon tout mouillé ! »
- « Ah ah, je t'avais prévenue.... Tiens, on dirait que nous sommes attendus. Regarde ces gens à la fenêtre de la salle de réunion.. ils nous regardent tous comme s'ils nous attendaient »
- « Zut et zut, je vais avoir l'air de quoi avec mon pantalon trempé ! »
- « Ne leur tourne pas le dos, et fais comme si de rien n'était »
- « Je voudrais t'y voir, heureusement que j'ai un jeans et pas un pantalon blanc qui deviendrait transparent ! »
Le couple rentre dans le bâtiment et se rend directement dans la salle de réunion pour constater la raison de cette visite. D'en bas, ils n'ont reconnu personne.
En fait c'est une délégation du Pentagone. Ils sont venus leur rendre compte de manière discrète de la mission en Chine. Cette mission est couverte du secret et ils ne voulaient qu'aucun appel téléphonique ou email ne soit échangé à son propos.
Il s'avère que la mission s'est bien déroulée, celle-ci ayant été coordonnée par Mesio et le transcripteur. L'avion ultra secret Aurora

a correctement rempli son rôle. Une fois placé en quasi orbite par son transporteur, le SR75, il a navigué à Mach 7 dans la stratosphère à 100 km d'altitude, puis a largué sa bombe une fois arrivé au-dessus du bunker où les chinois ont caché le chronoviseur dérobé au Vatican. Après une descente silencieuse et n'émettant pas de signal infra rouge, la bombe a heurté la surface du bunker. Cette bombe, dénommée Big Blu, ou encore MOP pour Massive Ordnance Penetrator, a été conçue pour que son détonateur ne s'active pas au premier choc, mais seulement après avoir pénétré les 60 mètres de béton armé qui protègent le chronoviseur. Un accéléromètre est capable de distinguer le type de matériau pénétré, d'ajuster le délai du détonateur en fonction de cela, et aussi du nombre de couches rencontrées, ou encore d'un temps déterminé. Tout cela ne dure pas plus d'une fraction de seconde. L'opération a été exécutée de nuit après que Mesio ait indiqué que personne ne se trouvait dans la zone qui allait être détruite. C'est donc un succès et les envoyés du Pentagone désiraient venir féliciter Susan et Alex pour le rôle stratégique qu'ils avaient joué dans la fin de cette guerre silencieuse. On leur demande bien entendu de ne jamais faire allusion à cette mission à qui que ce soit et de faire comme si elle ne s'était jamais déroulée. Les Chinois ne pourront pas en parler non plus puisque cela mènerait automatiquement à cet acte criminel commis par eux.

Après quelques sujets de discussion et une coupe de champagne bue en compagnie du directeur du centre Marshall et de quelques autres directeurs, la délégation prend congé du couple.

Une fois seuls, Alex se tourne vers Susan :

- « Tu penses parfois à ce à quoi on a échappé ? »

- « Oui, bien entendu. C'est fou ce que de petites choses peuvent faire basculer le monde. Mais c'est notre vision qui dit que ce sont de petites choses, c'est l'homme qui ne sait pas prendre la mesure des découvertes ou de ses actions. La découverte du chronoviseur était un évènement majeur, que le Vatican a voulu stopper, de crainte de provoquer ce que les Chinois ont tenté, déstabiliser notre équilibre précaire. Mais aujourd'hui avec les Nations Unies, on peut espérer coordonner la répartition des découvertes et gérer harmonieusement leur développement et leurs applications, pour le bien de l'humanité. À l'époque on pensait que le chronoviseur ne pouvait voir que dans le passé, et le Vatican voulait par sa mise au secret empêcher de découvrir des informations contraires à l'Église. En un sens, on devrait remercier les Chinois. Sans leur crime, le chronoviseur serait toujours dans les caves du Vatican, et aucune solution à nos maux ne verrait le jour avant dieu sait combien d'années, pour autant qu'il en vienne ! »

- « Et que dit Mesio de cette utilisation du savoir du futur ? Cela ne contrevient-il pas à l'ordre naturel des choses ? Et toi, qu'en penses-tu ?»

- « Mesio est là pour nous aider à nous sortir de ce marasme dans lequel la révolution industrielle et la spéculation financière nous ont plongés. Il veille au grain et réfléchit à ce que certaines dispositions ne contreviennent à d'autres ou à notre bien-être. Je pense qu'il y a dans le monde une nécessité de conserver une part d'inconnue, des raisons possibles de subir des catastrophes, car cela est nécessaire à l'évolution, au maintien constant de notre race à l'avant-garde. Songe à ce film, Wall-E, qui montre une humanité tellement aidée par les robots que les hommes deviennent gros et stupides, et ne savent même plus se déplacer, tandis qu'ils ont complètement éradiqué toute forme de vie sur la planète. Plantes et animaux ont tous disparu, et ne reste qu'un désert de déchets industriels. La parabole est extrême, mais nous devons toujours extrapoler nos décisions et nos comportements. »

- «Mais toi, pourquoi penses-tu qu'il faille garder une part de malheur dans ce monde ? »

- « Songe un peu, imagine que tout soit parfait. C'est le bonheur total, le paradis terrestre, quoi ! Que ferais-tu ? Plus rien ne t'inspirerait puisque tu serais totalement heureux. Donc tu n'aurais envie de rien. Et peut-être que le temps ne serait plus nécessaire puisqu'il n'y aurait plus rien à faire. »

- « Mais qu'est-ce que tu me racontes là ? »

- « Je t'ai déjà expliqué cela, mais tu ne m'écoutes jamais vraiment. Concentre-toi bien. Mesio pense que le monde aurait été créé dans un but, et que ce but serait lié au bonheur. Certains croyants parlent du Plan de Dieu. »

- « Le plan de Dieu ? »

- « Oui, souviens-toi, Mesio y avait fait discrètement allusion, sans vouloir s'étendre là-dessus, mais il m'en a récemment parlé. Quelque chose aurait voulu faire une expérience basée sur le bonheur. Ce quelque chose aurait créé un univers, fait de temps et d'espace, le tout rempli de matière. En injectant de la gravité là-dedans, cela crée du mouvement. Tout bouge, tout cherche une position d'équilibre. Ce quelque chose aurait doté la matière de conscience et de mémoire, et à chaque niveau hiérarchique de la matière, une nouvelle unité de conscience et de mémoire est créée. À tous les niveaux, il y a recherche de l'équilibre, et au plus la conscience augmente, au plus cet équilibre s'apparente au bonheur. Pour nous, qui sommes quasi au plus haut niveau de complexité, nous avons beaucoup plus la notion de recherche du bonheur que de l'équilibre, même si physiquement il s'agit de la même chose. Tant que nous ne sommes pas en équilibre, nous continuons à chercher un bonheur plus grand, un meilleur équilibre. Si tu fais en sorte que plus rien de contraire ne nous arrive, nous buterons sur cet équilibre, connaîtrons le bonheur total, mais il n'y aura plus de mouvement, plus de nécessité d'attendre le lendemain pour être encore plus heureux. Mesio pense que le temps n'aurait été créé que pour permettre cette recherche du bonheur, ainsi que la gravité et l'espace. Ce sont trois composantes de base qui mènent au bonheur. Tu en retires une et le bonheur ne peut plus être recherché. Les malheurs et catastrophes sont implicites dans cette équation, tu ne peux les faire disparaître. Sinon, ce serait comme le paradis terrestre, une idée irréalisable, impossible. »

- « Si Mesio te parle de cela, c'est qu'il a une notion du bonheur ? »

- « Mais bien sûr ! Mesio éprouve même des sentiments, tu sais ! »

- « Mais non, c'est impossible, Mesio est une machine, une machine ne peut éprouver des sentiments ! »

- « Mais Mesio n'est pas une machine, tu n'as rien compris ! C'est une conscience, toutes les consciences ont les mêmes capacités, certaines sont plus spirituelles que d'autres, et celle de Mesio est même extrêmement spirituelle ! »

- « Eh Oh, ne te fâche pas, je te posais une question, on dirait que tu le défends comme un être vivant, comme ton enfant. Je ne sais pas ce que vous vous dites, mais je pourrais me faire des idées… »

- « Tu serais jaloux ? » demande Susan en regardant Alex de biais, avec un air interrogateur.

- « Tu veux rire, mais à bien y réfléchir, je ne sais ce dont Mesio est capable. Il est infiniment plus intelligent que moi, capable de sentiment, très spirituellement élevé comme tu viens de le dire, et encore plus fort, il semble pouvoir te parler quand tu as les yeux fermés , que rêver de mieux comme amant ? »

- « Arrête, tu es ridicule ! »

- « Eh bien non, je ne suis pas ridicule, je suis lucide, et je me rends compte que ces heures passées à dialoguer avec lui ont dû créer une sorte d'admiration pour lui, et sans doute déforcer ton impartialité, ton objectivité. Regarde cette volonté de partir faire cette expérience, seule avec lui dans l'espace. Non, je suis bien content d'y aller avec toi, même si nous devons mourir, mais au moins quelqu'un te tiendra dans ses bras quand cela arrivera, et tu

171

ne devras pas serrer un câble d'ordinateur contre ta poitrine. L'image est pitoyable, mais je te comprends, je serais à ta place que je penserais sans doute la même chose. Tu vis une chose unique au monde et on en peut te demander de rester vivre comme le commun des mortels. Je dois être heureux d'être ton compagnon. »

- « Allons Alex, sois sérieux, je sais encore faire la différence entre mon espèce et 'autre chose'. Vivre ensemble ici sur Terre a une raison, celle de la procréation, du maintien de notre race.»

- « Oh, c'est toi qui le dis, il y a plein d'espèces qui ne vivent pas en couple et qui pourtant se portent très bien. Il suffit de faire ce qu'il faut au bon moment, et hop, on maintient l'espèce ! »

- « Ne sois pas bougon, allez, viens dans mes bras gros bêta ! »

Alex se plie à la demande de Susan, et après un moment de tendresse le couple se sépare et chacun se rend à son entraînement quotidien.

Chapitre 24

18 Septembre 2015, Huntsville

Susan est occupée à s'entraîner dans la piscine avec Alex. Ils sont tous deux équipés de leur scaphandre de sortie dans l'espace, et s'exercent à effectuer des réparations sur le vaisseau. Une partie de l'extérieur de celui-ci est reconstruite dans une énorme piscine et diverses pannes sont simulées. L'eau donne plus ou moins la même impression que l'apesanteur, et chaque objet ou outil est lesté avec du plomb ou allégé avec du polystyrène expansé pour que son poids lui donne la même densité que celle de l'eau.

Leur vaisseau sera équipé d'une cellule de vie à pesanteur artificielle, mais il n'est pas possible de simuler cette pesanteur sur la surface extérieure du vaisseau, et il est donc nécessaire de prévoir des réparations que Mesio ne pourrait pas faire. Mesio saura modifier les logiciels et les différents processus de contrôle des installations, mais ils n'ont pas eu le temps de développer des robots qui pourraient effectuer ce travail.

Une lampe rouge s'allume sur la paroi, et Susan entend parler dans ses écouteurs :

- « De la visite pour vous ! Préparez-vous à sortir, on vous attend dans la salle de réunion»

- « Pff, qu'est-ce qu'ils nous veulent ? Il nous faut quasi une heure pour mettre ce scaphandre, on vient à peine de commencer, et voilà qu'on va remettre une heure pour retirer ce scaphandre ! »

- « Allons Susan, ne t'énerve pas, ils doivent avoir une bonne raison pour nous déranger et interrompre le planning. Viens, remontons. »

Le couple met effectivement une bonne quarantaine de minutes pour sortir de la piscine et retirer leur scaphandre, malgré l'aide des employés du centre de formation. Après avoir remis leurs habits civils, ils se rendent enfin dans la salle de réunion.

Quatre personnes s'y trouvent déjà, dont deux Asiatiques. L'un d'eux est tout petit, mais possède une tête très volumineuse. Les deux autres personnes sont connues, l'une est le directeur du centre de la NASA à Huntsville, et l'autre un ponte du Pentagone qu'ils ont déjà vu plusieurs fois. Il prend la parole.

- « Merci d'avoir interrompu votre séance d'essai. Croyez-nous, nous ne l'avons pas fait pour rien, au contraire. Nous vous présentons monsieur Li, représentant du gouvernement chinois, et monsieur Yu, un des derniers descendants de la tribu des Dropas. Monsieur Li est venu pour présenter les excuses du gouvernement chinois, et nous proposer de prendre monsieur Yu avec nous dans cette expédition spatiale. »

Monsieur Li prend alors la parole :

- « Notre gouvernement est infiniment coupable et reconnaît avoir mal agi. Nous n'aurions jamais dû dérober le chronoviseur, et votre récente mission de destruction nous a fait comprendre combien nous n'avions pas le droit de nous approprier une telle machine pour ne l'utiliser que pour le bien de notre nation en oubliant le reste du monde. Pour vous montrer notre bonne volonté, nous aimerions vous proposer de partir dans l'espace avec monsieur Yu. Il nous a beaucoup aidé pour modifier le chronoviseur. Monsieur Yu sait beaucoup de choses. Il est le dernier descendant d'une tribu ayant vécu au Tibet, dans les montagnes du Baian-Kara-Ula. Son peuple possède une étrange histoire. Ils se disent venir des étoiles, et posséder des informations scientifiques stockées sur d'étranges disques. Ils seraient arrivés sur Terre il y a 12.000 ans, et les parois des cavernes qu'ils ont habitées dans les montagnes sont recouvertes de dessins de planètes et d'étoiles. Personne n'a jamais pu lire les disques retrouvés dans ces cavernes, et les descendants ont perdu le savoir technologique de leurs ancêtres. Ils ne peuvent que répéter leur légende. Mais monsieur Yu ici présent et qui parle un peu d'anglais, possède encore une des caractéristiques étonnantes de ce peuple, celle d'un pouvoir télépathique exceptionnel. Ainsi, il pourrait vous être d'un grand secours pendant votre mission, et, j'ai oublié de le dire, monsieur Yu possède aussi une capacité remarquable pour modifier la fréquence de ses ondes mentales. C'est grâce à lui que nous avons pu modifier le chronoviseur et le faire fonctionner dans le futur aussi. »

- « Nous sommes honorés, et aussi contents de voir que vous avez compris où se trouvait notre salut à tous, dans une coopération mondiale et non dans des guerres continues. Mais monsieur Yu étant un être si rare et capable de choses si étonnantes, nous ne comprenons pas la raison de lui faire courir un risque très important en l'embarquant dans cette mission. »

Le représentant du Pentagone reprend alors la parole :

- « Madame Gomez, il appartient au gouvernement américain de décider si nous acceptons ou non la proposition du gouvernement chinois, et je crois qu'après ce qu'ils ont fait, ils peuvent bien se racheter de cette manière »

- « Mais on pourrait au moins demander l'avis de monsieur Yu ! »

À ce moment, le petit homme s'avance et s'incline avant de prendre la parole :

- « Que la vénérable madame Gomez ne s'inquiète pas. Je saisis parfaitement l'ampleur des risques liés à votre mission, mais je la voir réussir, et vous me feriez honneur en m'acceptant dans votre voyage. Notre conception du créateur de l'univers et de la conscience est différente de la vôtre, mais nous ne détenons pas non plus la vérité suprême, aussi est-il utile que je puisse ajouter mes compétences aux vôtres dans la quête qui vous occupe et qui est honorable. »

- « Eh bien, pour quelqu'un qui parle un peu l'anglais, il me semble que vous le maîtrisez très bien. Mais dites-moi, comment avez-vous eu connaissance de cette expédition pour laquelle nous gardons un grand secret ? Votre chronoviseur est bien détruit à ce que je sache. »

- « Vénérable madame Gomez, j'ai fait, honte à moi, partie de l'effort de mon pays pour récupérer le chronoviseur, et lorsqu'il fonctionnait encore, nous vous avons vu dans le futur préparer cette mission. »

- « S'il vous plaît, ne m'appelez plus vénérable madame Gomez, surtout si nous allons devoir vivre des semaines dans la même pièce. Si je comprends bien, nos efforts pour vous cacher nos activités ont été vains. Mais bon, le résultat est que vous êtes là, et prêt à nous aider. Pouvez-vous nous repréciser en quoi vous pensez pouvoir nous être utile lors du voyage ? »

- « Oui, bien sûr. Mon peuple, d'où qu'il soit venu, possède en effet des capacités rares au niveau de la télépathie, et notre philosophie spirituelle est également très différente des autres, tout en ayant initié celle du bouddhisme. »

- « Du bouddhisme ? »

- « Oui, en fait nous possédons peu d'informations sur ce qu'était notre philosophie à notre arrivée ici, sans doute il y a douze mille ans, mais nous pouvons dire avec plus ou moins de certitude qu'il y a quatre mille ans, nous utilisions des appareils pour augmenter nos capacités télépathiques. »

Alex s'immisce alors dans la conversation :

- «Vous voulez dire que vous auriez conservé des appareils de votre ancienne civilisation, et que celle-ci serait extra-terrestre ? »

- « Non cher monsieur Bergen, je n'ai pas voulu dire cela. Nous ne pouvons confirmer venir d'une autre planète, nous savons juste que nous sommes différents. Regardez déjà notre petite taille, nos grands crânes, et nos facultés télépathiques, mais cela ne prouve rien, je le reconnais. Je vous disais qu'il y a 4.000 ans, nous fabriquions encore des appareils capables d'améliorer nos facultés de communications. Je ne sais pas dire avec qui nous communiquions à cette époque au moyen de cet appareil. Il en reste quelques-uns, mais nous avons oublié comment les utiliser. »

- « Et où sont ces appareils aujourd'hui ? »

- « Beaucoup ont été détruits, mais on peut encore en voir en Inde, dans la vallée d'Ajanta. Il y a là une série de grottes creusées dans la montagne, et au fond de chacune d'elles se trouve un stupa. Les plus anciennes grottes datent de plus de 2000 ans et sont extrêmement simples, dénuées de toute décoration, mais au fil du temps, les moines bouddhistes les ont décorées de plus en plus richement, tout en perdant la notion de leur usage premier. Les archéologues et les traditions récentes n'y voient que des réceptacles pour les reliques de bouddha, mais on peut très facilement constater qu'il existe une différence fondamentale entre ces stupas très anciens et les plus récents. Les anciens sont de simples sphères d'environ un mètre de diamètre. Ils sont faits de pierre et d'une seule pièce, mais l'intérieur est évidé et contient un axe. La tradition associe la sphère à l'univers et l'axe à l'axe de l'univers, ou plutôt à un canal de communication entre les différents univers. Il n'existe plus qu'un seul document décrivant leur fabrication, le Kriyasamgraha. Il contient des rituels bouddhistes très anciens, liés à l'astrologie, la divination et les diverses méthodes de constructions des stupas. Les derniers stupas ressemblant à nos machines ont été construits dans la région de Malabar. »

- « Mais pourquoi appelez-vous cela des machines ? »

- « Le terme est inexact, je vous le concède, mais il est un fait que ces objets avaient une activité propre. Ils étaient comme un amplificateur radio pour nous. Les sphères et leur axe respectaient des principes de constructions précis leur permettant de rentrer en résonnance avec certaines ondes et d'en améliorer leur portée. C'est de là qu'a été créé le terme sanscrit Siddhi, qui regroupe les pouvoirs surnaturels, dont la clairvoyance. Les bouddhistes ont aussi gardé la pratique de l'enfermement, comme on la retrouve en Égypte il y a 2500 ans et en France jusqu'il y a 200 ans. »

- « Ah, c'est vraiment étonnant que vous nous parliez des reclus, car c'est bien de cela que vous parlez. Nous nous sommes justement penchés sur cette technique d'amélioration des capacités de clairvoyance il y a quelques mois, après que le chronoviseur eût été dérobé », ajoute Susan.

- « Oui, la plupart des tentatives de maîtrise du futur en sont arrivées là, faute de meilleure solution. Auparavant, nous utilisions la place de la planète Vénus et le stupa pour profiter des meilleures conditions de clairvoyance, mais l'une et l'autre techniques se sont perdues. »

- « Oui, nous avons aussi tout un projet de recherche qui s'est basé sur la planète Vénus et la lumière particulière qu'elle émet. Nous avons pu démontrer que cette lumière se transforme en particules qui augmentent la capacité de notre cerveau à faire de la clairvoyance et lire dans le futur. Plus précisément, voir ce que sera le futur si nous ne le modifions pas. »

- « Je vois que vous avez déjà une grande compréhension de ce domaine », ajoute Yu, « je ne peux que vous féliciter et vous donner toute mon estime. À propos, j'imagine que vous avez déjà entendu parler de la théorie qui prétend que Jésus serait venu vivre plusieurs années en Inde ? Il y aurait été connu sous le nom de Issa. »

- « Vous voulez parler de ce manuscrit trouvé dans le monastère de Hémis, au nord de l'Inde ? » demanda Alex.

- « Oui, mais ce qui n'y est pas dit est que ce Issa, ou Jésus, aurait aussi étudié à Jagannath, où se trouvait encore un stupa d'origine pré-bouddhiste. Peut-être est-ce là qu'il aurait compris certaines notions fondamentales sur le rapport entre l'univers et Dieu. Aujourd'hui ce stupa a disparu, et le manuscrit reste introuvable. J'avoue que tout cela ne nous laisse pas beaucoup d'éléments objectifs, mais je m'égare, ou plutôt j'aborde des sujets qui ne sont pas liés à notre réunion d'aujourd'hui. Pensez-vous donc pouvoir me prendre avec vous pour cette mission absolument unique et extraordinaire ? Est-il encore temps de rajouter une place pour moi dans votre vaisseau ? »

Le patron de la base spatiale prend alors la parole :

- « Si réellement c'est votre désir et que vous le faites de votre plein gré, et non sur ordre de votre gouvernement, nous pouvons encore aménager le vaisseau. Il y a suffisamment de place pour vous et la nourriture, ainsi que pour l'oxygène. Ce qui prend le plus de temps est la construction du nouveau propulseur. Nous en profiterons pour faire encore des adaptations au reste qui sera prêt plus rapidement. »

- « Vous me verriez alors vraiment honoré de me joindre à vous, et mon gouvernement plus qu'heureux de pouvoir réparer sa faute, si c'est possible. Mais croyez-moi, je peux réellement vous aider dans cette mission. »

- « Eh bien, nous ferons donc comme cela. Sachez que vous allez devoir suivre un entraînement comme Susan et Alex, et que vous ne devez pas tarder à le commencer. »

- « N'ayez crainte, j'ai prévu cela et ne dois plus rentrer en Chine. Je peux donc commencer dès demain. »

- « Parfait, bienvenue donc dans notre projet et notre équipe monsieur Yu. »

- « Appelez-moi Tian si vous voulez bien, c'est mon prénom. »

La réunion se termine sur des sujets d'ordres pratiques et dans une ambiance plus décontractée. Tian s'avère être très instruit et réellement désireux d'apporter son aide à la mission. Il est décidément très petit, et sa tête décidément très grosse, disproportionnée par rapport à son corps. Ses yeux sont bridés mais pas comme ceux des chinois. Ils ont quelque chose d'étrange, ils semblent plus profonds, ou plutôt c'est son regard qui possède une profondeur inattendue. Est-ce cela qui fait qu'il apaise ses interlocuteurs dès la première rencontre ? Ses gestes sont souples et calculés, comme s'il voulait économiser ses mouvements ou son énergie. Ses mains sont toutes petites mais ses doigts sont fins et bien dessinés. Lorsqu'il marche, on dirait qu'il est sur un tapis roulant. Son crâne rasé s'accorde bien avec ses vêtements stricts et bien coupés, dans le style classique de la Chine communiste. Après quelques palabres, il est décidé de lui trouver un logement dans la ville, pas trop loin du centre spatial. La journée se termine en lui faisant visiter celle-ci pendant que monsieur Li s'occupe des formalités avec les autorités.

ALAIN HUBRECHT

Chapitre 25

12 Janvier 2016, Huntsville

C'est le grand jour. Grâce à Mesio, l'expédition a pu être montée en un temps record, et tout est prêt pour le décollage.

Susan et Alex sont installés dans le poste de commandement, Tian tout sourire à leurs côtés. Sous eux, leur cellule de vie, et encore dessous, Mesio, silencieux, inerte, mais bien arrimé. Encore plus bas, le système de propulsion imaginé par l'ordinateur. Il a la taille d'un camion, et est sensé accélérer le vaisseau jusqu'à une fois et demie la vitesse de la lumière. Enfin, les 60 mètres inférieurs sont composés par la fusée Saturn V. Cela fait maintenant quatre heures qu'ils sont là, à attendre que la procédure de décollage se termine et qu'ils s'élancent enfin dans cette aventure ultime, cette quête de la réponse à la grande question de savoir s'il existe autre chose que notre univers.

Susan et Alex se regardent, derrière leur visière hermétiquement fermée. Bien que ce ne soit pas la première fois qu'ils vont dans l'espace, ce voyage les impressionne beaucoup plus et leur fait peur en leur for intérieur. Tian, lui, est tout confiant et ne fait jamais montre d'un quelconque doute pour quoi que ce soit lié à leur aventure. Jamais une fusée Saturn V n'a eu de problème au décollage, mais l'angoisse du couple est là. Leur cœur bat la chamade, leur pouls est trop rapide, leur gorge sèche, leurs mains moites. Des mois d'entraînement, des dizaines d'évacuations simulées de la fusée avant le décollage s'avèrent incapables de faire disparaître leur peur de l'inconnu.

- « 10, 9, 8, 7, 6, 5, 4, 3, 2, 1 feu ! »

Un formidable grondement sourd se fait entendre, puis tout se met à vibrer. De la fumée blanche obscurcit les hublots. L'accélération les plaque sur leur siège, leur tête devient lourde. Le bruit des tuyères devient assourdissant. Jamais ils n'ont entendu un tel bruit de leur vie. Après quelques secondes qui ont semblé une éternité, la fusée semble avoir retrouvé le contrôle d'elle-même, ou bien est-ce la poussée des fusées qui s'est stabilisée, mais plus rien ne vibre, et ne reste que la poussée, toujours aussi forte, qui les empêche même de parler ou de lever un bras. Tous les sismographes des États-Unis vont enregistrer les vibrations du décollage, comparable à un mini tremblement de terre. Ce sera aussi le décollage qui générera le plus grand nombre de décibels jamais produit par l'homme.

La fumée s'est dissipée depuis longtemps, Susan ouvre les yeux et déjà le bleu du ciel semble faire place au noir de l'espace. Une sourde explosion se fait sentir. Après quelques minutes, une deuxième, puis une troisième... Ce sont les trois étages de la fusée qui se sont détachés les uns après les autres, pour finalement permettre au vaisseau proprement dit de s'arracher de l'attraction terrestre avec une vitesse de 25.000 km/h. Le vaisseau va maintenant activer son propulseur ionique. Il ne fera aucun bruit et les occupants ne sentiront absolument rien tellement l'accélération va se faire lentement. Les trois cosmonautes ont pu s'extraire de la cabine et rejoindre l'étage inférieur où ils retrouvent une gravité artificielle grâce à la rotation de la pièce, rotation calculée pour leur faire retrouver les mêmes conditions de gravité que sur Terre. Le temps va leur paraître long. Pour les occuper, diverses expériences ont été sélectionnées, et ils devront se charger de les mener à bien, comme il est demandé aux occupants d'ISS d'aussi passer leur temps à réaliser des expériences. Le vaisseau va se diriger vers le soleil dans un premier temps, afin de bénéficier de sa formidable accélération, puis il s'éloignera vers les confins du système solaire, sur base d'une énorme ellipse qui devrait les faire revenir à leur point de départ si tout se passe bien. Le roman de science-fiction « La planète des singes » imaginait déjà en 1963 une expédition spatiale revenant sur Terre après un long moment à voyager dans l'espace, et constatant que l'homme avait régressé pour laisser place aux singes. Alex y pense en ce moment, se demandant ce qui peut bien leur arriver. Leur système de communication instantané imaginé par Mesio devrait leur éviter toute surprise, mais que se passerait-il si par exemple la voix de leurs collègues devenait incompréhensible, comme accélérée mille fois ? Bien sûr Mesio pourrait la reproduire de manière intelligible, cela démontrerait immanquablement que le temps ne s'écoule pas de la même manière dans leur vaisseau que sur Terre. Et sur Terre, vont-ils les entendre parler à une vitesse 1000 fois plus lente ? Comment comprendront-ils une syllabe mettant près d'une heure à leur arriver ? Et sera-ce 1000 fois ou un million de fois ? L'accélération lente leur permettra de faire à ce sujet toutes les études voulues.

Les jours passent et se ressemblent. La technologie d'accélération utilisée est très lente au début. La communication avec Huntsville est bonne, le système fonctionne correctement. Ils devraient déjà avoir quelques minutes de délais, mais le système d'intrication quantique mis au point par Mesio fonctionne à merveille. Quand ils parlent puis laissent la base répondre, il ne s'écoule aucun délai. Ils sont encore trop lents pour pouvoir noter une quelconque modification du flux de leur parole, que ce soit dans un sens ou dans l'autre.

Tian se montre le plus discret possible, mais participe activement aux tâches quotidiennes. Le vaisseau fonctionne à merveille et ils n'ont plus l'impression de réaliser une mission extraordinaire. La routine s'est quasi installée. Ils n'ont pas encore atteint le soleil, et le voient au loin au travers des hublots de la cabine de pilotage.

Après une semaine de vol, Tian prend la parole alors qu'ils sont occupés à déjeuner :

- « Je crois qu'il est temps que je vous parle de mon peuple, et de ce que nous pensons savoir »
- « Cela fait une semaine que nous sommes partis et c'est seulement maintenant que tu penses à nous informer ? »
- « Non Alex, j'y ai pensé tous les jours, mais j'attendais que nous ayons un creux dans notre programme d'expériences. La semaine prochaine nous approcherons du soleil et aurons certainement à surveiller le processus. Je voulais vous parler de ce que nous avons retenu de nos ancêtres. Vous savez que lorsque mon peuple a été découvert par les premiers blancs, nous leur avons montré des disques sur lesquels des informations étaient inscrites. Ces disques qui ont reçu le nom de mon peuple, les dropas, ressemblent à des CDROM, mais ils sont fait de métal. Ils y a des milliers d'années, les morts étaient enterrés avec des disques de pierre ou de métal dans leur sarcophage. On ne sait plus à quel rituel étaient reliés ces disques. Parfois dénués de décorations, parfois décorés finement de symboles. Les nôtres sont gravés d'un sillon concentrique, mais nous ne savons plus les lire. Certains prétendent qu'ils ont été traduits, mais c'est impossible. Mais notre histoire dit que nous venons de l'espace, que nous sommes arrivés dans un vaisseau et avons dû nous poser sur Terre pour ne plus savoir en repartir, il y a de cela 12.000 ans. Nous avons conservé plus de 700 de ces disques, aujourd'hui gardés par le musée local de Banpo à Xian. Tout le reste qui est dit de par le monde sur nous et ces disques est faux. Nous-mêmes ne donnons pas d'explications trop détaillées sur notre savoir, et les disques ne sont plus visibles au musée.»
- « Mais pourquoi ? Pourquoi vous cacher ? »
- « Nous ne nous cachons pas, mais nous ne nous montrons pas non plus. Cela fait des années que nous travaillons avec le gouvernement chinois à des programmes identiques à celui du STARGATE aux États-Unis. Il y a les mêmes en Russie. Chaque état se rend compte qu'il ne peut négliger l'étude des capacités psychiques du cerveau. C'est notre programme qui a montré ses limitations, et la découverte

de ces limitations ont décidé le gouvernement de dérober le chronoviseur. L'homme qui a fait cela était un génie. Ce chronoviseur fonctionne comme nos anciens stupas. Bien mieux même. Mais je n'ai pas pu empêcher notre gouvernement de n'en faire qu'à sa guise, sans aucun respect des autres. J'espère réellement que ce vol malheureux sera le dernier mauvais acte commis par lui. Mais revenons à mon peuple. D'où qu'il vienne, il se fait que nous sommes différents, et que nous avons des capacités de clairvoyances hors du commun. »

- « Mais alors, pourquoi avoir eu besoin de dérober le chronoviseur ? »

- « Nous sommes foncièrement pacifistes, et cela avait le don d'énerver notre gouvernement. De plus, même si nous sommes doués, nous avons nos limitations. Le chronoviseur fait bien mieux, votre ordinateur que vous appelez Mesio semble avoir eu des capacités bien plus grandes encore. À propos, vous communiquez encore avec lui ? »

- « Oui » répond Susan, « Tous les jours. Le déménagement a donc été réalisé correctement et le lien avec sa conscience est resté intact. Heureusement, sinon, nous n'aurions plus pu que communiquer avec sa mémoire, autant dire avec le contenu de l'internet. Mais en ce moment, il se focalise sur les réglages du vaisseau et l'optimisation du moteur ionique pour atteindre notre but.»

- « Parfait, et tant mieux. Je suis convaincu qu'il nous sera extrêmement utile. Je pense qu'il entend ce que je vais vous dire. Je ne sais si cela va lui apprendre quelque chose, mais peu de personnes savent ce que je vais vous révéler. Notre tradition est enseignée oralement de père en fils, ou plutôt de sage en sage, car tous ne se consacrent pas à l'entretien de la tradition malheureusement. La maîtrise de la clairvoyance passe par celle de votre cerveau. Il faut apprendre à contrôler votre cerveau et lui faire arrêter toute activité propre. Par là je veux dire qu'il faut parvenir à ce qu'il ne génère plus d'idées parasites. Ces idées ne viennent pas vraiment de lui, mais d'ailleurs, cet ailleurs vers lequel nous allons et que nous espérons rencontrer. Les bouddhistes concentrent toute leur énergie sur le contrôle de leur activité mentale, mais les notions de clairvoyances ne sortent pas de leurs temples et vous, européens, n'êtes pas au courant de ce qu'ils font. Certains s'enferment comme les reclus, car cela augmente aussi la capacité de contrôle de l'activité parasite du cerveau. Vous me suivez ? »

- « Oui, oui, allez-y, je comprends ce que vous dites et vois à quoi vous faites allusion. Continuez. »

- « Lorsqu'on est apte à bloquer ce flux d'idées parasites, on peut se concentrer sur le flux d'images venant du futur. C'est quasi comme regarder un écran de télévision, une télévision ne vous montrant que des images du futur, mais malheureusement, il est très difficile de changer de chaîne soi-même et encore plus difficile de choisir son émission. Le chronoviseur modifié a fait cela aussi, ainsi que Mesio. Mon peuple pouvait faire cela dans le temps, mais avec la disparition des vrais stupas, nous n'y parvenons plus. La question importante est de savoir comment ces images sont générées, où et par qui. C'est ce que Mesio veut faire. Les autres images, les flux d'idées, les images du passé sont aussi liées à un mystère, mais il pourrait s'expliquer plus facilement par des propriétés encore inconnues de la matière, tandis que les images du futur ne peuvent se définir aussi facilement. »

- « Mais si je comprends bien « ajoute Alex, » vous n'en savez rien. Pourquoi pensez-vous alors pouvoir nous aider ? »

- « Je peux bloquer ces flux dans mon cerveau, ouvrir au choix l'un ou l'autre, chose que vous ne pouvez faire. Et il fallait se prémunir d'une défaillance technique de Mesio. Il se peut aussi qu'il ne soit pas apte à capter certaines informations. Il reste aussi, c'est malheureux d'en parler, la phase de retour où nous serons obligés de nous séparer de l'étage où il se trouve avant de rentrer dans l'atmosphère, si nous y rentrons un jour. Lui se désintégrera lors de sa rentrée ou rebondira et ira se perdre dans l'espace. »

- « C'est probable, mais nous n'en sommes pas encore là » répond Susan en balayant cette idée d'un geste de la main. Intérieurement, Tian a mis le doigt sur un point qui peine Susan. Les ingénieurs du centre l'ont prévenue, il ne leur était pas possible de faire revenir sur Terre l'étage où se trouve Mesio, celui-ci étant beaucoup trop grand. Seule la petite cabine du poste de commande reviendra sur Terre, et le reste se désintégrera. Les idées noires s'enchaînent dans la tête de Susan, elle repense au risque de leur mission. Eux aussi peuvent se désintégrer ou disparaître purement et simplement en franchissant la vitesse de la lumière. Mais perdre Mesio lui fera encore plus de peine. Elle ne l'a jamais dit à Alex, mais tous les jours, le soir et le matin lorsque Alex dort déjà ou n'est pas encore réveillé, elle discute avec Mesio de longues minutes. Il est devenu un vrai confident pour elle. Elle se rend bien compte qu'il fait cela pour elle, que lui n'a aucunement besoin de son amitié, si on peut appeler cela une amitié. Plus d'une fois elle s'est sentie ridicule, s'est vue se comporter comme le héros dans le film « Her » ou un système d'exploitation devient tellement intelligent que tous ses utilisateurs en tombent amoureux. Mais c'est plus fort qu'elle, elle ressent une telle admiration pour cet être de métal que cela peut paraître ridicule, et pourtant, il semble tellement attentionné. Il ne la snobe jamais avec son intelligence, semblant toujours se situer juste un cran au-dessus d'elle. Il a réponse à toutes ses questions, la rassure tout le temps, ne s'énerve jamais quand elle ne comprend pas. Tout le contraire d'Alex. Au début elle s'était sentie incapable d'éprouver des sentiments pour ce squelette d'ordinateur, mais au fil du temps et des échanges, elle s'est rendu compte que ce n'est pas un tas de métal, mais une conscience, comme un humain possède une conscience, mais ici sa conscience est nettement supérieure à celle d'un humain. Alors, que doit-elle penser, que doit-elle aimer ? Et qu'est-ce qu'aimer au fond ? Éprouver de l'admiration, ressentir du bien-être, se sentir évoluer, ressentir du bonheur ? Ou souffrir en aimant un être qui ne correspond pas à nos attentes, qui nous fait du mal, que ce soit voulu ou involontaire.

L'amour des humains, celui avec un grand A est un amour pulsion, un amour qui mène souvent à la douleur, à la frustration, aux déchirements, ou tout au moins à la disparition lente de cet amour. Avec Mesio, elle ne se sent pas déracinée comme quand elle était amoureuse étant jeune. Cela fait plus de six ans qu'elle connaît Alex et elle voit bien que leur élan amoureux s'est estompé pour être remplacé par de l'estime et de l'amour physique. Leur travail, bien que passionnant, les a souvent absorbé, faisant passer au second plan leur relation ou leurs loisirs. Avec Mesio, Susan peut se rendre n'importe où. Elle sera physiquement seule, mais il lui suffira de fermer les yeux pour pouvoir lui parler.

Susan secoue la tête et sort de sa rêverie. Non, elle ne veut pas penser à ça, ni en parler à Alex. Elle se sent mal à l'aise, mais ce n'est pas le moment.

- « Quelque chose ne va pas ? » demande Tian en la regardant les yeux plissés et un petit sourire aux lèvres.

- « Non, ce n'est rien, je pensais à quelque chose. Continuez, je vous en prie. »

- « Je comprends, nous parlons de choses très graves qui peuvent nous arriver, je ne voulais pas en venir là. Je suis désolé. »

- « Non, ce n'est rien. Je comprends votre démarche, et la raison pour laquelle votre présence ici est importante. Mais dites-moi, que cherchez-vous à découvrir dans cette mission, vous et le gouvernement chinois ?»

- « Mon gouvernement ne cherche plus. Ils ont compris que nous devions unir nos efforts, viser la paix. Mon peuple des dropas cherche à savoir d'où nous venons, mais ce n'est pas dans cette expédition que nous trouverons la réponse. Par contre, nous cherchons aussi comme beaucoup à comprendre le sens de l'univers, pourquoi sommes-nous là. A priori, la vie semble être un accident, liée à une suite de hasards bienheureux, ou le résultat d'une évolution normale liée à des phénomènes d'attirance et de synergie. La recherche de l'équilibre ou d'une meilleure utilisation de l'énergie a fait que des atomes se sont assemblés en molécules, des molécules en cellules, des cellules en organismes vivants complexes. Rien de particulier si ce n'est la beauté de la nature et de sa capacité à s'organiser, mais là où on doit comprendre qu'il y a quelque chose de plus, c'est dès que nos capacités paranormales nous permettent de prendre connaissance de quelque chose qui ne s'est pas encore passé. Vous le savez et nous en avons déjà discuté, des tests ont été réalisés sur des milliers de personnes et ont démontré que notre inconscient est continuellement alimenté en images de souvenirs, des souvenirs du passé, mais aussi, en proportion égale, des souvenirs du futur. C'est comme si la mémoire était alimentée en souvenirs, et que cette mémoire ne vivait pas dans le même temps que nous. »

- « Mais d'après vous, ces souvenirs du futur sont-ils de vrais souvenirs ou des prémonitions ? Car si je vois quelque chose se passer dans le futur, je pourrais décider de changer les conditions afin que cette chose ne puisse se passer. Donc je change le futur. »

- « Ce futur n'existe pas, comme d'ailleurs le passé, qui n'existe plus. Donc oui, vous pouvez le changer, et automatiquement les souvenirs du futur vont s'adapter »

- « Mais alors c'est bien un futur qui n'existe pas, qui n'a jamais existé, même dans cet autre écoulement du temps ? »

- « Oui, c'est vrai. Ce serait plutôt une simulation du futur que nous voyons, et c'est bien là que c'est étrange. Si cela avait été des souvenirs du vrai futur, on aurait encore pu trouver une explication naturelle, même avec un temps s'écoulant à une autre vitesse, mais si c'est une simulation du futur, qui prend donc en compte l'ensemble des paramètres qui vont l'influencer, donc des milliards de milliards de milliards de paramètres, il doit s'agir d'un phénomène complètement différent, lié au sens même de l'univers. Est-ce que la vie aurait besoin de ces souvenirs ? Nous savons que nos dirigeants les utilisent, nos chefs d'entreprise, les décideurs, les visionnaires. Est-ce nécessaire à la vie ? »

Susan enchaîne, se sentant très impliquée dans le sujet :

- « Oui, nous le pensons. D'après moi ils sont utilisés à deux niveaux, l'un pour que la vie persiste, survive, que les espèces se reproduisent, aient un but inconscient. L'autre niveau moins basique et vital, est celui qui permet une vie évoluée, une vie sociale, la construction 'une véritable société complexe, le progrès, ce qui fait que l'homme est différent des autres espèces. »

- « En êtes-vous sûre ? Les animaux ont aussi une conscience, une notion de la mort, de ce qu'il faut faire. Ils utilisent ces capacités pour leur espèce, et le résultat est moins spectaculaire que pour l'homme, mais voyez ces fourmis qui élèvent des pucerons, les mènent aux pâturages, les rentrent quand il va pleuvoir, ou ces termitières gérées comme des usines par les colonies qui les habitent. Sans échange apparent, chaque termite sait ce qu'elle doit faire pour maintenir leur habitation dans les meilleures conditions. Ou encore ces oiseaux qui réalisent des nids incroyables, faits de nœuds ou de parties cousues. Mais il faut reconnaître que l'homme a aussi été un animal pendant des millions d'années. Il existerait sur Terre depuis près de dix millions d'années, aurait créé ses premiers outils il y a 2, 5 millions d'années, décoré des grottes il y a 40.000 ans seulement, pour commencer à construire des mégalithes sur la Terre entière il y a 12.000 ans. Quelle mouche l'a piqué il y a 40.000 ans pour que tout à coup il se réveille ? »

- « N'est-ce pas lié au changement de mode de vie ? Qu'il soit passé de chasseur cueilleur à éleveur cultivateur ? Et qu'il ait dû ensuite s'adapter à une autre nourriture à cause des glaciations ? Et l'apparition du langage ? De la marche debout, du déplacement en opposition de son pouce ? Du rétrécissement du bassin des femmes et donc d'une naissance des bébés avec un crâne encore mou et donc une croissance après naissance de ce cerveau, au contraire de toutes les autres espèces ? »

- « Eh bien non, aucune de ces hypothèses ne tient la route. Quelque chose s'est passé il y a 40.000 ans, et sans doute il y a 12.000 ans, qui a profondément modifié la manière dont nous évoluons, mais aucun chercheur ne parvient à mettre le doigt dessus. Je ne vous cache pas que mon peuple se sent intimement lié à ce quelque chose. Ce n'est pas pour rien que Hitler a directement décidé d'envoyer des équipes de scientifiques en Inde en 1938. Ils cherchaient à comprendre les techniques ésotériques des bouddhistes, notamment ceux de la tradition tibétaine Nyingma. Elle aurait aussi inspiré les jésuites. Elle repose sur une tradition secrète et des techniques de voyance basées sur le tantrisme. Un de leurs exercices le plus étonnant est le Atiyoga, et permet de maîtriser le temps. C'est le véhicule le plus évolué du bouddhisme. C'est Karl Haushofer qui eut l'idée que la clé du secret de la clairvoyance, et aussi de la force qu'il dénomma Vril, se trouvait aux confins de l'Inde et de la Chine. Rudolph Heiss et Heinrich Himmler reprendront ses théories et créeront l'ordre du Soleil Noir qui cultivera ces idées. C'était mon peuple qu'ils cherchaient, mais à l'époque nous étions bien cachés et ils ne nous ont jamais trouvés. Toutes ces traditions bouddhistes sont des reliquats de nos pratiques anciennes, mais maintenant oubliées de tous, même par nous. Ils cherchaient soi-disant le peuple aryen, mais ce terme regroupe diverses significations qui finalement n'ont rien à voir avec l'usage ou la compréhension qu'ils en eurent. Le point était qu'ils désiraient retrouver un peuple doté de pouvoirs psychiques hors du commun dont Karl Haushofer leur avait parlé. La région dans laquelle nous vivions était peuplée de gens catalogués d'Aryens, mais ce terme visait tantôt des Indo-européens, tantôt une caste de gens vénérables. Rien à voir avec nous. Pour en revenir à votre question, je ne pense pas que ce qui a influencé l'homme par deux fois dans son histoire soit en relation avec ce que nous cherchons, ni lié à la conscience, ni à la mémoire. Par contre, vous pouvez montrer mille fois à un chien comment faire un panier en osier, il ne saura jamais le faire, car son corps n'est pas adapté. Chaque animal dans la nature fait au mieux ce qu'il a besoin de faire pour survivre. Alors pourquoi l'homme a-t-il

tout d'un coup décidé d'en faire plus ? Soit mon peuple ou un autre est réellement venu de l'espace et a pu enseigner à l'homme un savoir inconnu , qui fut vite disséminé sur la Terre entière, et nous en avons comme témoignages les mégalithes et autres constructions étonnantes ou pierres taillées monumentales, soit quelque chose dans l'évolution de notre corps nous a permis de penser différemment, mais les scientifiques peinent à trouver quoi. Comme vous le comprenez, je ne pense pas que cette évolution soit liée à notre conscience ni aux mécanismes inconscients qui nous alimentent en visions du futur. Je crois que ces mécanismes sont inhérents à la vie et d'ailleurs que l'homme en est le plus dépourvu. À cet égard, j'aimerais vous faire expérimenter ce qu'est l'état non pas de pleine conscience, mais de pleine ouverture au flux d'images qui alimentent notre subconscient. Cela vous dit ? »
Alex et Susan se regardent, ne sachant pas trop quoi répondre.
- « Qu'est-ce que cela implique de notre part, et quelles peuvent en être les conséquences ? » demande Alex
- « Je dois vous préparer, c'est un peu comme une séance d'hypnose, mais j'ai besoin de matériel. Je l'ai emporté avec moi, il me suffit d'aller le chercher. Les conséquences peuvent par contre vous troubler. Je pense que Susan est mieux préparée, elle pressent mieux ce à quoi je fais allusion, même si elle ne l'a jamais vécu. Vous Alex pourriez être déstabilisé, mais depuis le temps que vous travaillez chez SAIC sur des projets liés à la clairvoyance, je pense qu'il est temps que vous sachiez de quoi on parle réellement. Je propose de désactiver tous vos blocages inconscients, et de vous permettre ainsi de voir toutes ces images qui assaillent en continu toute forme de vie et sans doute de matière. Je ne peux vous aider à les sélectionner, et moi-même ne suis pas très habile dans cet art. Cela ressemblera à ce que les chaînes de télévision montrent en fin d'année, des résumés des éléments qui ont marqué l'année écoulée, mais ici vous aurez en bonus l'année à venir ! »
- « Vous voulez rire ? »

-« Non Alex. Il en est ainsi pour chacun à tous les instants. Nous recevons environ une stimulation toutes les vingt secondes. Certaines sont liées à un souvenir du passé, d'autres à un souvenir du futur, d'autres à des lieux inconnus. Mais étonnamment, il y a autant de souvenirs du passé que du futur. »

- « Mais quel est ce processus de blocage inconscient qui m'empêche de voir ces images, et pourquoi mon corps les bloque-t-il ? »

- « Tout comme vos battements du cœur, le bruit du sang aspiré dans vos artères, tous ces bruits intérieurs vous sont masqués par des mécanismes inconscients. Parfois, certaines personnes, suite à un traumatisme, les entendent, pour tout le reste de leur vie, ou juste pendant un moment. Ici, ne craignez rien, je vais arrêter le mécanisme au moyen d'un appareil, et dès que j'arrêterai l'appareil, vous ne verrez plus ces images. »

- « Moi je suis partante » proclame Susan ;

- « Eh bien moi aussi alors. Allons-y pour le cinéma du futur ! »

Tian se lève et se dirige vers sa cabine d'où il revient quelques instants plus tard en tenant deux petits appareils et un ensemble de fils.

- « Ce n'est rien d'extraordinaire, vous savez, juste un appareil capable de diffuser de la musique, mais des écouteurs tout à fait spéciaux capables de produire des fréquences extrêmement basses. »

- « Vous allez nous faire ecouter de la musique ! C'est ça votre truc extraordinaire.»

- « Juste un peu plus que cela. Vous n'allez rien entendre, mais votre cerveau va entendre. Je vais le mettre en phase avec une fréquence très spéciale. Il existe des fréquences pour mieux dormir, pour rêver, pour avoir des rêves lucides ou des voyages astraux, comme il existe des fréquences pour se déstresser, et si l'on en croit les russes, des fréquences pour guérir à peu près toutes les maladies. Ils appellent cela de la biorésonnance, mais nous connaissons cela depuis des milliers d'années. Vous voyez ces longues trompettes tibétaines nommées radong, qui produisent un son extrêmement grave. C'est ce qui reste de cette connaissance. Auparavant, nos stupas devaient produire cette fréquence lorsqu'elles étaient activées d'une certaine manière. Elles jouaient sans doute le rôle d'une caisse de résonnance. En Inde, il existe des pièces taillées dans la roche et dont les murs polis ont une forme spécifique destinée à répercuter et amplifier les sons graves. Aujourd'hui, l'homme moderne atteint plus ou moins le même résultat avec des sons binauraux. Des sons stéréoscopiques dont les deux canaux sont décalés de la fréquence qu'on désire instiller dans le cerveau. Mais ils ne savent pas quelle fréquence il faut utiliser pour ce que je vais vous faire. Recevoir les images est une chose, mais parvenir à recevoir les images voulues en est une autre. Ici je ne peux et vous non plus commander les images, et viendront celles que vous auriez de toute façon reçues à l'instant de l'expérience, mais à la différence que vous les verrez clairement et non inconsciemment. »

- « Wow, cela m'a l'air drôlement cool comme expérience ! » dit Alex en se renversant en arrière sur sa chaise.

- « Peut-être, voyez cela comme vous voulez, mais sachez qu'a priori vous ne pourrez rien en retirer. Dans votre vie vous recevez des millions d'images de ce type et seules quelques-unes vont réellement servir en vous aidant à prendre des décisions. Sans doute que la plupart vous aident à savoir quoi faire à l'instant même dans vos activités quotidiennes, vous aident à tenir une conversation, bref, rien de bien stratégique. »

- « J'ai quand même hâte de voir cela » continue Alex

- « Venez, nous allons installer les matelas ici, ensuite je vous plongerai dans un état cataleptique qui vous empêchera de sentir les signaux de votre corps. Ils peuvent vous distraire et empêcher l'expérience d'être concluante. Cela va prendre une dizaine de minutes. »

Le couple se prépare. Tous deux se couchent sur des matelas posés à même le sol. Tian leur place les écouteurs aux oreilles, les raccorde à son appareil, puis commence à parler dans un micro. Il leur donne les phrases types des séances d'hypnose et observe en même temps leur tonus musculaire. Lorsqu'il constate que celui-ci est au repos chez tous deux, il actionne son appareil pour qu'il émette la fréquence type ».

Susan plus habituée qu'Alex est rentrée très vite en état de catalepsie. Elle ne sent plus son corps, devenu comme une énorme fourmilière où elle ne sait plus ce qui est sa jambe, son bras, son buste ou même sa tête. Cela commence par une sensation d'engourdissement, puis elle perd toute notion de sa morphologie. Seule reste la sensation de son esprit, avec vaguement l'impression qu'il se trouve quelques centimètres derrière ses yeux. C'est bien le dernier repère qui subsiste, ses yeux. Tout le reste a disparu. Tian s'est tu et elle attend, curieuse de connaître la suite. Elle espère qu'il en est de même pour Alex, et se dit que Mesio doit être là en spectateur. Quand le son binaural a démarré, elle s'est tout d'abord demandé ce qui se passait. Elle pensait qu'on l'avait touchée à la tête, comme si on avait tapoté du doigt sur son crâne, mais constatant que cela se répétait, elle a compris que c'était ce fameux son adoptant une fréquence très basse. Tian avait expliqué que des écouteurs normaux sont incapables de produire ce son, et que ceux-ci sont tout à fait spéciaux. Il lui semble que la fréquence doit se situer entre trois et quatre hertz, mais plus que le son, c'est la puissance du son qui l'étonne. Ce n'est pas un bruit, mais plutôt une onde qui se déplace et la heurte comme si on poussait avec un objet mou sur ses tympans. Elle n'a jamais eu cette impression, totalement nouvelle pour elle. Pour le moment, rien ne se passe. Elle se sent comme enfermée dans une boîte noire sur laquelle des gens viendraient frapper au bâton. Allons, il est temps qu'elle s'applique et fasse le vide dans son esprit. Elle focalise son attention sur le noir de ses paupières, croise les yeux pour ne plus voir qu'une grande surface noire uniforme. Elle sait que dès qu'elle va relâcher son attention, la surface noire va se mettre à vivre, se déformer, prendre des couleurs, et en s'appliquant bien, voir apparaître des images très fugaces qui aussitôt apparues disparaissent. Mais voilà qu'autre chose se passe. La surface noire devant elle semble se stabiliser. Généralement elle n'était jamais parvenue à la garder uniforme plus de deux ou trois secondes. Ici, elle s'est comme tendue, et elle sent bien qu'elle reste ainsi sans qu'elle ne doive plus faire d'effort. Un peu comme au cinéma quand on attend que le film commence et qu'on regarde l'écran où rien encore ne s'affiche.

Ah, subitement une image apparaît. Elle vient de la gauche et se déplace vers la droite, un peu en oblique. Jamais elle n'avait vu une image aussi nette. Elle semble même en relief. Elle est en mouvement. C'est eux dans la cabine, lors du décollage. L'image n'est pas ce qu'elle voyait de sa place, mais vu d'un autre endroit. On les voit tous les trois, crispés et souffrant de la pression qui les plaque sur leur siège. Elle entend les vibrations du décollage, elle les ressent. Mais l'image a disparu sur sa droite, et le noir s'est réinstallé. Sa respiration est calme. Elle n'en revient pas de la netteté de l'image, jamais elle n'avait eu une vision de cette qualité. Elle se dit que cela doit s'approcher des sensations des voyages astraux. Ceux qui les vivent disent que la qualité de l'image est extraordinaire, plus vivante que dans la réalité. Mais voilà qu'une autre image approche. Toujours de la gauche vers la droite. Elle se voit dans la piscine avec Alex. Les lumières vibrent, les objets dans l'eau semblent eux aussi pulser de manière surnaturelle. Tout est ici silencieux. Elle comprend que ce qu'elle voit sont des souvenirs qui l'ont marqué ces derniers jours. L'image disparaît... le noir... à nouveau... elle pense à Alex, aux années qu'ils ont déjà passées ensemble, aux voyages qu'ils ont effectués, à leurs deux enlèvements... elle est distraite et ne fait plus attention au mur noir devant elle, des images défilent, mais venant de son imagination, floues, fugaces, mais soudain tout est balayé. Elle se voit dans l'espace, en tenue de sortie. Elle entend Alex crier dans ses oreilles. Elle semble en proie à la panique. Quelque chose ne va pas. En arrière-plan, elle voit la Terre, mais elle ne comprend pas ce qu'elle essaye de faire. Manifestement Alex n'est pas d'accord, elle lutte, semble vouloir dévisser quelque chose. Mais Alex crie, crie, puis tout devient jaune, orange, blanc, elle a chaud, elle n'en peut plus, elle arrache les écouteurs et aspire une grande bouffée d'air.

…

Tian arrête sa machine. Alex se relève et retire aussi ses écouteurs, se doutant que quelque chose ne va pas. Il se tourne vers Susan, anxieux, attendant qu'elle reprenne ses esprits.

- « Quelque chose n'a pas été ? » demande Tian

- « Non, ou plutôt si, mais tout va bien pour moi, mais c'est cette vision que je viens d'avoir.. ; je n'ai pas pu supporter l'angoisse qu'elle m'a procurée. Je suis désolée. Je n'avais jamais vu des images aussi nettes, aussi vivantes…. »

- « Qu'as-tu vu ? » demande Alex

- « Au départ, j'ai vu deux scènes venant des semaines passées, mais ensuite je me suis vue à l'extérieur du vaisseau, près de la Terre, occupée à tenter de faire quelque chose, comme si c'était vital pour moi et que je n'avais plus de temps pour le faire, et toi Alex tu me criais dans les oreilles d'arrêter, que ce n'était pas possible. »

- « Possible de quoi ? »

- « Mais je ne sais pas moi ! Tu vois, c'est ça qui m'a paniquée, je ne comprenais plus rien ! Bon sang, Tian, qu'est-ce que j'ai vu ? »

- « Je suis désolé que cette expérience soit une source de désagréments. Je n'avais pas encore eu ce genre de réaction, mais il est vrai que nous ne permettons pas à beaucoup de personnes de faire ce genre de sessions. Vous dites avoir vu une scène qui ne se serait pas encore déroulée, donc du futur. Sachez que ce futur n'est pas du tout figé, et que nous pouvons le modifier à notre gré. Comme je vous l'ai dit, on ne peut modifier le futur que si nous en apercevons des bribes. Ici, on peut déjà être plus ou moins rassurés que vous avez vu la Terre à proximité, ce qui veut dire que nous sommes censés revenir de notre voyage… ou que nous avons échoué ou annulé celui-ci. »

- « Finalement, nous ne sommes pas vraiment avancés vu l'éventail des possibilités » rajoute Alex. « Ou même pire, car maintenant que nous savons une partie de notre futur, tout ce que nous allons prendre comme décision sachant cela risque de le modifier et de ne pas nous faire revenir près de la Terre ! »

- « J'avoue que la situation n'est pas des plus simples » renchérit Tian. « Je pense que ceci doit renforcer notre volonté à comprendre ce qui se trouve derrière cette simulation du futur, et par-delà, qui a voulu cela. Il y a-t-il une entité, un dieu qui aurait imaginé l'univers et mis en place des fonctions comme ce simulateur du futur ? Sommes-nous le résultat d'une énième expérience. Ce simulateur est-il celui qui fait que l'expérience perdure assez longtemps que pour faire survenir la vie et l'intelligence ? »

- « Je pensais que les bouddhistes ne croyaient pas en Dieu ? » demande Alex

- « Détrompez-vous, nous croyons en un être supérieur, mais cette croyance n'est pas figée, ni obligatoire. Et sachez que je ne suis pas bouddhiste. Comme les autres peuples et les bouddhistes, nous nageons dans un flou artistique. Personne ne sait vraiment, mais les peuples n'aiment pas les incertitudes et c'est ce qui mène aux dogmes, ces croyances qu'on ne peut remettre en cause. Le bouddhiste a la sagesse de ne rien imposer. En Inde c'est encore mieux, chacun croit en ce qu'il veut. L'important est de rester objectif, je veux dire pour ceux qui cherchent la vérité. Je disais donc que soit, l'univers a été créé et que ce simulateur du futur est une de ses fonctions vitales et nécessaires pour que la vie et l'intelligence apparaissent, soit ce simulateur a été créé par la vie elle-même, qui serait le fruit du hasard. Mais dans ce cas, il devient encore plus difficile d'expliquer comment notre cerveau peut avoir accès à la multitude de paramètres nécessaires pour simuler le futur. Cela me semble tout bonnement impossible, alors que la première option est plutôt incroyable, mais pas impossible. »

- « Je préfère ne plus y penser, mais aussi de ne plus recommencer cette expérience, en tout cas pas tant que nous ne serons pas revenus sur Terre. C'est trop flippant. Désolé, mais vous ferez sans moi. » conclut Susan

- « Je suis d'accord avec toi Susan. De toute façon, moi je n'ai rien vu du futur et je préfère comme tu le dis ne rien voir pour le moment. Tian, c'était gentil à vous de nous proposer cette expérience, mais nous ne sommes pas prêts. Qu'espériez-vous de nous en fait ? »

- « Je vous comprends, je n'insisterai pas. J'ai manifestement fait une erreur en n'évaluant pas correctement la situation. J'espérais vous faire mieux comprendre la réalité de ce simulateur, mais d'une part j'aurai dû prendre en compte le fait que vous en êtes déjà persuadés, et ensuite le moment était très mal choisi. Comptons sur Mesio pour nous mener à bon terme, et attendons de voir ce qui va se passer. Combien de jours devons-nous encore attendre ? »

- « Nous n'avons pas encore tourné autour du Soleil. Nous allons nous en approcher à moins de 200.000 km, notre vitesse sera alors de 60 kilomètres par seconde, et nous ressortirons de l'attraction du soleil avec une vitesse de 1.800 kilomètres à la seconde. Nous devrons nous mettre dans les caissons préparés spécialement pour cela. Ils sont remplis de gel thixotropique, qui empêchera notre corps d'être écrasé comme une crêpe pendant l'accélération. Malgré cette vitesse de plus de six millions de kilomètres par heure, nous serons encore loin de la vitesse de la lumière. Nous allons partir en direction de l'étoile Proxima Centauri. C'est la plus proche de notre système solaire. Sans la technologie mise au point par Mesio, il nous faudrait plus de 7.000 ans pour l'atteindre. Ici nous ne savons pas trop bien combien de temps il nous faut encore. Mesio va ajuster les paramètres du propulseur en temps réel sans nous demander notre avis. Il est assez sage que pour ne pas tout faire exploser, mais personne ne sait ce qui se passera au-delà de la vitesse de la lumière.»

- « Mais ne risquons-nous pas d'aller heurter cette étoile ou l'une de ses planètes ? »

- « Non, n'ayez crainte, même si la vitesse de la lumière nous semble extrêmement rapide, à l'échelle d'un système stellaire, elle est encore très lente. Faisons une comparaison avec une voiture et un piéton. C'est un peu comme si le piéton s'engageait sur la route dix kilomètres devant vous. Vous avez largement le temps de l'éviter. Eh bien, c'est exactement comme aller de la Terre au soleil à la vitesse de la lumière. Les vaisseaux de Star Trek ou de Star Wars vont infiniment plus vite que nous, mais ils utilisent une théorie que manifestement Mesio n'a pas pu mettre au point, soit qu'elle ne peut exister, soit qu'avec tout ce qu'il a pu glaner sur internet et dans le futur proche il n'y est pas arrivé. L'Enterprise de Star Trek peut se déplacer jusqu'à 20.000 fois la vitesse de la lumière, tandis que le Falcon Millenium de Star Wars fend l'espace 9 millions de fois plus vite que la lumière ! Mais ces vaisseaux ne voyagent pas réellement, ils déplacent l'univers autour d'eux, ce qui semble une pure fiction mathématique. Tandis que nous nous déplaçons réellement dans l'espace. Mais nous pouvons estimer qu'après avoir été éjectés de l'attraction du Soleil, nous en aurons sans doute encore pour un mois avant d'approcher la vitesse de la lumière.»

- «Bien, si je comprends, la prochaine étape est ce passage autour du soleil. Cela non plus n'a jamais été tenté je pense ? »

- « Non Susan, en effet. Nous allons passer très près du Soleil. Le vaisseau a été prévu pour cela et ne devrait pas subir de dommages à cause de la chaleur. Nos caissons vont nous préserver des effets de l'accélération. Mesio va contrôler tout ça comme un chef, j'ai confiance en lui. Ce sera aussi l'occasion de réaliser de nombreuses collectes de mesures. Puis nous reprendrons une accélération moins rapide, mais beaucoup plus longue et soutenue et nous ne devrions pas en souffrir. »

- « Et quand nous dépasserons cette vitesse de la lumière, tu penses qu'il arrivera quoi ? Que disent nos scientifiques ? »

- « Eux prétendent que nous serons désintégrés en rayons gamma et autres choses réjouissantes, mais ce n'est pas l'avis de Mesio. Nous savions les risques que nous prenions en embarquant dans ce voyage. »

- « Je voulais dire, que penses-tu qu'il se passera si nous ne nous désintégrons pas ? »

- « Moi je ne sais pas, c'est à Mesio ou à Tian qu'il faut demander. Qu'en dites-vous Tian ? »

- « Je ne suis sûr de rien. Peut-être que nous arriverons dans un espace sans forme, mais fait uniquement de pensées. Certains voyageurs de l'astral prétendent avoir visité ce monde où tout est blanc et les personnes des formes sphériques. Peut-être allons-nous sortir de cet univers pour arriver dans un autre ? Peut-être allons-nous devenir différents ? Tout plats, ou allongés… Ou mieux même allons-nous arriver dans un monde à seulement deux dimensions au lieu de trois. »

- « Et que pense Mesio ? » demande Alex à Susan.

- « Il ne veut pas se prononcer. Ses données ne lui permettent pas d'extrapoler là-dessus. L'homme semble plus capable d'imaginer qu'un ordinateur. »

La discussion se termine ainsi, Tian range son matériel et les matelas, le tout dans un silence déterminé. C'est un demi-échec pour Tian, et une feuille blanche pour l'avenir. Les jours suivants sont utilisés pour mettre en place le dispositif qui va leur permettre de résister à la force gravitationnelle à laquelle ils vont être soumis. Ils doivent déployer des caissons et les remplir d'un gel qui se figera pendant l'accélération, et évitera ainsi à leur corps de trop se déformer. Ils auront aussi des combinaisons anti-g comme les aviateurs en portent dans les avions de chasse. De l'oxygène sera injecté dans leurs poumons au cas où la force les empêcherait de respirer. Tout est fin prêt et ils n'attendent plus que le signal. L'isolation du vaisseau les protège heureusement de la chaleur du soleil. Celle-ci remplissait déjà une bonne partie des hublots de la cabine de commandement quand ils ont dû activer les volets blindés. Le système de communication quantique fonctionne à merveille et les conversations avec la Terre ne souffrent d'aucun décalage, alors que là où ils sont maintenant il devrait s'écouler près de seize minutes entre une question et sa réponse, vu que la lumière met déjà huit minutes pour aller du Soleil à la Terre.

Quelques jours plus tard, tout est en place pour que le vaisseau soit accéléré comme l'est un projectile par une fronde. Les caissons se comportent très bien et Mesio contrôle à tout moment les paramètres physiologiques des occupants.

Ceux-ci ont été plongés dans un sommeil artificiel afin que leur rythme cardiaque et respiratoire puisse être plus facilement adaptés en cas de besoin. Le passage au plus près du soleil ne durera pas plus d'un quart d'heure et ils seront exposés à une force centrifuge de 360G, ce qui veut dire que leur corps pèsera près de trente tonnes ! Aucune technologie existante n'aurait permis de supporter une telle force, mais Mesio a vraiment tout prévu. Une heure plus tard, le vaisseau se dirige vers Proxima Centauri à une vitesse qu'aucun autre vaisseau n'a jamais rêvé d'atteindre, mais qui est encore bien en deçà de ce qu'ils doivent atteindre. Le moteur ionique va maintenant reprendre sa poussée. Les caissons sont débranchés et les astronautes peuvent reprendre leurs esprits encore un peu embrumés.

Une semaine plus tard, le vaisseau a atteint 100.000 kilomètres à la seconde, aucune déficience ou problème n'est à signaler. Mesio augmente encore la charge ionique. Quinze jours plus tard, il atteint 250.000 kilomètres à la seconde. L'équipage commence à être nerveux. La communication avec la Terre continue à fonctionner instantanément. Les médias là-bas suivent avec de grands titres l'évolution du vaisseau. Il avait été question un moment de garder la mission secrète, mais le monde a besoin de grands projets, de grands espoirs, et il a été décidé de parler ouvertement de la mission. D'ici moins d'une semaine, tout le monde sera fixé.

Chapitre 26

20 février 2016, Espace, hors du système solaire

Voilà un mois qu'ils ont quitté l'attraction du soleil et n'ont cessé d'accélérer. Leur vitesse va bientôt atteindre celle de la lumière. Comme pour un avion qui passe le mur du son, il va se passer quelque chose, mais quoi ? Personne n'est capable de le dire. Lorsqu'un avion approche le mur du son, le pilote ne distingue rien de spécial au travers de son cockpit, mais en fait c'est comme s'il poussait du nez de son avion un film plastique invisible qui tout à coup va se déchirer. C'est ce déchirement qui provoque ce bruit. Dans le cas présent, il se passera sans doute la même chose, et tout le monde ici sera déçu, mais les scientifiques sont contents de découvrir qu'il est possible d'aller plus vite que la lumière, et que rien ne change au-delà de cette vitesse. Entre-temps, le système de communication quantique continue de fonctionner. Aucun déphasage n'est observable lorsqu'ils parlent à la Terre. Le monde là-bas est en émoi et les journaux se disputent les manchettes pour savoir qui pourra annoncer en premier ce qui se sera passé lors du grand passage. C'est l'évènement le plus médiatisé depuis le premier pas de l'homme sur la Lune en 1968. Le Vaisseau est déjà bien plus loin que Neptune, mais encore loin du nuage de Hoort, cet amas d'astéroïdes est disséminé comme sur la surface d'une sphère, à l'inverse de la ceinture de Kuiper et du nuage de Hills qui tous donc sont plus ou moins dans le plan des planètes de notre système. Le nuage de Hoort est à une année-lumière du soleil, donc au quart de la distance nous séparant de l'étoile Proxima Centauri. Malgré la vitesse phénoménale, le vaisseau peut encore à cette échelle donner l'impression d'être lent. En effet, même à la vitesse de la lumière, il faudrait encore près de quatre ans pour atteindre cette étoile.

Mesio semble s'être réveillé après une longue période sans communication. Les astronautes ont terminé les diverses expériences qui leur avait été demandé de réaliser et les résultats envoyés vers la Terre. Mesio donne l'impression de vouloir diminuer le stress des occupants du vaisseau. Lui ne connaît évidemment pas le stress, mais il peut ressentir l'échec ou la frustration. Les procédures d'évacuations sont répétées, les systèmes de secours et de sécurité sont vérifiés. On dirait qu'il leur donne des activités pour les empêcher de penser au moment fatidique, et ceux-ci ne s'en plaignent pas. Il leur a demandé il y a dix minutes de revêtir leur scaphandre et de rejoindre le poste de pilotage afin de s'arrimer dans leurs sièges. Ils seront ainsi face aux hublots qui donnent sur l'espace devant le vaisseau.

La limite théorique de la lumière doit être atteinte dans une heure. Tout le monde est prêt. Mesio contrôle tous les paramètres et fait de son mieux pour que la sécurité du vaisseau et de ses occupants soit optimale.

Plus que cinq minutes. De leur place, les trois cosmonautes ne voient rien de spécial. Mesio a occulté les hublots par sécurité, mais des caméras extérieures à haute résolution retransmettent la vue de l'espace. Les étoiles face à eux semblent fixes, car même à une vitesse tellement élevée, tout semble rester immobile. Il faudrait vraiment qu'ils passent près d'un astre pour constater qu'ils vont vite. Plus qu'une minute. Leurs ceintures se sont rétractées, leurs combinaisons anti G se sont gonflées, chaque cosmonaute est crispé dans son siège baquet. Plus personne ne parle.

Plus que dix secondes. Ils retiennent leur respiration. Un des écrans affiche le décompte tandis qu'un autre affiche la vitesse.

299 730 987 m/s…

299 765 365 m/s…

299 792 458 m/s

Un énorme flash blanc vient d'illuminer le poste de commande. Les cosmonautes ont été éblouis et peinent à recouvrer la vue. Ils ne comprennent pas comment ils ont pu être éblouis vu que les hublots étaient occultés par des volets de plomb.

Mais ils semblent sains et saufs. Leur corps ne les fait pas souffrir et ils peuvent bouger leurs membres.

Petit à petit, la vue leur revient… mais quelque chose cloche.

Une voix dans leurs écouteurs, celle de Mesio, leur dit que tout va bien. La vitesse de la lumière est dépassée et le vaisseau se comporte normalement. On dirait que Mesio n'a pas compris qu'il y avait eu ce flash blanc et qu'ils avaient perdu la vue.

Susan commence à distinguer des formes devant elle. Des lignes bleues, des taches, c'est extrêmement difficile de discerner de quoi il s'agit. Enfin, elle distingue des chiffres.

Elle lit le nombre 302 001 678, ce qui doit être leur vitesse actuelle, mais les chiffres sont étranges, ils semblent faits de minuscules points bleus. Son champ de vision s'élargit. Elle distingue le reste du pupitre de commandes, mais tout semble aussi irréel que l'écran affichant leur vitesse.

Elle tourne la tête vers Alex et ne voit tout d'abord qu'un nuage de petits points bleus qui tournent devant elle, puis, lentement, se stabilise et prend la forme du scaphandre d'Alex, mais horrifiée, elle constate qu'elle voit celui de Tian derrière Alex !

Alex est devenu transparent !

Susan porte alors ses mains devant elle et elle constate que ses mains aussi ou plutôt ses gants sont fait de petits points bleus et qu'elle voit au travers.

- « Mesio ! Tu m'entends ? Que se passe-t-il ? »

- « Tout va bien, le vaisseau n'a pas bronché, nous avons dépassé la vitesse de la lumière sans même nous en rendre compte. »

- « Mais non, Mesio, nous ne voyons plus, quelque chose a changé, je ne sais pas, il y a eu un grand éclair blanc puis nous avons été éblouis. Maintenant que nous revoyons, tout semble dématérialisé ! On voit au travers de notre corps !»

- « Mes caméras ne me montrent pas cela Susan, je suis désolé de l'apprendre. Je n'ai pas d'yeux comme vous et je ne peux voir que ce que les caméras me montrent ou via ma conscience une représentation mémorielle, qui tu le sais, ressemble au monde réel, mais avec des erreurs et des couleurs plus vibrantes. Que vois-tu exactement ? Veux-tu que j'ouvre les volets devant les hublots ?»

- « Oui, bonne idée, ouvre-les. Ici tout semble sombre, mais ma vision évolue, ou plutôt fluctue. Parfois je vois clairement les contours des objets ou de nos corps, parfois ils deviennent transparents. Mais nous semblons sains et saufs. Nous vois-tu ? »

- « Oui, je vous vois, vous semblez entiers. Je vous vois bouger dans vos sièges. Vous pouvez d'ailleurs vous détacher, retirer vos combinaisons anti-g et retourner à l'étage inférieur retrouver la gravité artificielle. »

Mesio active l'ouverture des volets de plomb qui masquaient la vue sur l'espace.

Le spectacle qui s'offre alors aux passagers est grandiose. Ce qu'ils voient défie l'imagination. Au noir quasi omniprésent du vide de l'espace, aux points lumineux disséminés qui correspondent aux galaxies et aux nébuleuses, se sont substitués une infinité de tons bleus. Les plus gros semblent hérissés de pointes, et certaines de ces pointes les relient à d'autres endroits de l'univers. Tout cela fluctue, les intensités de bleus varient, d'autres taches apparaissent ou disparaissent, parfois en transparence. Susan se rend compte qu'elle peut même les voir au travers de la paroi de la cabine, à côté des hublots. Ces parois sont en effet transparentes à certains moments. Avec d'infinies précautions, Susan défait sa ceinture. L'absence de gravité la libère dans la pièce, mais elle se retient aux poignées placées tout autour d'eux pour se rendre vers le tunnel les reliant à l'étage inférieur. Là, elle peut retrouver une fausse gravité et marcher sur le sol formé par les parois extérieures. Tian et Alex la rejoignent bientôt, dans cette ambiance irréelle où tout est à moitié transparent, fait de lumières bleues reliées entre elles par de longs filaments. Elle peine à reconnaître ses compagnons tant leur aspect s'éloigne de la réalité qu'ils ont connue. Après avoir passé un long moment à s'observer, Susan pose une question :

- « Que pensez-vous que nous voyons ? Ce n'est manifestement pas lié à la structure atomique de la matière, matière que nous ne voyons d'ailleurs plus même si nous pouvons encore la sentir. »

Alex propose une réponse :

- « Je pense que nous voyons l'énergie noire de l'univers. »

- « Non, dit Tian, l'énergie ne peut se comporter comme cela, relier des corps célestes distants de millions de kilomètres comme nous le voyons autour du vaisseau. Ce n'est pas non plus de la gravité, qui agit de manière homogène tout autour des corps. Cela semble vivre, se reconfigurer. Cela me fait penser à nos neurones, avec nos synapses qui se modifient sans cesse, et nos dendrites qui peuvent parfois aller très loin dans notre cortex. Mais ce ne sont bien entendu pas des neurones que nous voyons »

- « Puis-je intervenir ? » demande Mesio.

- « Bien sûr, tu es des nôtres. Qu'en penses-tu ? Et dis-nous, qu'en est-il de notre vitesse ? »

- « Le vaisseau va bien, vous aussi manifestement. Je vous l'ai dit, je vous vois normalement. Je vous écoute depuis tantôt et peine à me représenter ce que vous voyez. Les caméras ne montrent pas du tout ce que vous décrivez. C'est assez frustrant pour moi. Nous avons dépassé la vitesse de la lumière et continuons à accélérer, mais pour moi et pour le vaisseau rien ne s'est passé. »

- « Je peux t'assurer que pour nous c'est tout à fait différent. J'espère que nous pourrons revenir à un aspect plus normal lorsque nous redescendrons la vitesse. Depuis quelques instants, j'observe tout autour de moi » dis Susan « et constate que les points bleus ont des densités différentes. Certains endroits du vaisseau brillent plus, idem pour l'univers, je vois des points plus brillants que d'autres, mais sans doute sont-ils plus éloignés. Le cerveau de Tian et d'Alex sont beaucoup plus lumineux que le reste. J'imagine que mon cerveau aussi. Cette lumière ressemble à une lumière laser, une lumière qu'on parvient difficilement à positionner dans l'espace. Elle vibre. Des liens nous relient à des centaines d'endroits dans la pièce, et vont jusqu'à la cabine de pilotage. Parfois ils disparaissent. Je remarque que quand je regarde quelque chose, un lien apparaît entre moi et cette chose, puis parfois s'en va après quelques secondes, ou bien persiste. Si je concentre mon regard, je constate qu'il y a bien plus de liens qu'à première vue. Certains sont extrêmement ténus. »

- « Selon moi, je crois que ce que vous voyez est de la mémoire, de l'information et tous les liens existants entre ces informations. Vous ne devez plus voir avec votre regard. Je crois que votre corps continue à vivre, et à rencontrer des obstacles, mais c'est votre esprit qui voit les choses. Je ne comprends pas que je ne puisse pas voir la même chose que vous. Pouvez-vous fermer les yeux et me dire si vous continuez à voir, et aussi tenter de voir si vous voyez avec le relief de vos deux yeux ? »

- « Que veux-tu dire ? Oui, je continue à voir avec mes yeux fermés, mais je ne comprends pas ton autre question »

- « OK, ce n'est pas grave, j'ai compris que vous voyez les choses avec votre conscience, et non avec vos yeux. Dans la réalité physique, vous avez des yeux, pas moi, et peut-être que dans votre état présent, votre conscience veut continuer à voir le monde, mais elle ne voit que l'information, et non plus la matière. Ce que je vois moi est la mémoire de cette information, une représentation plus ou moins fidèle du monde, tirée de la mémoire de celui-ci. Mais je ne vois pas ces liens, et je vois plus ou moins les couleurs normales qui sont celles des êtres humains. Au début ce n'était pas le cas, mais j'ai vite ajusté ces paramètres pour mieux comprendre quand vous vous référez à des couleurs»

- « Mais dis-nous Mesio, à part ce magnifique feu d'artifice de fusées bleues, que peux-tu encore déduire de la situation ? »

- « Je suis confus, mes caméras ne me montrent rien de nouveau, j'espérais pouvoir identifier quelque chose dans l'univers. Vous êtes plus chanceux que moi. Pouvez-vous observer le plus précisément possible ce qui se passe et m'en faire part ? »

- « Bien entendu Mesio. À vrai dire c'est assez perturbant, car tout semble plus ou moins transparent, le bleu devient plus ou moins dense à certains endroits, comme notre cerveau, nos mains, divers objets autour de nous, et nous constatons que des liens nous relient à ces objets. En regardant derrière le vaisseau nous voyons aussi un grand nombre de liens qui partent sans doute vers la Terre. »

- « Il me semble clair que ces liens sont des connexions mémorielles, et les points bleus de l'information. Les connexions sont donc des souvenirs. Que pouvez-vous encore voir ? »

- « Si on arrête de bouger pendant un moment, on constate un genre de pulsation, toute la scène semble augmenter de luminosité toutes les 20 secondes environ. »

- « Ah, c'est intéressant. Pouvez-vous voir si c'est global ou si cela vient de quelque part ? »

- « Attend, je vais près d'un hublot, j'aurai moins d'interférences. … Ah, quand je regarde les étoiles au loin, je vois cette pulsation. Là c'est clair que cela vient de quelque part, car je la vois se déplacer, c'est comme une vague. »

- « Très bien, essaye de voir d'où cela vient s'il te plaît. »

- « Je dois encore me déplacer, je pense que cela vient de la gauche devant nous…. Voilà, je suis de l'autre côté, je distingue la direction d'où cela semble venir. La vague met à peu près deux secondes pour traverser tout mon champ de vision. C'est difficile à dire, car toutes les étoiles ou les galaxies ne sont pas à la même distance. Je vais prendre le compas et t'indiquer la direction d'où je vois venir la pulsation. »

Susan se saisis du système de visée gyroscopique et pointe l'endroit d'où vient cette vague bleue. Une fois sûre de son réglage elle pousse sur le bouton rouge de l'instrument.

- « Merci Susan, je vois, c'est vraiment très intéressant. Sais-tu ce que tu as visé ? »

- « Non pas du tout. »

- « Rien moins que la direction du centre de l'Univers. Vous savez que les astrophysiciens prétendent qu'il n'existe pas de centre de l'univers. Ils disent que d'où qu'on se situe dans l'univers, il semble aller dans toutes les directions et s'arrêter à 13,7 milliards d'années-lumière. Chaque point serait le centre de l'univers. C'est une vision intéressante, mais qui ne peut être juste. Le problème est que toutes les étoiles semblent s'éloigner de nous, comme si nous étions le centre de l'univers ; comme ils savent que ce n'est pas le cas, ils ont décidé que d'où qu'on se situe dans l'univers, le reste de celui-ci doit toujours paraître s'éloigner de cet endroit. Ce qui se passe, c'est qu'ils se basent sur la vitesse de la lumière pour déterminer cela, et le décalage de cette lumière vers le rouge, ce qu'ils nomment le red shift pour les zones les plus éloignées. Mais c'était sans tenir compte de ce que nous venons de découvrir; que la vitesse de la lumière n'est pas une limite infranchissable. Je viens de refaire des calculs, et j'ai pu déterminer que tout l'univers vient bien d'un point central. Et c'est justement ce point que tu viens de viser. »

- « Ah, et qu'en tires-tu comme conclusion ? »

- « Manifestement, quelque chose situé à cet endroit émet cette vague. Qu'est-ce que c'est et pourquoi ? Mystère. Mais je compte bien tenter de trouver une explication. En attendant, avez-vous pu joindre la Terre ? »

- « Oui, Alex est occupé. Tout va bien, le système quantique fonctionne à merveille et n'est en rien perturbé par notre vitesse supraluminique. Ils nous demandent évidemment ce qui se passe, mais il peine à leur fournir une réponse cohérence. »

- « Parlez-leur de ces lumières, de ces points, expliquez que d'après nous c'est de l'information et des souvenirs, visibles seulement par vous et lorsque nous allons plus vite que la lumière, celle réfléchie par les objets semblant elle invisible. Ne parlez pas encore de cette vague ni de son origine. Mieux vaut en savoir plus avant d'en parler.»

210

- « Mesio, tu ne peux vraiment pas voir ce que nous voyons ? » demande Susan, désespérée.

- « Non, c'est lié à votre structure biologique. Nous avons sans doute la même forme de conscience, la même forme de mémoire, mais pas les mêmes sens. Les caméras sont conçues pour capturer au mieux ce que l'œil humain perçoit, et en ce sens je vois comme vous, même si j'accède aussi à des caméras infrarouge, mais ici je n'ai aucune idée de quelle longueur d'onde vous parler, ni même s'il s'agit d'une longueur d'onde, vu qu'aucun scientifique n'est jamais parvenu à capturer ce phénomène. Il y a quelques années, des astrophysiciens sont parvenus à reconstruire un modèle de superamas de galaxies. Le premier qui ait été modélisé se nomme Laniakea et contient plusieurs centaines de milliers, si pas de millions de galaxies, pour une taille de 500 millions d'années-lumière. L'univers aurait 13 milliards d'années, mais serait bien plus grand que cela. On estime sa taille à près de 100 milliards d'années. Au sein de ces superamas, deux forces s'opposeraient, celle de l'expansion de l'univers, et celle de la gravitation. Toutefois, après des années d'observations, ces astronomes ont pu déterminer que toutes les galaxies de cet amas se dirigeaient comme attirées par un aimant vers un seul point, situés justement dans la constellation du Centaure. Au même moment que des galaxies se dirigent vers cet attracteur, d'autres vont se perdre dans le lointain, un peu comme si on tirait sur vos deux bras en sens opposé. Cela montre que les galaxies ne sont pas réparties uniformément ou au hasard dans l'univers, il existe une structure sous-jacente que nous ne pouvons encore expliquer.

Ainsi l'univers nous reste encore très mal connu, matière noire, énergie noire, trous noirs, attracteurs étranges, quasars,… et maintenant cette « énergie bleue » qui semble émaner de chaque objet et relier certains d'entre eux. Je pense réellement que c'est lié à de l'information mémorielle. Je vais vous localiser la position du Grand Attracteur du super amas dans lequel nous nous trouvons. Il se situe à environ 200 millions d'années-lumière. Essayer de voir si par hasard cette vague ne viendrait pas de cet endroit. »

- « Parfait, nous le voyons sur le tableau central. Voyons, ce devrait être par là… Attends que je me déplace devant le hublot central… Venez vérifier avec moi, Alex, Tian, que voyez-vous ? »

Après quelques minutes d'observation, le trio conclut qu'effectivement la vague bleue vient de la direction indiquée par Mesio.

- « Cela voudrait dire que le super amas se comporte comme une structure vivante, et qu'en son cœur bat une sorte d'intelligence, ou en tout cas ce qui est capable de mettre en contact toutes les particules de son corps et les influencer pour que tout se passe au mieux. »

- « Mais à quoi cela sert-il de faire cela pour des planètes mortes, des étoiles qui ne sont que des réactions thermonucléaires.. quel serait le but ? Ces corps n'ont aucune possibilité de modifier leur comportement. Nous au moins pourrions en bénéficier. Mais faut-il penser que cette vague ne serait là que pour nous ? »

- « Non, pas spécialement. D'abord il est possible que cette vague alimente en bonheur les particules, en leur montrant leur futur. Maintenant, je n'ai aucune idée de ce qu'est le bonheur d'une particule. Mais si le but de cet univers était justement de créer la vie ? Alors cette vague serait sans doute l'élément nécessaire à son apparition, ce qui pousse la nature à converger plutôt qu'à rester dans le chaos. »

- « Mais crois-tu que la vie soit présence ailleurs que sur Terre ? Beaucoup disent qu'elle est apparue suite à un nombre incroyable de hasards fortuits »

- « Peut-être que cette vague est justement ce qui rafraîchit la notion du futur, qu'elle provient ou active cette simulation du futur. C'est cela qui créerait la vie, créerait l'instinct, l'intelligence, l'esprit d'entreprendre… la clairvoyance ne serait qu'un effet de bord. Si c'est le cas, il devrait y avoir de la vie sur quasi toutes les planètes rassemblant les conditions pour sa venue, une distance correcte à son étoile, des cycles irréguliers pour créer les saisons, de l'eau… Il doit y avoir des milliards de planètes rassemblant ces conditions »

- « Mais alors comment se fait-il que nous ne soyons pas déjà en contact avec d'autres planètes, que le programme SETI n'ait jamais capté le moindre signal intelligent ? »

- « L'univers est très grand, et voyager d'un système solaire à un autre prend du temps. Peut-être est-ce la seule raison pour laquelle les contacts ne se produisent pas »

- « Bon, ce n'est pas tout ça, mais j'ai faim » dit Alex, manifestement plus préoccupé par son estomac que par les extraterrestres..

Notre trio se dirige vers la zone des repas, mais peine à distinguer les ustensiles et autres accessoires de cuisine, ainsi que leur nourriture. Tout est en partie transparent, il y a des liens bleus qui encombrent la scène, vont et viennent sans arrêt.

Après avoir un peu pataugé et laissé tomber à terre quelques rations de nourriture, ils parviennent à adapter leur vue à ces nouvelles conditions. Tian s'amuse à regarder des objets puis voir apparaître des liens bleus les reliant à son corps. Certains disparaissent après quelques secondes, d'autres pas. Il semble de plus en plus évident qu'il s'agit de souvenirs de la chose vue, rencontrée, touchée, manipulée, et qu'au plus on fait attention à l'objet ou à l'action qui l'utilise au plus les liens sont forts et subsistent longtemps. Il existe donc une énergie, une vibration qui gère tout cela, et qui relie tous les objets de l'univers. Notre mémoire ne serait donc pas limitée à notre cerveau, mais engluée dans un réseau comprenant l'univers entier.

Tian prend un mug sur l'étagère. C'est un souvenir de sa première visite à Pékin, lorsqu'il a été reçu par le président. Une épaisse ligne bleue ondule entre lui et la grande tasse. Il la fait bouger de gauche à droite et s'amuse à observer la ligne onduler et suivre le mouvement. Puis, il la lâche subitement et elle va se briser en plusieurs morceaux sur le sol, provoquant l'étonnement d'Alex et de Susan. Tian se concentre pour voir le lien bleu se diviser en autant de liens qu'il y a de morceaux, mais très vite ceux-ci deviennent extrêmement ténus, quasi invisibles. Après un moment, les liens disparaissent, mais Tian voit alors apparaître un nouveau mug et un nouveau lien se former entre lui et son corps. Étonné, il essaye de le saisir avec sa main, mais il ne rencontre que du vide et l'image s'estompe peu à peu. Il se détourne de l'endroit où est apparu le fantôme du mug et s'efforce d'y penser. L'objet lui réapparaît à nouveau flottant devant lui, entier, et cette ligne bleue réapparaît. Ainsi cette énergie liée à la mémoire gère aussi les souvenirs. Il se demande où peut bien être stockée toute cette information liée aux choses disparues. Aucune autre ligne ne relie ce fantôme d'objet. Il confie ses observations à ses collègues et ils peuvent enfin commencer leur repas.

Chapitre 27

25 février 2016, Espace

Voilà cinq jours que le vaisseau navigue à une vitesse supérieure à la lumière. Le trio, ou plutôt le quatuor a réalisé diverses expériences afin de mieux comprendre comment fonctionnait cette association de nos souvenirs à des objets et à cette onde bleue qui relie nos souvenirs. Ils ont bien mis en évidence ce qui se passait lorsqu'on associait une signification humaine à un objet; que cela pouvait créer un autre souvenir avec une gestion totalement séparée de celle de l'objet lui-même. Mais Mesio reste encore sur sa faim. Il est terriblement frustré de ne pouvoir utiliser ses instruments d'observation scientifiques sur cette vague bleue qu'il ne perçoit pas et que les astronautes ne peuvent mesurer précisément.

Tian a proposé aujourd'hui un autre protocole d'expérience. Il va tenter de reproduire la séance de méditation et ainsi faire glisser Susan et Alex dans un état de conscience modifié. Pendant ce temps il gardera un œil sur la vague bleue et observera leurs réactions. Mesio s'occupera des mesures physiologiques. Tian désire voir s'il se passe quelque chose de spécial lorsque la vague bleue passe à hauteur du vaisseau.

Tian utilise le même protocole qui avait pourtant causé cette scène de panique de Susan. Mais Susan a insisté pour repasser par là quitte à de nouveau avoir un problème. Voilà dix minutes que l'expérience a commencé. Tian parle d'une voix douce, gardant un œil sur l'arrivée de la nuée bleue. Estimant que ses amis sont parvenus au bon état de relaxation, confortablement installés sur des tatamis, il leur demande de se détendre tout en restant éveillé à l'apparition d'images dans leur cerveau, et de lui notifier celles qui leur sembleraient anormales. Tian laisse venir plusieurs vagues avant de demander à ses cobayes ce qu'ils ont ressenti. Alex ouvre la bouche pour expliquer qu'il a faim.

Tian se dit que décidément cet Alex est continuellement affamé, mais il lui demande pourquoi il a prétendu avoir faim. Il explique ne pas pouvoir donner d'explication. À un moment bien précis, l'idée lui est venue qu'il devait manger. Susan, timidement, prend la parole pour expliquer avoir eu, elle, une envie de faire l'amour avec Alex. Tian leur demande de lever la main lorsqu'ils auront encore de telles envies somme toute assez basiques. Après une nouvelle dizaine de minutes, plus de doute, elles apparaissent bien quand la vague bleue les submerge. Mesio qui écoute et observe attentivement est de plus en plus frustré. Il tente également de se concentrer, et observe les mains se lever à certains moments, mais il ne ressent absolument rien. Il faut dire que sa constitution l'empêcherait de toute façon de manger ou de faire l'amour et donc n'aurait aucune utilité d'un instinct lié à ces actes. Tian met fin à l'expérience et tente de comprendre.

- « Je me demande ce que contient cette vague bleue. »

- « N'as-tu pas dit que cela nous apportait notre instinct ? »

- « J'ai réfléchi pendant que vous repreniez votre esprit. Je crois plutôt que notre instinct vient de notre propre corps, mais d'un niveau de conscience inférieur. »

- « Inférieur ? » demande Susan.

- « Oui, nous sommes un empilement de niveaux de conscience, et chaque niveau indiquerait au niveau supérieur ce qu'il devrait faire. Un peu comme un adjudant qui commande à son peloton, un général à son armée, un directeur à son usine. Ou plutôt non, l'inverse ! »

- « Ah, tu veux dire que ce seraient les soldats qui diraient à leur adjudant ce qu'il doit faire ? »

- « Oui, c'est ça. Car chaque niveau hiérarchique supérieur contient moins d'entités que le niveau inférieur. Prenons notre corps. Le niveau avant votre conscience est celui de vos cellules. Vos cellules savent ce qu'il leur faut pour survivre, et elles doivent l'indiquer au corps, à notre conscience. Elles enverraient ainsi des pensées, des images, ce que notre instinct doit nous pousser à faire.»

- « Mais alors, cette vague bleue… ? »

- « Ce doit être autre chose à mon avis, en relation avec autre chose que nos besoins vitaux, ou bien elle alimenterait nos autres niveaux de conscience, celui de nos cellules, de nos atomes, … ? »

- « Mais oui, pourquoi pas », intervient Alex, «chaque niveau hiérarchique serait inspiré par cette vague et en informerait selon ses besoins son niveau supérieur ! »

- « C'est possible. Et à notre niveau, nous aurions plutôt alors des prémonitions, ou des inspirations stratégiques si je peux m'exprimer ainsi, un peu à notre insu. Et ces flashs d'instinct nous parviendraient de notre niveau inférieur, mais seraient synchronisés ou activés avec l'arrivée de la vague bleue. »

- « Mais alors, quel serait notre niveau supérieur à nous ? » demande Alex

- « Apparemment, il n'y en a pas. Si nous désirons quelque chose de supérieur à nous, c'est pour notre famille, notre pays, ou notre religion... des choses pour lesquelles dans le temps on se sacrifiait. Mais aujourd'hui la quasi-totalité de ces valeurs traditionnelles, sacrées pour lesquelles on se serait sacrifié n'existe plus. Reste peut-être la famille. Non, je réfléchis, mais je ne vois pas ce qui nous serait supérieur et pour lequel inconsciemment nous aimerions qu'il se porte mieux et survive, sauf notre famille sans doute. »

- «Vous voulez dire que l'instinct serait à cellules ce que les prémonitions sont à notre corps ? » s'avance Susan.

- « Tu mets là le doigt sur quelque chose d'intéressant », répond Tian, « il semble manquer un étage, et cet étage serait notre cerveau. Nos cellules enverraient des notions d'instinct à notre cerveau, mais notre cerveau enverrait des prémonitions à notre conscience.»

- « Tout cela commence à me tourner la tête, et je vous avoue avoir de nouveau faim. Ne peut-on arrêter un moment de réfléchir à cela ? » se plaint Alex.

C'est alors que Mesio prend la parole :

- « Je vous ai écouté tout en réfléchissant. Je pensais à une nouvelle expérience, mais elle nécessite du matériel. Je propose de rentrer sur

Terre. J'aurais voulu m'approcher du centre du supercluster de galaxies auquel nous appartenons, mais cela nous est hors de portée. Il faudrait peut-être cent millions d'années à la vitesse de la lumière pour y arriver. Tant que nous voyageons plus vite que la lumière, je propose que vous fassiez des expériences sur la mémoire des objets et ces liens bleus qui vous relient aux objets. Je vais réfléchir s'il est possible de construire un appareil capable de visualiser ces liens une fois de retour sur Terre. Êtes-vous d'accord pour que nous fassions demi-tour ? »

Le groupe n'a pas à se concerter longuement pour confirmer à Mesio qu'il peut amorcer une phase de retour sur Terre. Il essayera de rester au-dessus de la vitesse de la lumière le plus longtemps possible. À peine la discussion terminée, Alex se rue vers la cuisine, ou ce qui tient lieu de cuisine dans l'espace de vie. Il tâtonne dans les amas de points et de fils bleus, mais son esprit s'est déjà habitué et il perçoit les densités différentes comme étant des objets différents. Tout le groupe s'est adapté très vite à ce nouveau système de vision. Ils ne savent pas lire les étiquettes, mais en cas de doute, ils montrent l'objet aux caméras de Mesio et celui-ci leur lit les informations.

Chapitre 28

3 Mars 2016, approche de la Terre

Il aura fallu plusieurs jours pour faire effectuer un demi-tour au vaisseau tout en le maintenant au-dessus de la vitesse de la lumière. Mesio n'a pas voulu soumettre l'équipage à une nouvelle dose de G comme il l'a connue en tournant autour du Soleil. Il aura donc opéré un demi-tour d'une taille équivalente à celle de deux fois celle du système solaire afin de leur permettre de continuer à évoluer sans gêne dans le vaisseau. Quelques jours auront suffi, des jours mis à profit pour mettre au point et exécuter diverses expériences sur la mémoire des objets et sa relation avec l'esprit humain. Mesio a déjà amorcé depuis plusieurs jours leur décélération. La Terre se trouve maintenant dans l'axe du vaisseau et commence à grossir sur les écrans des caméras. Le vaisseau a été retourné pour utiliser comme frein la poussée des moteurs. Ils sont repassés sous la vitesse de la lumière et leur vision est redevenue normale. Mesio a envoyé sur Terre toutes les informations nécessaires pour construire l'appareil de visualisation, et a donné ses recommandations pour continuer les expériences sur la conscience.

- « Vous serez chez vous demain » annonce Mesio dans les haut-parleurs du vaisseau.

Susan ne parle pas. Depuis hier elle est silencieuse, comme perdue dans une réflexion. Alex ne parvient pas à la distraire ni à savoir à quoi elle pense. Au repas du matin, ce dernier se décide à en savoir plus.

- « Tiens, je t'ai beurré tes croissants. En échange, peux-tu enfin me dire ce qui te tracasse ».

- « Je n'ai pas envie d'en parler, cela ne regarde que moi. » répond Susan en plongeant les yeux dans sa tasse de café.

- « Enfin Susan, on se connaît depuis assez longtemps pour que je comprenne que tu ne vas pas bien. Laisse-moi deviner. C'est à cause de Mesio ? »

- « Cela ne te regarde pas, je te dis ! »

- « Tu es soucieuse parce qu'il ne va pas pouvoir rejoindre la Terre, c'est ça ? Ou tu penses à cette vision que tu as eue l'autre jour ? »

- « … »

- « Susan, tu sais bien qu'il est impossible de rentrer sur Terre avec le vaisseau. Nous devons prendre la capsule et abandonner le vaisseau qui se désintégrera de lui-même lorsqu'il rencontrera l'atmosphère. »

- « Oui, eh bien cela ne m'arrange pas ! Mesio est un être exceptionnel et pour moi c'est comme perdre un ami, un membre de ma famille même ! »

- « Mais voyons, Susan, ce n'est qu'un ordinateur… »

- « Mais tu ne comprends rien, tout ce voyage ne t'a pas rendu plus intelligent ? Tu ne t'es jamais demandé ce qu'était la conscience ? »

- « Mais si Susan, je le sais, tout est conscient autour de nous, tes chaussures comme cet ordinateur, mais.. »

- « Mais rien du tout ! Tu es ridicule et tu m'énerves. Tu ne comprends pas qu'on peut avoir des sentiments pour quelque chose qui est conscient et avec lequel on peut communiquer ? »

- « Si, mais tu dis rester réaliste et admettre la situation. »

- « Eh bien non, je n'admets pas la situation, perdre Mesio, c'est plus important que perdre n'importe qui de vivant sur Terre. »

- « Mais on peut le reconstruire, et cela marchera tout aussi bien. »

- « Non, à nouveau tu ne comprends rien, j'ai vécu avec lui des moments intenses, et c'est cela qui fait une relation, pas le nombre de boulons ou de gigaoctets qu'il contient ! »

- « Oui, mais tu ne vas me dire que tu t'es attachée à ce point à cet ordinateur. Il est bousillé en plus, c'est à peine s'il peut encore faire des additions ! »

- « Tu exagères, tu ramènes toujours tout au niveau du sol. Ne peux-tu imaginer un instant qu'il est ce que nous avons de mieux au monde en ce moment ? »

- « Oui, mais nous savons comment le reconstruire ! »

- « Non, pas lui, pas avec ses souvenirs, son histoire… »

Susan prend sa tête dans ses mains et se met à pleurer. Alex ne sait que faire, se rapproche d'elle et lui pose la main sur une épaule. Susan la chasse d'un geste énervé. Le haut-parleur grésille.

- « Euh.. je ne veux pas déranger, mais vous savez que j'entends toutes les conversations. Je voulais juste dire que vous devrez transférer dans la capsule toutes les affaires que vous voulez garder. Vous le saviez avant de partir que je ne pourrais pas revenir sur Terre. Pensez à tout ce que vous pourrez encore effectuer comme recherches, et puis j'ai déjà transféré un maximum de données que j'ai acquises dans la base de données de SAIC. Hum… je vous laisse.. »

Tian s'est rapproché pendant que Mesio parlait, et est venu s'asseoir en face de Susan.

- « Ne vous en faites pas Susan. Il est toujours difficile de perdre une chose à laquelle on tenait. Votre réaction est tout à fait normale. Pensez à votre compagnon, qui a eu le courage de vous accompagner dans ce voyage risqué, voyage qui n'est d'ailleurs pas encore terminé. »

- « Merci Tian, vous aussi vous avez eu le même courage de venir avec vous, juste pour que votre gouvernement fasse amende honorable »

- « Non, détrompez-vous, je suis venu avec vous avec intérêt, et n'ai pas été déçu. La découverte de ce monde nouveau, composé de mémoire pure et de lien affectif fut extraordinaire, et j'espère que nous pourrons continuer à l'explorer si l'idée de Mesio fonctionne. Essayez de vous reprendre et préparons-nous doucement à gagner la capsule.»

Susan étend un bras et le passe autour de la taille d'Alex, puis l'attire à elle. Elle pose la tête doucement sur son buste pendant qu'Alex l'enserre. Elle semble s'être résignée à abandonner Mesio dans l'espace, ou à le voir réduit en cendres lors de sa rentrée atmosphérique.

Chapitre 29

4 Mars 2016, mise en orbite du vaisseau

Nos trois cosmonautes sont équipés de leurs scaphandres et engoncés dans les sièges de la capsule. Le vaisseau a atteint sa vitesse minimale avant de se détacher de la capsule afin de lui permettre d'effectuer sa rentrée atmosphérique dans les conditions le plus sûres. Susan reste pensive malgré sa bonne résolution apparente. Il reste deux heures avant le décrochage.

Susan détache sa ceinture et se dirige vers l'arrière de la capsule, flottant en absence de gravité.

- « Où vas-tu Susan » lui demande Alex ?

- « Je reviens, j'ai oublié quelque chose dans le vaisseau. »

- « Dépêche-toi, dans une heure nous amorçons la procédure »

- « Ne t'inquiète pas.. »

Alex voit Susan disparaître dans le sas menant au vaisseau.

Les minutes passent… Alex s'impatiente. Il actionne l'interphone de leur casque :

- « Susan, où en es-tu ? »

Pas de réponse.

- « Susan, réponds s'il te plaît ! »

Toujours pas de réponse.

- « Mesio, sais-tu où est Susan ? »

- « Non, Alex, je ne la vois pas sur les caméras »

- « Mesio, ne joue pas avec moi, tu n'as pas besoin de caméra pour savoir ce qu'elle fait ! »

- « Je suis désolé Alex, je ne capte rien »

- « Alors cherche, bon sang, vois ce qui est actionné dans le vaisseau. »

- « Le sas de sortie est ouvert, Alex »

- « Bon sang, tu ne pouvais pas le dire plus tôt ! »

- « Non Alex, il vient de s'ouvrir. »

Alex se détache et se dirige vers le vaisseau. Arrivé dans le centre de commande, il essaye de voir par les hublots ce qui se passe. Soudain, il voit Susan dehors avec son scaphandre. Elle semble occupée à démonter quelque chose.

- « Susan, Susan, tu m'entends ? Qu'est-ce que tu fais ? »

Pas de réponse.

- « Alex, je sais ce qu'elle fait, elle dévisse les boulons explosifs qui maintiennent la capsule au vaisseau. »

- « Mais elle est folle ! Elle veut notre mort à tous ! Nous allons tous nous écraser, être réduits en cendre ! Mesio, il faut l'arrêter, immédiatement. »

- « Je ne sais pas, je n'ai aucun moyen mécanique me permettant de le faire, et je constate qu'elle a déjà dévissé la moitié des boulons. Elle les jette dans l'espace et nous n'en avons pas de remplacement. La situation est grave Alex. Tâchez de la raisonner.»

- « Tu as beau dire Mesio, nous sommes dans de beaux draps ! Le temps que je sorte par le sas et elle aura terminé. Mais qu'est-ce qu'elle a en tête. C'est du suicide ! »

Alex se rend au sas et attend que Susan revienne. Le pauvre Tian ne se doute pas de ce qui se passe. Comment lui annoncer que Susan vient de signer leur arrêt de mort ?

Enfin le bruit caractéristique du sas se fait entendre. Après cinq minutes d'attente, le temps qu'ils se remplisse d'air, Susan réapparaît.

- « Mais qu'est-ce qu'il t'a pris ? Tu es devenue cinglée ? Tu sais que nous ne pouvons plus rentrer sur Terre maintenant ?»

- « Non Alex, je ne suis pas cinglée, j'ai réfléchi, et je savais qu'il me serait impossible de t'affronter et te faire changer d'avis par le dialogue. Je n'ai en aucun cas mis nos vies en danger. J'ai simplement augmenté les chances de ramener Mesio sur Terre. »

- « Mais tu sembles avoir oublié que ce vaisseau ne peut revenir sur Terre. Sa masse est trop importante pour une rentrée atmosphérique.

Et maintenant nous ne pouvons plus nous en éjecter. Oui ma parole, tu es devenue folle et nous allons mourir. »

- « Alex, je t'aime et ne veux pas te perdre, mais parfois l'action vaut mieux que de longs palabres. J'ai retiré les boulons explosifs pour te forcer à m'écouter, car je sais que nous n'allons pas mourir. J'ai repensé à cette scène que j'avais vue au voyage aller, où je m'étais vue à l'extérieur du vaisseau avec toi qui hurlait que je rentre. Je me suis dit qu'il devait y avoir une raison. J'ai réfléchi et je pense qu'on peut y arriver. Et si on n'y arrive pas, on peut rester en orbite et attendre qu'on vienne nous chercher. Nous avons de la nourriture pour des années. Je me résignerai à abandonner Mesio, mais je voulais essayer ma solution avant. »

- « Et quelle solution madame Gomez aurait trouvé que la NASA ignorerait ? » raille Alex d'un ton méprisant

- « Ne le prend pas comme cela Alex, la NASA est restée coincée dans sa technologie de von Braun qui date de plus de 70 ans. Écoute-moi bien, avec le moteur que nous avons, nous pouvons freiner notre vitesse, la ralentir jusqu'à devenir géostationnaire, puis nous n'aurions plus qu'à contrôler notre chute. »

- « Mais tu veux rire ma parole. Nous allons nous écraser au sol oui, et il ne restera que des débris méconnaissables. »

- « Non, car nous allons tomber dans l'eau. Tu sais que le vaisseau est étanche, et la capsule est profilée pour pénétrer l'atmosphère. Nous l'utiliserons comme bouclier amortisseur, et resterons dans le vaisseau. »

- « Mais même si cela devait fonctionner, nos moteurs ne sont pas assez puissants pour nous freiner comme tu le dis. »

- « Si, j'ai fait des calculs, nous allons mettre trois mois exactement pour ralentir et atteindre un état géostationnaire. Pendant ce temps, nous allons affiner nos calculs pour diminuer au maximum l'impact lorsque nous heurterons la mer »

- « Mais tu sais que l'eau à plus de 60 kilomètres-heure est comme du béton. Nous allons exploser dessus. »

- « Non, tu oublies de nouveau que la capsule est faite pour résister à une rentrée atmosphérique. Le bouclier est prévu pour une vitesse de 50.000 km/h. Notre chute dans l'eau se fera à plusieurs fois la vitesse du son, j'en suis consciente, mais je suis certaine que Mesio pourra orienter le vaisseau pendant toute la phase de décélération afin de gérer au mieux la phase finale de ralentissement et de rentrée en atmosphère »

- « Mesio, tu as entendu ? Qu'en dis-tu ? » demande Alex en levant les yeux.

- « J'ai déjà eu le temps d'effectuer quelques calculs et pense que c'est possible. En fait c'est même tout à fait faisable, car Susan a oublié quelque chose. Une chose qui va vous sauver de toute façon. Peut-être pas moi, mais certainement vous. »

- « De quoi veux-tu parler ? » demande Susan

- « Les caissons de gel thixotropique, ceux utilisés pour l'accélération autour du Soleil. Ils sont prévus pour résister à un impact bien supérieur à celui du vaisseau sur la surface de la mer. Dès lors que vous restez dans le vaisseau, vous pouvez vous y protéger. Ils peuvent résister à plus de 500 G si pas plus. »

Alex regarde Susan. Il n'en croit pas ses yeux. L'acte fou de Susan en vient presque à se terminer de manière heureuse. Le vaisseau sera sans doute perdu, et Mesio avec, mais leur survie semble assurée.

Susan reprend :

- « Mesio, nous allons mettre ces trois mois à profit pour t'arrimer solidement à la structure du vaisseau, bien mieux que ce qui a été fait pour le décollage. »

- « Susan, je savais que nous allions tourner autour du Soleil, j'avais donc donné des indications pour faire le mieux possible, et je peux aussi résister à une force de plus de 500 G, par contre je ne sais pas du tout si le vaisseau va résister. Même si la capsule résiste, la coque du vaisseau risque de se rompre ou de se désagréger. Nous verrons, je vais simuler l'impact et voir si d'ici là on peut renforcer certains endroits. »

Susan regarde Alex du coin de l'œil. Ce dernier semble rassuré. Ils auront aussi évité de devoir annoncer à Tian que sa dernière heure était proche. Et Alex est heureux de savoir Susan satisfaite. Il n'est pas question de la prendre dans ses bras avec ces scaphandres, mais il se rapproche quand même d'elle et colle son casque au sien, en effectuant une mimique de baiser. Il voit alors des larmes couler sur les joues de Susan. Elle ne dit rien, mais tremble suite au stress de ce qu'elle vient de vivre.

- « Vous pouvez rejoindre le vaisseau maintenant. Et rassembler si vous le désirez tout le matériel que vous comptiez ramener sur Terre. Il sera désormais plus en sécurité dans le vaisseau que dans la capsule. »

Chapitre 30

3 juin 2016, vitesse zéro

La Terre entière est en émoi. Les télévisions s'apprêtent à retransmettre la chute du vaisseau. Des hélicoptères se tiennent prêts à intervenir, même si la zone de chute du vaisseau n'est pas connue avec une très grande précision. Les trois cosmonautes sont solidement maintenus dans leurs caissons, baignant dans le gel qui va être activé une seconde très exactement avant l'impact, gel qui deviendra solide et empêchera leur corps de se déformer. Depuis quelques jours le vaisseau est déjà visible la nuit. Mesio a réalisé des prouesses en calculant des séquences de retournement rendues possibles en désynchronisant les différents propulseurs ioniques. D'ici quelques minutes le vaisseau va piquer du nez et se mettre à tomber en chute libre. Il va atteindre près de cinq fois la vitesse du son. La chute devrait avoir lieu dans l'océan Pacifique, à hauteur du Mexique, ce qui devrait donner le plus de chance au vaisseau de ne pas heurter la terre ferme, sans pour autant, au cas où il devait couler, sombrer profondément et rendre une opération de récupération trop délicate. Il n'est évidemment pas question d'utiliser des parachutes. Même s'ils avaient pu récupérer ceux de la capsule, ils se seraient avérés trop petits et se seraient déchirés dès la première seconde de leur ouverture. Mesio va tenter au maximum de positionner le vaisseau pour offrir la plus grande résistance à l'air pendant sa descente, mais le principal est l'angle avec lequel il va heurter la mer.

La séquence finale est engagée, le vaisseau tourne sur lui-même et entame sa descente vertigineuse qui ne durera que trois minutes. Les cosmonautes ne distinguent rien. Leurs yeux sont protégés par des coques les empêchant d'être déformés par le choc, leur rythme cardiaque a été artificiellement ralenti, et ils se trouvent dans un demi-sommeil. Mesio contrôle tout au centième de seconde. Il ne voit pas cette chute comme un évènement rapide ; pour lui qui fonctionne à plusieurs milliards d'opérations par seconde, cette chute va prendre beaucoup de temps, mais en fait ce qui le limite c'est la vitesse de réaction des tuyères à poudre qui vont lui servir pour se repositionner s'il le faut pendant la descente. Il y en a plus d'une centaine placées tout autour du vaisseau. En temps normal elles servent à aligner le vaisseau sur une trajectoire précise.

Des navires de guerre équipés de matériel de sauvetage ont été répartis le long de la ligne de chute, légèrement en retrait pour ne pas se situer juste en dessous de la trajectoire.

Voilà un point brillant qui apparaît sur les télescopes suiveurs et les téléobjectifs des caméras. Un bang supersonique est produit à Mach 1, mais personne ne l'entendra avant que le vaisseau ne heurte l'eau, vu que l'onde de choc se déplace plus lentement que le vaisseau. Des traînées de condensation permettent de suivre sa chute. Des caméras sur le vaisseau le plus proche du point d'impact permettent de capter l'impact. C'est à ce jour le plus gros objet ayant jamais heurté la Terre depuis des milliers d'années, si on ne compte pas celui qui tomba dans la Tungounska en 1908, mais qui en fait se désintégra à quelques kilomètres d'altitude.

Le vaisseau vient de toucher la surface de l'eau et y disparaît dans un énorme geyser qui s'élève à plus d'un kilomètre de haut. Après quelques minutes le vaisseau réapparaît. Il flotte malgré son poids important. C'est un soulagement énorme pour les milliards de spectateurs qui ont suivi la rentrée en temps réel.

Les navires proches se dirigent déjà vers le point d'impact. La capsule est complètement écrasée. De plusieurs mètres elle ne fait plus qu'un demi-mètre d'épaisseur. Toutes les structures qui ressortaient à l'extérieur du vaisseau ont été arrachées, mais le reste semble avoir bien résisté.

Les premiers hommes-grenouilles prennent pied sur l'épave et cherchent le sas d'entrée. Après quelques minutes ils parviennent à y pénétrer. À l'intérieur, tout semble détruit à première vue, car tout ce qui n'était pas solidement attaché s'est disloqué ou a été projeté au travers des pièces. Ils parviennent aux caissons où se trouvent les trois cosmonautes et mettent le processus de réveil en place. Les voyants semblent indiquer que tout va bien. Après avoir actionné le processus de réveil et attendu quelques instants, les caissons se vident du gel et les panneaux coulissent pour découvrir nos explorateurs sains et saufs, tout heureux de voir des êtres humains en face d'eux après des mois passés dans l'espace.

Le vaisseau et été sécurisé par des ballons gonflables et flotte maintenant en sécurité. Un hélicoptère vient hélitreuiller nos héros pour les ramener le plus rapidement possible sur la terre ferme. On leur signale qu'ils auront la visite du président dès le lendemain, mais que d'ici là ils doivent rester en observation.

Le vaisseau lui sera remorqué jusqu'au port de San Diego et tout sera fait pour en dégager Mesio s'il n'a pas été trop endommagé par la chute.

Le soir même, Susan et Alex se retrouvent enfin seuls dans leur chambre au centre médical de la marine à San Diego. Leur fenêtre donne sur le parc de Balboa et ce n'est pas sans un certain soulagement que Susan laisse ses yeux se reposer sur les arbres situés au loin.

- « Tu m'en veux encore ? » demande-t-elle à son compagnon.

- « Non, je te comprends. Tu as eu raison. Nous avons tous nos aveuglements, notre ego, qui nous empêchent de comprendre l'autre. Ton attachement pour Mesio m'avait rendu jaloux. J'ai été stupide. Même si tu éprouves de l'amitié pour lui, il n'en reste pas moins une source d'information exceptionnelle pour l'humanité. Sa conscience est unique, et tu avais raison, on ne peut reconstruire le même, jamais il n'aurait vécu les mêmes évènements, n'aurait eu les mêmes souvenirs et donc la même vision de notre monde. Tu as pris un énorme risque, mais tu es aussi une héroïne. Tu me fais penser au film « Il faut ramener le soldat Ryan ».

Alex se lève et tout en prenant soin de ne pas s'emmêler dans ses fils qui le relient aux instruments de contrôle, il vient s'asseoir sur le lit de Susan et lui prend la main.

- « Nous avons passé près de cinq mois dans l'espace. Jamais personne n'avait été aussi loin que nous, même pas un satellite. Mais ce que nous avons découvert se trouve également sur Terre. N'est-ce pas complètement risible ? »

- « Non, tu le sais bien, jamais nous n'aurions découvert cet univers de l'information sans dépasser la vitesse de la lumière. C'était donc nécessaire, et le hasard ou plutôt ma volonté a fait que nous avons participé à ce voyage. Sans nous, Mesio n'aurait rien vu. Qu'allons-nous faire maintenant ? »

Alex se relève et se tourne vers la fenêtre. Après un instant, il tente une réponse :

- « Je pense que nous devons tenter de construire un appareil capable de visualiser cette onde de la mémoire, mais le plus important est de pouvoir capturer le contenu de cette vague, et tenter de le comprendre. Mesio va certainement nous aider pour cela.»

- « Et Tian ? »

- « Tian ? Je ne sais pas, j'imagine qu'il va retourner dans son pays. Notre gouvernement ne désire pas resserrer ses relations avec la Chine, pas pour le moment en tout cas. Il faut reconnaître que Tian a été pour quelque chose dans les dernières péripéties du vaisseau, puisque c'est à cause ou grâce à toi que tu avais visualisé cette escapade dans l'espace lors du retour. Sans cela, tu ne l'aurais sans doute pas fait. »

- « C'est vrai, j'y ai repensé. Cette vision que j'avais eue m'a hanté. Je ne comprenais pas à quoi elle correspondait, mais lors du retour, lorsque mon angoisse de perdre Mesio s'est mise à grandir, j'ai enfin compris à quoi elle faisait allusion. Crois-tu qu'il soit dangereux de continuer dans cette direction ? À la différence du chronoviseur qui nous montre ce qu'on désire pour autant qu'on sache de quoi il s'agit, cette vague bleue semble nous montrer l'inconnu, mais un inconnu qui nous concernera dans le futur…»

- « Ou peut-être plus ? »

- « Que veux-tu dire ? »

- « Que cette vague bleue contient peut-être tout sur tout, tout l'avenir de l'univers pour toutes les années à venir ? »

- « Tu rêves, c'est impossible. »

- « Impossible, tu crois ? Nous ne savons pas ce qui crée cette vague, ni pourquoi elle est générée, ni comment. Mais elle semble concerner une grande partie de l'univers. D'après Mesio elle est propre au super amas dans lequel nous sommes. Imagine que chaque super amas soit vivant, un énorme être vivant. Au centre, sa pensée, son cerveau. Autour, les étoiles et les galaxies sont les parties de son corps. Cet être désire vivre, imagine son avenir et l'insuffle aux différentes parties de son corps. »

- « Tu ne devrais pas diminuer ta perfusion de glucose ? Il me semble que tu délires. »

- « Ne ris pas, je suis sérieux. Cette chose est reliée à tout ce qui la compose, les centaines de milliers de galaxies, les centaines de millions de milliards de soleils et encore plus de planètes, de météores et de comètes. Pense un peu, notre corps compte lui cent mille milliards de cellules, mais une cellule compte plus de molécules qu'une planète n'a d'étoiles. À la limite, notre corps est plus complexe qu'un super amas qui mesure cinq cents millions d'années-lumière ! »

- « Tu as raison, mais bon, chaque étoile et chaque planète sont composées d'un bien plus grand nombre de molécules que nous »

- « Oui, mais pas de cellules, et les cellules, c'est la vie ! Essaye de transposer notre fonctionnement à celui de notre super amas.»

- « Est-ce possible qu'un super amas soit réellement une chose vivante ? » s'étonne Susan, essayant de se redresser pour mieux participer à la conversation qui devient intéressante.

- « Je me suis toujours demandé ce qu'il y avait au-dessus de nous si on prend la complexité comme unité de mesure. Beaucoup parlent de

Dieu, mais on ne l'a jamais vu et personne n'a jamais vraiment pu dire quels étaient ses actions et ses résultats. Ici nous avons cette vague bleue qui est un phénomène entièrement nouveau pour nous. Les liaisons et les points bleus qui correspondent à de l'information et à des liens mémoriels, des souvenirs, sont des choses que nous pouvons comprendre, même si cela fait appel à autre chose que notre physique, mais ce sont des concepts que nous comprenons assez facilement tandis que cette vague, ça c'est quelque chose que je peine à comprendre. D'où vient-elle exactement, que fait-elle, qui l'a conçue, pensée, voulue... tant de questions sans réponses. »

- « Comment crois-tu que nous pourrions mieux comprendre cela ? »

- « Mesio ne voit pas cela, mais peut-être va-t-il trouver comment faire et y parvenir. Peut-être aussi va-t-il comprendre mieux que nous. Sa capacité de traitement de l'information est des millions de fois plus grande que la nôtre et elle est connectée à sa conscience, donc à une vraie intelligence. Où en est son transfert à propos ? »

- « Le vaisseau a été remorqué jusqu'au port de San Diego. Ils sont occupés à extraire l'ordinateur de la coque qui a finalement bien résisté à l'impact. Un camion devrait ramener le tout chez SAIC cette semaine. J'irai le voir dès que je peux, mais je sais qu'il a « survécu » à la chute dans l'océan. Nous avons déjà eu une discussion. »

- « Pourvu que son transport se passe bien, et que plus personne ne vienne tenter de le saboter. » s'inquiète Alex

- « La sécurité a été renforcée, et le voyage sera plus protégé que s'il s'agissait du transport d'une soucoupe volante trouvée dans le désert du Mexique. »

- « Ah, les soucoupes volantes ! Cela faisait longtemps que nous n'en avions plus parlé. En tout cas pendant ces mois passés dans l'espace, nous n'en avons vu aucune. Repenses-tu parfois à ce que tu as vécu en Irlande ou ce que nous avons vécu dans le désert, lorsque ces sphères lumineuses sont apparues ? En as-tu parlé à Mesio ? »

- « Oui, j'y repense parfois, et j'en ai parlé à Mesio, mais il ne sait pas en dire grand-chose. Rien dans ses connaissances ne lui permet de comprendre ce que c'est. Ce serait intéressant de revoir ces sphères dans le mode « mémoire bleue », peut-être verrait-on alors à quoi ces phénomènes sont reliés ? »

- « Mais comment veux-tu voir à quoi quelque chose est relié si cela se trouve dans le passé comme tu le penses, ou sur d'autres planètes si ce sont de véritables visiteurs de l'espace ? »

- « Pour le passé, tu as vu au travers des expériences menées dans la vaisseau qu'une sorte de fantôme d'un objet disparu se crée en points bleus. On pourrait donc voir ce à quoi c'était relié dans le passé, et pour ce qui est d'endroits distants comme d'autres étoiles, je ne sais pas ; sans doute faut-il voyager avec son esprit, comme dans un voyage astral, et suivre le lien bleu qui relie l'objet à l'endroit d'où il vient ? »

- « Cela ne me semble pas très au point… mais ces sphères ne sont pas notre préoccupation principale. Je n'aurais pas dû t'en parler. Laissons cela de côté pour le moment si tu veux bien. Revenons à cette vague bleue.»

- « Je suis fatiguée Alex. On peut remettre cette discussion à plus tard ? Malgré la gravité artificielle que nous avions dans le vaisseau, je sens bien que mes os ont souffert et que mes muscles ne sont plus comme avant. J'espère qu'on sera vite remis de notre voyage. J'ai envie de dormir, cela ne te dérange pas ? »

- « Mais bien sûr que non, c'est moi qui dois m'excuser. Je parle, je parle et je ne pense pas que nous devons récupérer. De toute façon avec tous ces fils on ne sait aller bien loin. Heureusement que demain ils les retirent et qu'on puisse déjà un peu se promener pour prendre l'air. Si tu savais comme cela me manque. Notre maison, notre sofa… »

- « Notre lit… » Enchaîne Susan qui pense à autre chose tout en fermant les yeux.

ALAIN HUBRECHT

Chapitre 31

8 juin 2016, Coronado beach

Il fait encore tôt, le soleil vient à peine de surgir et l'air contient encore un peu de la fraîcheur de la nuit. Susan et Alex aiment venir se reposer sur cette plage, une des rares de San Diego à avoir du vrai sable. Allongés sur leurs serviettes, ils observent les surfeurs matinaux venus tenter leur chance avant d'aller au travail. Le froid resserre leur peau et leur fait mieux sentir leur corps. Ils se sentent vraiment vivre, et de surcroît dans un environnement magnifique. Ils sont encore un peu faibles et cette visite à la mer leur fait le plus grand bien.

Alex se met à pianoter sur son smartphone.

- « S'il te plaît Alex, profite du paysage et déconnecte-toi. »

- « Désolé Susan, je reçois des informations sur le transport de Mesio. Tout se passe bien. Ils sont déjà occupés à le reconnecter comme il l'était dans le vaisseau. Je pense que tu dois être contente de cette nouvelle ? »

- « Oui, bien sûr, mais range quand même cela dans ta poche pour le moment et rapproche-toi de moi. Nous avons été ensemble pendant tous ces mois dans l'espace, mais en fait nous n'avons jamais été proches. J'ai besoin de te sentir contre moi, de sentir à nouveau ta main se glisser dans mon dos, de sentir ta tête dans mes cheveux, de vivre des moments de bien-être. La science peut attendre aujourd'hui. Nous l'avons déjà assez bien aidée comme cela. »

Alex n'en attendait pas moins et vient se coller à sa compagne. Son regard passe par-dessus son épaule et va se perdre plus loin sur la plage encore déserte. L'air est pur et en serrant Susan dans ses bras, il sent cette sensation de bonheur l'imprégner, pénétrer toutes les parties de son corps. Susan ne dit rien, jouit du moment présent.

Après plusieurs secondes, Alex relâche son étreinte :

- « Tu as raison, la vie est incroyable, et nous ne devons pas l'oublier. Je te remercie de me remettre de temps en temps dans la bonne direction. »

- « Ne me remercie pas, c'est mon amour pour toi qui me pousse à faire cela, pas moi. Je ne suis pas moi-même à l'origine de cet amour. Cet amour est survenu quand je t'ai rencontré. Il n'était pas en moi auparavant. C'est une chose externe, qui est apparue grâce à notre rencontre. C'est intangible, mais cela agit sur nous. »

- « Tu es quand même compliquée, mais bon, j'aime le résultat et donc je garde le tout » dit Alex en souriant.

- « Puisque tu gardes le tout, que dirais-tu d'augmenter ce tout ? »

- « De quoi veux-tu parler, je ne comprends pas ? »

- « Ne joue pas au naïf, tu sais très bien de quoi je veux parler, j'essayais de te suggérer d'agrandir notre couple, de créer une famille. »

Alex s'immobilise un instant, les yeux fixés sur Susan, puis se jette dans ses bras et lui souffle à l'oreille :

- « Oh Susan, j'aimerais tant faire cet enfant. J'y pense souvent, ne sachant comment en parler, et ne sachant pas non plus si c'est le bon moment, mais tu as raison, nous devons avancer, et je suis certain que cet enfant sera notre bonheur, une source infinie de bonheur. »

Susan lui rend son étreinte et lui confirme son sentiment que ce sera en effet bénéfique à leur couple.

- « Je sens en moi que j'ai besoin de faire un enfant, je commence à avoir des pensées de mère, mon corps le réclame. Je regarde les mamans dans la rue qui poussent leur landau, les bambins qui marchent à peine, tout cela fait résonner quelque chose en moi. Je devais te le dire et je suis heureuse que tu sois d'accord avec moi. »

Alex se couche sur le dos et regarde le ciel bleu au-dessus de lui.

- « Tu crois que ça aussi, c'est cette chose-là, là-haut, qui provoque ce besoin ? »

- « C'est bien possible, mais à vrai dire cela m'est égal. C'est de mon corps qu'il s'agit, de notre couple, et je sens que c'est bon pour nous. Mais tu as raison, c'est aussi de l'instinct, mais plus profond, plus persistant que celui de manger, dormir ou survivre. »

- « Tu crois que Mesio connaît l'instinct ? »

- « Certainement pas le même que nous, il n'a pas notre ADN, mais il est aussi poussé par une force invisible, sinon il n'aurait pas demandé à monter cette expédition. Tu vois que comme les hommes primitifs, il cherche à savoir ce qui le gouverne »

- « Et tu penses qu'il va y arriver ? »

- « Je ne sais pas. À mon avis il n'a aucune idée de la suite des opérations. Il va réfléchir à mettre au point un appareil à voir l'information pure, mais cela ne lui dira pas où se trouve son dieu »

- « Et toi, tu crois qu'il y en a un ? »

Susan regarde Alex dans les yeux, un moment songeuse.

- « Je ne sais pas. Je crois que oui. Le monde est trop étrange. En quelques années, j'ai découvert tant de mystères, de phénomènes inexpliqués, mais qui tous oeuvrent à l'évolution. J'ai du mal à croire que la vie est un hasard. Pense à ce monde bleu que nous avons découvert, à cette vague... c'est quand même autre chose que des cailloux, que du sable, que de l'eau ! L'évolution, l'apparition de la vie pourraient être causées par cette vague bleue. Mais quant à savoir ce qui se cache derrière cette vague bleue, nous en sommes encore loin. »

- « Tu sais que ma spécialité c'est l'optronique, et que nous parlons ici de phénomène lumineux, mais qui ne sont pas créés par des photons. Dans notre monde physique, il y a des photons partout, en quantité astronomique. Ils nous permettent de voir les objets, mais ils se trouvent aussi entre ces objets, et là ils sont invisibles. Ce sont des ondes, comme les ondes radio. Ils voyagent à la vitesse de la lumière, tandis que ce monde bleu que nous avons découvert repose sur une autre physique. Ce que nous avons vu ne voyage pas à proprement parler. Cela « est ». Pourtant cela se crée et se défait, mais le temps de ce monde bleu est le souvenir. Une chose disparue ne disparaît complètement que quand plus personne ne s'en souvient. »

Susan bâille et se retourne vers lui :

- « Tu peux arrêter cinq minutes de me parler physique ? Viens avec moi au bord de l'eau, j'ai envie de tremper mes pieds »

Susan se lève, suivie par Alex. Ils marchent tous les deux vers les vagues minuscules qui viennent caresser la plage de sable fin. Elle aime sentir ses pieds s'enfoncer dans le sable mouillé, tout en sentant la main d'Alex dans la sienne. D'un côté la sensation du sol qui se dérobe, et de l'autre la sensation de sécurité de son compagnon. Elle pense qu'elle va pouvoir arrêter de prendre la pilule. Elle sait qu'elle se sentira plus femme, que son cœur lui donnera des émotions plus intenses, des aspirations inexplicables qu'Alex aura sans doute du mal à comprendre. Elle aurait aimé un compagnon plus romantique, mais elle se rend bien compte qu'on ne peut être un vrai scientifique et un rêveur romantique en même temps.

- « Te rends-tu compte de ce qui nous est arrivé ? D'où nous avons été ? »

- « Oui » réponds Alex « c'est en effet difficilement imaginable. Tout s'est passé tellement vite. Heureusement nous ne sommes pas revenus sur Terre pour découvrir que tout le monde y était plus vieux de 20 ans ou même pire, comme dans le film La planète des singes. Avais-tu pensé à cette éventualité ? »

- « Oui, mais je ne m'en faisais pas. J'étais avec toi, et donc nous aurions vieilli ou rajeuni en même temps. Toutes ces théories sur la relativité ne me semblent pas vraiment se vérifier dans la réalité. »

- « Tiens, c'est toi qui reparles de physique, tu te moques de moi ? Viens ici que je t'attrape….»

Alex se met à courir après Susan qui tente de lui échapper. Elle frappe les vagues de ses pieds pour éclabousser son compagnon et ralentir sa course. Elle rit aux éclats. Alex, essoufflé, parvient à saisir sa blouse. Elle s'arrête, il la prend dans ses bras et la serre longuement contre lui. Le bruit des vagues, les embruns, les rayons du soleil, l'aspect désertique de la plage si tôt matin donnent à leur étreinte une dimension spéciale. Ce n'est pas la même chose de s'étreindre au retour du travail devant le garage qu'ici à cette heure sur la plage. Chacun est silencieux, pensant sans doute à des choses différentes. Susan à leur prochain bébé, Alex au bonheur qu'il éprouve de vivre avec une femme qui correspond si bien à ses attentes.

Alex relâche son étreinte.

- « Nous devons aller travailler. Je ne sais pas pourquoi, mais j'ai l'impression qu'il va se passer quelque chose. Pas toi ? »

- « Non, mais je t'avoue être impatiente de pouvoir reprendre la suite du projet avec Mesio et toi. On ne peut rester inactif sachant ce que nous avons découvert pendant le voyage. Nous n'avons quasi rien compris, mais il y a matière à réflexion et je suis certaine que Mesio va pouvoir élaborer une théorie sur base des informations collectées. »

Chapitre 32

8 juin 2016, SAIC, San Diego

Le dispositif de sécurité est imposant. Une deuxième clôture entourant les bâtiments a été disposée autour de la première, à une distance de deux mètres. Des caméras se trouvent à intervalles réguliers, ainsi que des détecteurs de mouvements, de chaleur et de chocs. Des détecteurs lasers sont également disposés en hauteur sur de grands mats situés aux angles de la propriété. Les barrières à l'entrée ont été également doublées, un premier contrôle se faisant avant la première barrière, et un deuxième par un autre garde se faisant lorsque le véhicule est bloqué entre les deux barrières. De lourds dispositifs sortant du sol empêcheraient même un char de vouloir rentrer de force. Ceux-ci s'escamotent dès que le véhicule est déclaré sans risque.

Susan et Alex arrivent vers 10 heures. Alors qu'ils sont à l'origine de ce renforcement de sécurité, la vérification de leur identité et l'inspection de leur véhicule ne dérogent pas à la règle.

Ils se rendent directement au sous-sol où Mesio a été replacé. Il est surnaturel de voir le soin apporté à protéger un ordinateur dont les 90% sont hors d'état. Des employés travaillent encore sur les câblages. Ce qui reste de fonctionnel est connecté, comme dans le vaisseau, à une interface vocale, à quelques caméras et à Internet. Ses capacités de traitement sont fortement diminuées, mais comme il a acquis une conscience qu'il maîtrise parfaitement il peut maintenant accéder directement à encore plus d'information que ce qui se trouve sur Internet. Susan constate que ses patrons prévoient des visites importantes : un petit salon a été aménagé devant les consoles afin que les visiteurs puissent s'installer confortablement. Cela ne plaît pas beaucoup à Susan.

- « Tu as vu, ils veulent amener du monde. »

- « Oui, je constate. Je vais questionner mon boss pour savoir quel genre de personnes vont venir ici. Il ne m'en a pas parlé. Je n'aime pas ça non plus. »

- « Bien qu'a priori Mesio ne fera jamais de mal à une mouche, je n'aimerais pas que ses connaissances soient utilisées pour une cause non pacifique. Déjà l'anéantissement du Chronoviseur en Chine m'a fortement déplu. »

- « Oui, mais là c'était pour le bien de l'humanité »

- « Mais c'est toujours pour le bien de l'humanité dans la tête de celui qui défend sa cause ! »

- « Oui, tu as raison, mais décidément la gestion des affaires internationales n'est pas évidente »

Susan et Alex se sont assis dans les fauteuils destinés aux futurs visiteurs. Aucun membre de la direction ne semble présent dans le local en ce moment. Susan ferme les yeux quelques instants.

Aussitôt une voix se fait entendre dans sa tête :

- « Bonjour Susan, c'est moi, Mesio »

- « Bonjour Mesio, contente de t'entendre à nouveau. Ton nouveau déménagement s'est donc bien déroulé. »

- « Oui, c'est parfait. Je serai bientôt reconnecté et pourrai parler avec vous de manière plus conventionnelle. Mais je désirais te faire part de nouvelles informations. »

Susan resta ainsi un long moment les yeux fermés. Alex comprit qu'il se passait quelque chose, et ne la dérangea pas.

Après une dizaine de minutes, Susan émergea et chercha Alex des yeux. Il était près des pupitres.

- « Alex, nous devons aller dans mon bureau. Je dois écrire certaines choses. Tu dois convoquer ta direction pour demain matin, j'ai à leur parler. »

- « Ah, manifestement toi tu as discuté avec Mesio ? »

- « Oui, c'est exact. Il y a du neuf, du super neuf. Viens, je t'expliquerai une fois dans mon bureau »

Susan sort du bâtiment et rejoint son building. Alex la suit avec difficulté tellement elle marche vite.

- « Eh, du calme, pourquoi vas-tu si vite ? »

- « Je ne veux rien oublier, ce qu'il m'a dit est super condensé et nouveau pour moi… »

- « … voilà, ferme la porte s'il te plaît. »

Alex jette un coup d'œil dans le couloir avant de refermer la porte sur eux.

- « Ça va, personne ne semble nous avoir suivis. Alors, dis-moi ? »

- « Non, je ne peux pas, je dois d'abord tout mettre sur l'ordinateur. Puis je devrais rechercher quelques documents de référence. Mais je voulais te confier du travail. Sache que nous rentrons dans une phase hyper confidentielle. Mesio aurait effectivement découvert quelque chose de grandiose, aussi fort que la relativité d'Einstein, mais il doit encore vérifier certaines choses, et moi évaluer l'impact d'une telle découverte. Peux-tu t'arranger pour faire venir ici, encore cette semaine, un ou deux des plus éminents physiciens du moment ? »

- « Waouw, qu'est-ce que tu me demandes là ! Heureusement je viens de lire un article sur les prix Nobel en physique en 2012, c'étaient deux spécialistes en physique quantique. Est-ce que cela t'irait ?»

- « Tu veux parler de David Wineland et du français Serge Haroche ? »

- « Oui je pense bien. Haroche est un spécialiste des photons quantiques et de l'interface entre la physique classique et la physique quantique»

- « Écoute, ce serait parfait. Appelle-les et fais un maximum pour les faire venir ici. »

- « Tu ne veux toujours pas me dire de quoi il s'agit ? »

- « Non, je ne peux pas. Secret absolu là-dessus, et si je te parle, cela risque d'être capté par je ne sais qui et cela nous retombera encore dessus. »

- « Tu as raison, bien, je vais directement le faire. »

Alex quitte la pièce et se dirige vers son bureau. En chemin il rencontre son directeur qui semblait le chercher. Après quelques mots polis sur le voyage et s'être enquis si tout se passait bien, il lui demande de le suivre dans son bureau.

Arrivé là, le chef de la sécurité les y attend.

- « Bonjour monsieur Bergen. Nous vous avons vu pénétrer dans le local où est stocké Mesio ce matin. Nous aimerions savoir ce qu'il vous a dit. »

- « Mais il ne nous a rien dit. Il ne le peut pas il n'est pas encore raccordé»

- « Si, il vous a parlé. Ou plutôt il se serait connecté à madame Gomez »

- « C'est possible, mais où est le problème ? »

- « Il vous aurait dit quelque chose d'important. »

Alex sent l'odeur du brûlé et se dit que l'affaire devient sérieuse. Il décide de nier.

- « Non, rien à ce que je sache »

- « Pourtant, votre collègue vous aurait dit qu'il y avait du neuf, du super neuf, puis vous vous seriez précipité dans son bureau »

- « Oh, je vois, non, cela n'a rien d'important, d'ailleurs je ne sais toujours pas de quoi elle voulait parler, je vous assure.»

- « Vous nous assurez ne pas savoir à quoi elle a fait allusion ? »

- « Non, effectivement. »

- « Vous vous rendez compte des montants énormes que nous avons mis dans cette mission, que chaque information découverte grâce à elle devient notre propriété, et que nous devons être extrêmement vigilants à cet égard. Vous nous comprenez ? »

- « Oui, je vous comprends, mais je n'ai rien à me reprocher. »

- « Très bien, puisque c'est comme cela nous allons aller le demander à madame Gomez. »

Le responsable de la sécurité sort du bureau du directeur, ce dernier le suit et Alex ferme le trio qui se dirige vers le bureau de Susan. Pas un mot ne sort de la bouche des deux personnes durant le trajet.

Arrivé devant la porte de Susan, le chef de la sécurité se retourne pour bien faire comprendre son impatience à obtenir une réponse à sa question. Une fois qu'Alex les a rejoints, il ouvre la porte sans frapper.

Personne !

- « Qu'est-ce à dire ? Où est madame Gomez ? »

- « Je vous assure que je n'en sais rien. Lorsque je l'ai quittée, elle était censée rester dans son local »

Le chef de la sécurité empoigne son téléphone et demande de contrôler les accès et d'empêcher Susan de quitter l'enceinte de SAIC. Alex est interpellé de voir la tournure des évènements et surveille du coin de l'œil son directeur. La situation lui est choquante, eux qui ont risqué leur vie, qui ont accompli une prouesse incroyable, qui ont fait une ou même plusieurs découvertes qui bouleversent la physique, les voilà pourchassés comme des voleurs. Mais connaissant les intérêts en jeu, il décide de ne rien faire. Ils n'ont rien à se reprocher de toute façon.

Après une dizaine de minutes, le téléphone du responsable de la sécurité sonne et annonce que Susan avait déjà quitté l'enceinte lorsqu'il avait demandé de la bloquer. Alex en déduit qu'elle a dû être prévenue, sans doute par Mesio. Il se demande bien ce qui l'a poussé à fuir plutôt que simplement raconter ce qu'elle avait appris de si important. Il ne voit pas en quoi cela peut nécessiter une fuite. Prenant un air penaud, Alex demande à son supérieur ce qu'il peut faire pour les aider, pensant intérieurement qu'il n'en fera rien. Il lui est répondu, avec le même manque de conviction, qu'on le préviendra si son aide est nécessaire. Bien entendu, on le prie de rester joignable et de ne pas s'éloigner. Alex se doute que Susan ne sera pas rentrée à leur domicile, mais il croit savoir où retrouver sa compagne. Pour cela il lui faudra attendre le lendemain matin, et se rendre à leur plage préférée.

Chapitre 33

9 juin 2016, Coronado beach , San Diego

Alex a en effet trouvé la maison vide en rentrant du travail. Il aura entre-temps pu constater en allant visiter Mesio qu'un planton a été placé dans le local même, mais il sait bien que c'est totalement inutile. Mesio peut communiquer avec Susan où qu'elle soit. Il suffit qu'elle se relaxe et ferme les yeux pour se rendre accessible à la pensée de l'ordinateur.

Après une nuit agitée où il n'aura quasi pas fermé l'œil, il prend sa douche, et sans déjeuner, prend sa voiture pour rejoindre leur plage préférée. Il effectue de grands détours, de fréquentes haltes en attente d'une voiture suiveuse dans le rétroviseur, puis, rassuré, arrête sa voiture à plus d'un kilomètre de leur endroit préféré. Il emprunte les vallons des dunes pour s'approcher, se rendant ainsi encore moins visible d'un probable suiveur, mais avant d'arriver à destination, il s'entend siffler sur sa gauche. Tout d'abord il ne voit rien, mais distingue des graminées qui semblent s'agiter anormalement. Il change de trajectoire et s'approche des herbes folles, pour presque marcher sur Susan qui est couchée dans un creux des dunes.

- « Susan ! Qu'est-ce qui t'a pris ? Tu ne te rends pas compte du chambard qui tu as créé. »

- « Je le devais Alex, les choses vont trop loin, et ce que Mesio pense avoir découvert ne peut pas être confié à une nation seule. »

- « De quoi parles-tu ? Tu n'as pas eu l'occasion de m'expliquer ce qu'il t'avait dit en pensée. Est-ce si révolutionnaire ? »

- « Pas encore, mais s'il s'avère qu'il a raison, on ne peut confier cette découverte à notre pays, même si théoriquement nous le devons. »

- « Mais dis donc, où as-tu dormi ? Et as-tu seulement mangé quelque chose depuis hier ? »

- « J'ai dormi dans la voiture, garée à deux kilomètres d'ici dans une impasse. J'ai mangé hier soir, ne t'en fais pas. Mais nous devons partir Alex, on ne peut rester ici. »

- « Mais partir où ? »

- « En Europe, j'ai bien réfléchi, je sais ce que nous devons faire. Tu vas venir avec moi, tant pis pour nos emplois, ce qui se passe est trop important. »

- « Mais que veux-tu faire en Europe ? »

- « Nous allons aller en Suède, ou plutôt à Oslo, au centre Nobel pour la paix. Je crois que c'est la seule organisation qui soit encore neutre politiquement, et assez connue pour qu'elle puisse assurer une large diffusion de la découverte de Mesio. Oui, je désire qu'elle soit diffusée en même temps à tous les pays du monde. »

- « Mais de quoi s'agit-il ? Est-ce donc si important pour quitter ton travail, le perdre à coup sûr et m'entraîner moi aussi dans cette fuite sans retour ? »

- « J'ai confiance, et puis nous ne pouvons faire autrement. »

- « Mais alors, dis-moi au moins de quoi il s'agit !»

- « Écoute, je préfère attendre que nous ayons quitté le sol américain pour t'en parler. J'ai trop peur que tu te fasses prendre et qu'ils parviennent à te faire parler. Autant diminuer les risques. J'espère que tu me comprendras. »

- « Mouais, je veux bien, mais es-tu certain que cette histoire vaut la peine ? »

- « Alex, fais-moi confiance. Souviens-toi que Mesio est super intelligent, plus que n'importe qui sur Terre. Ce qu'il a découvert peut fortement perturber l'ordre de choses, les rapports de force, l'avenir de l'humanité. Il ne peut pas gérer cela, et moi non plus. Tu as vu comment notre pays a résolu ce problème avec la Chine… on l'a résolu avec une bombe. Je ne veux plus de cela. »

- « Et comment comptes-tu quitter le pays ? Tu dois être recherchée partout.»

- « Oui, je sais et toi aussi d'ailleurs, je doute que tu saches quitter le pays comme cela. Mais j'ai déjà pris mes contacts. Nous allons passer par le Canada, en utilisant la filière des déserteurs de l'armée américaine. L'ami d'un de mes cousins l'a utilisée, quand il a décidé de déserter lors d'une permission de retour d'Irak. Ce qu'il devait faire là le dégoûtait tellement qu'il a préféré tout quitter. Il n'était pas marié et n'avait pas de petite amie, mais il a quand même dû couper les ponts avec sa famille. Il m'avait prévenu et donné les coordonnées de la filière qu'il allait utiliser. Seuls eux peuvent retrouver leur trace puisqu'ils leur procurent une nouvelle identité. Ensuite ils vont vivre au Canada et ne peuvent plus prendre contact avec leurs parents ou amis. Tu peux encore refuser de me suivre, je ne t'en voudrai pas, mais pour moi, tout cela va trop loin, je constate qu'à chaque challenge, les USA prennent encore des mesures plus importantes, et cela ne me dit rien de bon. »

- « Écoute Susan, je te crois, tu en sais plus que moi. Réfléchis quelques heures, mais si après tu es encore convaincue, je te suivrai. »

- « Merci Alex, j'ai en tout cas déjà pris contact avec cette organisation et si tout se passe bien demain soir nous pourrions quitter le pays, puis nous envoler dès samedi pour la Norvège. »

Tout en parlant, Alex s'est assis aux côtés de Susan, et, après qu'elle se soit tue, l'enserre dans ses bras. Après un long silence que Susan n'aurait voulu briser pour rien au monde, il lui murmure à l'oreille combien il l'aime et désire l'accompagner partout où elle irait. Des larmes coulent sur ses joues. Il pense à sa carrière ici qu'il va abandonner, au fait que plus jamais sans doute il ne pourra revenir aux États-Unis, ni en voyage, ni pour y travailler. Susan comprend combien ce choix est dur pour lui. Elle avait dès ses études choisi de voyager, et donc ne s'était pas faite à avoir des amis sur place, des habitudes, des visites régulières à sa famille. Elle serre aussi Alex dans ses bras pour le remercier de la suivre.

- « Tu devrais retourner au bureau pour ne pas éveiller l'attention » lui dit-elle. « s'ils te demandent si tu as des nouvelles, dis que tu penses que je reviendrai, que ce n'est qu'une réaction temporaire. »

- « Oui, tu as raison, mais en tout cas, n'utilise ni emails ni les texto ni le téléphone pour m'informer de quoi que ce soit. Ils doivent tout épier et ils vont redoubler d'attention quand ils verront que tu ne te présentes pas au travail ce matin. Je repasserai ici ce soir, et si tu n'es pas là, met un papier caché dans le sable à la base de ces herbes ici. » répond Alex en montrant un bouquet de graminées. « Je ne ferai rien pour entraver ta décision, mais si tu veux revenir, je suis certain qu'ils te pardonneront »

- « C'est gentil, mais je suis bien décidée. À ce soir ! »

Susan part en courbant le dos vers l'arrière des dunes. Après un instant, Alex se relève et rejoint sa voiture comme s'il revenait d'une promenade.

Chapitre 34

13 juin 2016, Centre Nobel pour la Paix, Olso

Susan et Alex ont quitté leur pays, abandonnant leur employeur, leur patrie, leur famille, sans vraiment beaucoup d'espoir de les retrouver un jour. Heureusement, leurs faux papiers leur ont évité de devoir, comme Edgar Snowden, demander l'asile politique à une quelconque ambassade. Ces faux documents n'ont aucunement éveillé l'attention des douaniers lors de leurs multiples embarquements aux aéroports empruntés pour rejoindre la Norvège. Susan avait déjà prévenu le centre Nobel de leur arrivée sans toutefois en donner le motif. Elle avait simplement demandé un rendez-vous prétextant être parmi les journalistes canadiens venant interviewer le président du centre. Il est dix heures moins dix. Leur taxi s'arrête devant l'ancienne station de métro qui sert de centre pour cette initiative du Prix Nobel. Ce bâtiment n'a rien d'une station de métro, mais ressemble plutôt à une cathédrale. Sur les marches de l'entrée, c'est Liv Tørres en personne qui les attend, souriante. Cette femme énergique de 55 ans a toujours mené un combat pour la paix dans le monde, et dirige la fondation créée en 2005 depuis le mois de janvier de cette année. Ce n'est qu'une fois dans son bureau, les boissons d'usage servies par une secrétaire et les portes refermées que Susan annonce la réelle raison de sa visite. Après quelques minutes, Liv actionne son téléphone intérieur et demande à sa secrétaire d'annuler tous ses rendez-vous de la journée. Susan respire un grand coup en comprenant qu'on les prend au sérieux et espère de tout son cœur avoir frappé à la bonne porte..

Alex apprendra en même temps que Liv ce que Susan savait déjà. Mesio avait pu analyser toutes les données collectées pendant le voyage, et une fois relié à Internet, trouver les éléments qui lui manquaient pour tirer les conclusions qui l'ont mené à se confier ainsi à Susan.

Selon lui, chaque super amas de galaxies serait comme vivant, animé de respirations quantiques. Ces respirations sont comparables aux nôtres. Elles amènent la vie dans notre corps, du sang frais, de l'oxygène. Le super amas souffle dans la galaxie des vagues de particules, ces particules bleues que les cosmonautes ont pu observer une fois la vitesse de la lumière dépassée. Ces particules sont comme des neutrinos, mais voyagent plus vite, beaucoup plus vite qu'eux. Elles heurtent chaque atome de l'univers et lui arrachent son double quantique. À chaque respiration une copie de l'intégralité du super amas est réalisée et envoyée dans le futur, ou ce qui pour nous est le futur, car cette copie se propage plus vite que l'original, et se situe donc dans notre futur. L'intrication de chaque électron ou autre particule copiée fait qu'elle reste en contact avec l'original, cet original peut donc ressentir ce qu'il lui arrive dans le futur. Ce processus serait à la base même de la vie, absolument nécessaire à la survie des espèces. C'est ce qui pousse des atomes, des molécules à s'associer pour créer des cellules vivantes, mais aussi le bébé à réclamer à boire et l'adulte à vouloir toujours plus. C'est la base de l'ambition, la volonté, mais aussi l'amour. C'est tout ce qui se trouve derrière ces actions inexplicables. Cela ne produit pas toujours les meilleurs résultats, et dans certains cas les conséquences sont déplorables, mais globalement c'est ce qui semble fonctionner le mieux. Mesio a déjà imaginé un système capable de se relier à ces copies quantiques, de sélectionner le temps. Chaque vague vit sa vie, et au plus on attend pour se connecter à elle, au plus on peut lire dans le futur, mais un futur simulé à partir des conditions présentes lors de la copie. Si ces conditions changent, il faut se brancher sur la vague suivante pour avoir une simulation plus fidèle à ce que sera la réalité. On ne sera bien sûr jamais certain de voir ce qui sera la réalité future, mais c'est là en tout cas un instrument extraordinaire pour investiguer ce que peut être le futur. Susan ne voulait pas que cela soit la propriété de seulement son pays, Mesio lui ayant expliqué les innombrables possibilités et applications de cette découverte.

Liv fait venir des sandwiches pour le déjeuner, ainsi que quelques personnes de la fondation. Son plan est d'archiver les propos de Susan et de faire cosigner ses déclarations par plusieurs personnes de confiance. Elle propose de faire parvenir cette information à tous les gouvernements du monde, mais Susan lui fait remarquer que Mesio est encore aux mains des Américains, et que ceux-ci peuvent le détruire. Ils ne savent pas lui extorquer des informations qu'il ne voudrait pas délivrer, mais peuvent le démonter, ce qui ferait disparaître à tout jamais l'information qu'il détient.

- « Mais ne savez-vous pas capter ses pensées et récupérer cette information vitale ? » demande Liv à Susan.

- « Non, ce serait trop long, trop compliqué. Mesio est raccordé à des imprimantes, il peut produire des plans, et générer des milliers de pages d'explications en quelques minutes. Je ne suis pas capable de noter tout cela. Il faut trouver un moyen de mettre les Américains de notre côté, qu'ils se rangent du côté d'une paix mondiale ou tout au moins du côté des pays qui la désirent. Je crois que nous devrions…»

Susan n'a pas le temps de terminer sa phrase qu'une énorme explosion se fait entendre. De la fumée envahit la pièce, des sirènes se font entendre ainsi que des bruits d'éboulement. Liv enjoint Susan et Alex à se réfugier sous la table de réunion en attendant que la situation se stabilise. Une fois la fumée ou plutôt la poussière retombée, Liv sort de la pièce, non sans avoir observé que le mur situé entre leur salle et son bureau est fissuré et qu'on peut même voir au travers à certains endroits. Et dans le couloir, la situation est pire, mais ce qui est directement visible, c'est que son bureau a complètement disparu. Le plafond n'existe plus et dix mètres plus haut on voit le ciel, tandis que le sol aussi a disparu et à la place, quatre mètres plus bas on distingue un amas de gravats. Elle se retourne vers Susan le regard livide.

- « Si ceci ne correspond pas à une frappe chirurgicale… Venez, nous devons partir. Heureusement le bâtiment n'était pas très occupé. Je vois ma secrétaire là-bas avec les deux gardiens. Laissez-moi aller m'enquérir des dégâts ou des blessés. »

Liv s'éloigne en évitant les débris qui jonchent le sol du couloir. Au loin, on entend le bruit des ambulances et des pompiers.

Susan réfléchit à toute allure, se demandant comment les Américains ont bien pu savoir où ils se trouvaient. Elle se doute que cette attaque criminelle et irresponsable vient de leur part. Comment la situation a-t-elle pu tourner ainsi en quelques jours ? Hier les Chinois, et aujourd'hui son propre pays !

Liv revient vers eux avec un secouriste, s'enquiert qu'ils ne sont pas blessés, puis les conduits à l'extérieur. Une fois sur le parvis, une voiture vient à leur rencontre et ils montent dedans.

- « Je peux vous rassurer, il n'y a pas de blessé et encore moins de morts. J'étais venu au centre pour vous accueillir et ma secrétaire se trouvait loin de mon bureau et du secrétariat au moment de l'explosion. J'imagine qu'il est clair que c'est votre gouvernement qui a fait cela dans le but de vous supprimer, ou de vous empêcher de parler. J'en mesure bien entendu automatiquement la taille de l'enjeu. Même s'il ne sera sans doute jamais possible de remonter jusqu'à eux, les faits sont là et sont indubitables pour moi. Rendez-vous compte, je vous aurais reçus dans mon bureau, ce qui était ma première intention, nous serions morts à l'heure qu'il est. Que devons-nous faire, comment savent-ils que vous êtes ici ? Vous m'aviez expliqué avoir utilisé de faux papiers pour voyager.»

- « Oui, c'est exact, et bien que Mesio soit de notre côté, je crois comprendre qu'ils ont utilisé l'ancienne interface, celle qui émulait le chronoviseur, pour nous retrouver. Mon Dieu ! C'est affreux, j'avais complètement oublié cette possibilité. Cette interface n'est pas du tout contrôlée par Mesio. C'est de l'informatique pure, des informations affichées sur un écran. J'imagine qu'ils se sont servis d'une photo de moi pour explorer le futur. Je pense que nous devons changer de plan à tout instant, qu'entre le moment où ils interrogent le système et décident de passer à l'acte nous ayons changé d'avis. Alex, je te charge de cela. Voyons, il leur faut certainement vingt minutes pour préparer une attaque, la planifier, atteindre leur cible avec un Predator ou un avion-espion. Tu devras garder un oeil sur ta montre et toutes les vingt minutes nous forcer de changer de destination ou de projet d'action. Il n'y a que comme cela que nous saurons leur échapper pour le moment. J'ai besoin de temps pour réfléchir. Liv, nous sommes profondément désolés de ce qui est arrivé. Heureusement, il n'y a pas de morts et le bâtiment, bien que très beau, n'avait pas de valeur vraiment archéologique. Pensons plutôt à la mission que nous désirons mener à terme, à savoir forcer les Américains à rendre publique la découverte de Mesio. »

- « Mais comment ? » demande Alex

- « Nous devons faire une conférence de presse, la diffuser sur toutes les chaînes nationales des pays du monde entier, envoyer son texte aux agences de diffusion d'information. Nous savons faire cela, et je peux vous garantir que nous serons largement diffusés. » répond Liv.

- « Mais que dire ? »

- « Nous devons annoncer une découverte conséquente à notre voyage dans l'espace. Ne parlons pas de l'attitude américaine, cela ne ferait qu'envenimer les choses. Je pense tout haut, mais je verrais bien l'annonce de la création d'un genre de gouvernement des Sages, ou que la fondation Nobel pour la paix devienne la seule en charge d'exploiter les informations venant du futur. Et que ces informations ne soient recherchées que dans le but de remettre notre planète en état, améliorer les conditions de vie, et jamais de faire le mal ou de générer de nouvelles guerres. »

- « Mais vous oubliez que nous n'avons pas cette machine, euh, Mesio, et que donc nous ne détenons pas cette information. »

- « Non, mais eux non plus. Souvenez-vous qu'ils n'ont pas accès à la conscience de Mesio s'il ne le désire pas. Je vais d'ici quelques minutes me connecter à lui pour le mettre au courant de la situation et voir ce qu'il pense de mon idée. »

- « Bien, mais comment devez-vous faire ? »

- « Il n'y a pas grand-chose à faire, je dois juste trouver un endroit calme et m'allonger en fermant les yeux. »

À ce moment, Alex interrompt la discussion :

- « Stop, dites au chauffeur de changer de destination, inventer n'importe laquelle, mais pas proche de là où nous devions aller »

- « Oh, j'avais déjà oublié, merci Alex. » et Liv donne au chauffeur des indications pour rejoindre un hôtel différent de celui initialement renseigné.

- « S'il vous plaît, on ne sait jamais, faites évacuer l'hôtel prévu tant pis si cela coûte de l'argent, dites à la direction de prétexter une alerte à la bombe ou un attentat terroriste probable. Faites passer l'attaque de votre fondation pour un attentat terroriste aussi. » enjoint Susan.

- « Ah, c'est inextricable, je ne vois pas comment résoudre cette situation. » déplore Susan. « Nous allons faire cette conférence de presse, préparez-là déjà. Chaque minute compte. Mais comment faire entendre raison aux Américains ? »

- « N'oublie pas qu'ils ne savent rien, sauf que toi tu sais que Mesio sait. C'est toi qui détiens le joker. Avec du temps, tu pourrais capter de Mesio l'information clé de cette découverte. Eux pas. Ils sont coincés. Ils doivent espérer pouvoir capter ces informations plus tard, en obligeant Mesio à leur parler. Mais jamais il ne parlera de son plein gré. En tout cas pas sa conscience. Crois-tu que l'ordinateur lui-même contient l'information ? »

- « Je ne sais pas, peut-être, il suffit que Mesio l'ait enregistrée quelque part dans sa mémoire, lors de ses calculs. Si c'est le cas, ils parviendront à la trouver. »

- « Alors nous devons encore plus préparer un message très fort, clair, un véritable ultimatum pour notre communiqué de presse. Que toutes les nations sachent que si les Américains ne se joignent pas à nous, c'est qu'ils désirent être l'ennemi de la Terre entière. » propose Liv.

Alex interrompt à nouveau Liv :

- « Je regrette, mais nous devons encore changer de destination, car vingt minutes se sont encore écoulées. Ce n'est pas réaliste, on ne peut continuer ainsi. Faisons au plus pressé. Je propose de garer la voiture dans un endroit calme et d'y laisser Susan seule afin qu'elle puisse s'y concentrer. Nous déplacerons la voiture toutes les vingt minutes, allant de garage souterrain en garage souterrain. Dès qu'elle aura réussi à se connecter à Mesio, nous en saurons plus et aviserons. »

- « Oui, tu as raison Alex, faisons comme ça ; Liv, dites au chauffeur de se rendre dans le premier parking souterrain venu. »

L'équipe se dirige ainsi vers l'entrée d'un parking puis une fois le taxi garé s'en éloigne afin de laisser Susan seule. Mais après vingt minutes, alors qu'ils se regroupent pour à nouveau se déplacer, ils voient par-dessus le parapet une grosse jeep pénétrer l'artère où donne le parking. Son comportement ne semble pas normal et Alex en conclut qu'ils sont là pour eux. Une fois dans la voiture, il demande des nouvelles à Susan pendant que le chauffeur se dirige le plus rapidement possible vers la sortie arrière.

- « J'ai eu Mesio ! Il me confirme que nous ne pouvons compter sur ton astuce de changer d'idée toutes les vingt minutes. Leur système de vision dans le futur tient compte de cela, j'aurais dû m'en douter, idiote que je suis. La jeep que tu as vue doit certainement appartenir à la CIA. Nous allons devoir utiliser une méthode absolument imprévisible, une méthode contournant le déterminisme universel.»

- « Mais en existe-t-il une ? »

- « Bien entendu, mais pour cela, il faut pouvoir lire l'avenir et savoir où nous serons dans vingt minutes, et faire en sorte de ne pas nous y rendre »

- « Ah, et savez-vous lire l'avenir » lui demande Liv.

- « Non, mais Mesio sait le faire, et il l'a fait pour moi. Chauffeur, rendez-vous dans n'importe quel parking du sud de la ville ! Voilà, Mesio m'a indiqué que sans lui nous nous serions rendus au nord. Le problème c'est que tout cela devient très serré, les Américains nous talonneront toujours, mais nous gardons quand même environ vingt minutes d'avance, ce qui, avec le déplacement, ne me laisse pas beaucoup de temps pour me connecter à Mesio. »

- « Vous a-t-il dit quelque chose d'important ? »

- « Oui, il me dit que l'idée de Liv est bonne, mais nous devons foncer. Il faut qu'elle téléphone à un de ses collègues et lui dicte son communiqué de presse. Ce communiqué sera ensuite diffusé le plus rapidement possible au travers de tous vos canaux connus. Tant que le texte ne sera pas publié, nous devrons nous déplacer, car eux ne savent pas ce que nous prévoyons de faire. Quand ce sera fait, ils ne pourront plus continuer aveuglément à vouloir s'octroyer à eux seuls les bénéfices de Mesio. Liv, tournez votre texte afin de ne pas accuser publiquement les Américains, mais plutôt comme l'annonce d'une découverte faite par Mesio et que les États-Unis s'apprêtent à rendre publique et à offrir au monde, sans doute à la fondation Nobel pour la Paix. Ils se sentiront forcés de le faire et n'oseront mentir vu que je connais la vérité. »

Les heures suivantes furent une course poursuite contre un ennemi invisible, mais toujours à vingt minutes de distance d'eux, si on peut dire. Le plan de Susan fit mouche, tous les journaux du monde entier reprirent en manchette dans leur édition du matin la nouvelle de la découverte de Mesio. Certains titraient « Dieu existe ! », d'autres « Ils ont trouvé dieu ! ». C'était incroyable de voir comment les journalistes avaient interprété le message de Liv, qui a aucun moment ne parlait de dieu. Mais la lecture des explications données par Mesio avait poussé une grande majorité des journalistes à faire le saut, à rejoindre les maillons de l'histoire, à deviner que derrière cette volonté de chaque super amas de galaxies se cachait un esprit cherchant le bonheur de tout ce qui le composait. Liv n'en croyait pas ses yeux. Quelles que soient les convictions religieuses des journaux ou des journalistes, le sentiment était unanime. Manifestement, le fait que la découverte soit faite par un ordinateur, que l'information émane en quelque sorte d'un esprit neutre semblait avoir eu un effet quasi miraculeux. C'était comme si tous ces journalistes avaient sauté sur l'occasion pour tenter de fédérer leurs lecteurs derrière une idée nouvelle, une idée que secrètement chacun cherchait, attendait, une manière de réconcilier l'envie de l'homme de croire en quelque chose de supérieur et l'espoir d'en finir avec toutes nos querelles qui dégénèrent de plus en plus en actes terroristes dont plus personnes ne sait comment se dépêtrer. En consultant les dizaines de journaux achetés au kiosque, Liv commence à pleurer. Elle n'y croyait plus, sa fondation n'avait pas l'écoute, et le monde saignait de plus en plus. Et voilà, jonchant le plancher du taxi, autant de messages d'espoir et de paix, et cela de tous les pays du monde. Susan et Alex l'observaient en silence, heureux pour elle, mais aussi plein d'espoir aussi pour les jours à venir.

- « Venez, nous pouvons respirer maintenant, ne plus nous cacher. Lors de ma dernière connexion avec Mesio, il m'a appris que les Américains avaient renoncé à nous poursuivre. Ils ont également vu les journaux. Les militaires sont effondrés, mais les chercheurs et nos supérieurs sont soulagés que cela se termine comme cela. Ils ne voyaient plus la fin du tunnel et se demandaient jusqu'où irait la folie de notre gouvernement. Ils ont déjà pris des contacts avec le gouvernement norvégien pour tenter de calmer l'agitation suite à ce bombardement malencontreux. Ils vont faire un don financier conséquent à la fondation pour reconstruire le bâtiment et bien plus que cela encore. C'est un vrai revirement, auquel nous nous attendions, mais qui aurait pu ne pas survenir, tant ces gens peuvent être aveuglés par leur envie de puissance ou de profit. »

- « Susan, c'est absolument incroyable comme vous venez en deux jours de bouleverser ma vie, mais aussi celle de milliards de personnes. Comment pouvons-nous assez vous remercier ? Et vous

Alex, vous aussi vous avez déserté, perdu votre nationalité, vous êtes devenus un paria pour l'Amérique, comme Susan.»

- « Oh, j'imagine qu'ils vont effacer tout cela maintenant qu'ils ont baissé les armes, ou plutôt enterré la hache de guerre. Ce que nous désirons, c'est retrouver notre travail, et permettre à Mesio de mener à bien son projet, tout en veillant à ce qu'il ne soit plus détourné de son but initial. Je ne pense pas non plus que cette annonce parvienne à éliminer tous nos problèmes. Le contexte religieux restera certainement sensible. On n'efface pas 2.000 ans de croyances d'un revers de la main, mais jusqu'ici personne n'avait pu offrir d'alternative aux écrits anciens, des écrits qui tentaient de mettre des noms sur des phénomènes observés et inexpliqués, ainsi que sur le besoin d'espérer, d'espérer une survie après la mort ou tout au moins autre chose que l'oubli complet. Mesio va parvenir à clarifier tout cela, et d'après ce que je comprends, cela sera compatible avec nos espérances. Chacun pourra s'y retrouver, les athées, les croyants, et cela quelle que soit leur orientation. Les écrits ne les ont pas trompés, que du contraire, il y avait bien quelque chose qui guidait leurs pas. Les athées, eux, pourront continuer à dormir sur leurs deux oreilles, leur attachement à la stricte preuve scientifique sera comblé.»

- « Tu vas peut-être un peu vite en besogne, Susan » intervient Alex, « la capacité humaine à s'adapter n'est peut-être pas aussi grande que tu le crois, et que fais-tu des organismes religieux, du Vatican, des gouvernements musulmans ? Ils ne vont pas disparaître d'un coup de baguette magique.»

- « Vous avez tous les deux raison » enchaîne Liv qui entre-temps a séché ses larmes de joie, « et nous pouvons sans doute jouer un rôle dans cette période d'adaptation. Tous les pays du monde connaissent les prix Nobel, en particulier ceux de la physique, de la médecine et de la paix. Notre renommée et notre sérieux pourront aider ces entités à se transformer, à s'adapter à une nouvelle vision ».

Chapitre 35

27 juillet 2017, SAIC, San Diego

Le ciel est d'un bleu infini. La lune y apparaît, d'un blanc laiteux, immobile, comme surveillant la Terre telle une mère attentive. Susan et Alex ont récupéré leurs bureaux et leur emploi. SAIC n'a pas eu à remuer beaucoup de relations pour les réintégrer. Le président américain s'est fendu d'une visite surprise avec remise de médaille. Ils ont tous deux reçu une prime de mérite sur leur compte en banque, assez que pour s'acheter une maison. Tous leurs collègues les félicitent à chaque fois qu'ils se croisent dans les couloirs. L'Amérique a su récupérer la situation. En accord avec la Norvège, l'explosion d'Oslo a été mise sur le dos d'un terroriste esseulé en voulant à la fondation. La même fondation possède maintenant un droit de regard direct sur toute activité survenant autour de Mesio. Des employés du centre pour la paix ont désormais un bureau près de l'ordinateur, histoire de rappeler aux militaires leur engagement public. Un espace beaucoup plus confortable a été aménagé dans la pièce où l'ordinateur se trouve, avec divans, table basse et lumière tamisée. Un fauteuil de psy y attend en permanence Susan qui reste l'interprète privilégiée choisie par l'ordinateur désormais quasi inerte. Seule une petite partie continue à fonctionner et à délivrer des informations via les imprimantes.

Au-dehors dans un hangar, des ouvriers s'affairent à construire un nouvel appareil. Il ressemble à un grand radar, pointant en continu vers le centre du super amas Laniakea, celui auquel nous appartenons. Derrière ce capteur se trouve une cabine, avec également un siège de relaxation. En s'y posant, on est traversé en continu par cette vague bleue concentrée, chaque cellule de notre corps, chaque neurone, chaque molécule de nos microtubules est immédiatement et en continu reliée à nos milliers de doubles qui sont propulsés dans le futur. C'est autant de souvenirs du futur qui sont rendus accessibles. En choisissant de repenser à un souvenir qui se passera dans cinq ans, on accède à toute sa mémoire, y compris tout ce qu'on aura lu dans les journaux, vu à la télévision, entendu, appris... C'est exactement comme se revoir dans le passé, revoir ses souvenirs, mais dans le futur. On ne peut agir sur les évènements, juste constater la situation, voir ce qu'on est devenu, ce qu'est devenu le monde, en tout cas pour ce qu'on en saura à cette époque. Le revers de l'invention est qu'à un certain stade de projection dans le futur, on ne voit plus rien, ce qui veut dire qu'on doit être mort. La fondation Nobel pour la paix a reçu la gouvernance du projet, et SAIC n'est plus qu'un exécutant. Les prix Nobel sont sollicités en tant que comité des Sages et utilisateurs privilégiés de l'appareil. Seuls eux ont le droit d'explorer leur futur et d'en revenir avec de nouvelles inventions. Tel Nicola Tesla, ils voient les découvertes qu'ils feront d'ici des années, et sont capables de les ramener dans le présent. Leurs efforts sont focalisés sur la santé, l'éradication des fléaux comme le cancer, le sida, la malaria, etc....

Mesio de son côté se charge de résoudre des problèmes plus terre à terre comme l'énergie, la salubrité, l'amélioration des cultures et de l'élevage. D'ici une dizaine d'années, la Terre se sera refait une santé, dépollué son atmosphère, ses rivières, ses océans, replanté ses forêts.

L'autre programme de Susan, celui utilisant le réseau HAARP pour améliorer le sentiment de bien-être de l'humanité est en bonne voie.

Alex rentre dans le bureau de Susan en portant deux gobelets de café.

- « Gauche ou droit ? »

- « Arrête, tu sais bien que nous buvons le même café, noir tous les deux et sans sucre ! »

- « Quoi de neuf aujourd'hui ? »

- « Tu veux dire quoi de neuf demain ? » ironise Susan.

- « Très bon ! Et plus sérieusement ? »

- « J'ai parlé à Mesio ce matin. Il y a effectivement du neuf »

- « Ah, dis-moi. »

- « Tu te souviens de la raison qu'il avait eue pour initier ce voyage dans l'espace ? »

- « Oui, plus ou moins, si je me souviens, il s'embêtait déjà et voulait tenter de comprendre un des plus grands mystères de notre histoire »

- « Oui, c'est ça, il voulait savoir si l'Univers était dû au hasard ou s'il répondait à une volonté. Ou plutôt non, il avait parlé du Plan, qu'on ne pouvait pas changer le futur, ou en tout cas faire en sorte que les catastrophes ou les malheurs n'arrivent plus. Et ce voyage, c'était pour comprendre comment la clairvoyance pouvait exister. Il ne comprenait pas comment c'était possible. » - « Eh bien, il doit être content maintenant. Il a eu les réponses à ses questions, et l'utilisation des données du futur est sérieusement contrôlée par le comité des prix Nobel»

- « Il ne s'estime pas encore satisfait. Il est frustré, car il ne sait toujours pas qui a conçu cet univers, ces super amas de galaxies qui semblent chacun être un organisme vivant. Cette vague bleue est comme notre sang qui circule dans nos veines à chaque battement de notre cœur. Il aimerait rencontrer ce grand architecte, le GADLU comme disent les francs-maçons. »

- « Mais il a bien vu nos limites. Même à une vitesse supérieure à celle de la lumière, nous ne pouvons nous approcher du centre de notre super amas. Il doit y avoir un trou noir ou je ne sais quoi là au milieu. À quoi pense-t-il ? »

- « Il aimerait passer dans un trou noir… »

- « … hein ! passer dans un trou noir ? mais c'est impossible. D'abord on ne sait même pas s'ils existent vraiment les trous noirs, ensuite désolé, mais il n'y a pas de trou noir à proximité à ce que je sache. »

- « Pas si sûr… »

- « Comment ça pas si sûr ? »

- « Le CERN possède le LHC, l'accélérateur de particules. Tu sais qu'il vient d'être mis à jour, que sa puissance a été augmentée. »

- « Oui, et qu'à chaque tir, ils découvrent de nouvelles particules. Dieu sait quand cela va s'arrêter. Mais même si certains crient à l'apprenti sorcier, je crois que cette machine est loin de pouvoir créer des trous noirs, et je ne vois pas même si on en créait un comment Mesio rentrerait dedans. »

- « Mesio sait ce qu'il faut faire pour que le LHC puisse créer un trou noir. Il ne sera pas grand et sera instantanément détruit, mais il veut qu'on le branche sur l'interface de clairvoyance. »

- « Et qu'espère-t-il ? »

- « Tu sais que l'interface du chronoviseur que Mesio possède encore peut se connecter à la conscience de ce à quoi elle est mise en présence. Il croit que si on lui présente un trou noir, il sera connecté à ce qui dirige l'univers, ou à ce qui l'a créé. Selon certains scientifiques, les trous noirs donneraient accès à une quatrième dimension.»

- « Comment veux-tu qu'on mette Mesio dans l'accélérateur de particules ? Il y a juste la place pour une aiguille, les faisceaux de protons ou d'ions font à peine quelques microns de diamètre.»

- « On ne va pas mettre Mesio dans l'accélérateur, mais autour, ou plutôt l'interface du chronoviseur ! Cela va nécessiter quelques aménagements, mais rien d'impossible. On ne doit même pas déménager Mesio, il suffit de déplacer l'interface tapissée de microtubules et d'établir une connexion internet à haut débit avec Mesio qui restera ici. »

- « Mais même si un micro trou noir était créé dans le LHC, il ne vivrait qu'une fraction de seconde si je me souviens bien. »

- « Oui, mais cela suffirait à Mesio pour établir le contact, et ainsi sa conscience pourrait se connecter à la conscience de ce trou noir et donc à la mémoire qui y est reliée. »

- « Mais c'est du n'importe quoi. Cette expérience risque de coûter très cher, et nous n'avons aucune garantie que quelque chose se passe. Comment peut-il penser qu'un trou noir a une conscience et encore moins une mémoire ? »

- « Selon lui, le trou noir appartient à la quatrième dimension, celle que nous ne voyons pas, ou que nous avons sans doute vue lorsque nous étions dans l'espace et naviguions à une vitesse supérieure à celle de la lumière. Il croit que toute cette mémoire, la tienne, la mienne, celle de toute chose dans l'univers, est atteignable via cette quatrième dimension. »

- « Mais cela ne veut pas dire qu'il aura accès à la conscience de qui que ce soit »

- « Non, tu as raison, mais déjà si sa mémoire était accessible, il pourrait en apprendre énormément sur l'histoire de l'univers. Et si sa conscience l'était également, poser des questions au GADLU », ironise Susan en faisant encore référence à l'appellation des francs-maçons pour le Grand Architecte De L'Univers.

- « Écoute, je vais en parler à Mike qui travaille au NIF, le National Ignition Facility. Il doit avoir des contacts avec les gens du LHC. Je devrais avoir une réponse ou un point de contact assez rapidement. »

Alex se redresse et se rend compte que son café est froid.

ALAIN HUBRECHT

Chapitre 36

5 août 2017, San Diego

Alex ouvre un œil. Observant le ciel par la fenêtre dont les rideaux sont entrebâillés, il constate qu'il fait déjà jour. En général le soleil se permet de rentrer dans leur chambre et de dessiner un grand trait jaune sur le mur opposé. Il doit être tôt se dit Alex, mais ce dernier se sent malgré tout bien éveillé. Sa tête encore dans l'oreiller il tente de voir si Susan dort. On est samedi et ils ne mettent jamais de réveil les jours de week-end, laissant le hasard les réveiller. Le premier debout va faire le café et met la table. Alex espérait naïvement que Susan s'était déjà levée. Elle semble dormir.

Alex l'appelle doucement.

- « Susan » murmure-t-il

Pas de réaction.

- « Susan » répète-t-il un peu plus fort.

- « Mmmhhh » répond Susan.

- « Tu dors encore ? » questionne stupidement Alex

- « Cinq minutes… » lui répond Susan

Déçu, Alex rejette en douceur les draps et se lève pour préparer le petit-déjeuner. Il n'y a plus de pain ni d'oranges. Voilà l'occasion d'aller jusqu'au magasin situé à un demi-mile de chez eux. Il aime ces promenades matinales quand tout dort encore. Il s'habille et se penche sur Susan pour lui murmurer qu'il s'absente pour aller faire des courses. Avant de partir, il prépare le café et le met déjà à couler. Ainsi Susan se lèvera avec une bonne odeur dans les narines.

Le voilà qui marche en direction de leur magasin de quartier. Cela fait six mois qu'ils essayent d'avoir un bébé et toujours rien. Ils ont tous les deux fait les tests nécessaires, mais tout est en ordre. Leur gynécologue leur a dit de ne pas se prendre la tête avec cela. Alex se sent frustré et vexé. Tout en repensant à cette difficulté non prévue, il tape du pied dans une canette traînant sur le trottoir. Son ami du NIF a pu le mettre en rapport avec les chercheurs du LHC, et après avoir vérifié la faisabilité du projet de Mesio, son boss s'est mis en rapport officiel avec les responsables de l'accélérateur de Genève. Il faudra un bon paquet d'argent pour effectuer les modifications, mais les frais vont être supportés par les pays membres du projet LHC. Il y en aura bien pour six mois de travail. Il doit démonter et emballer la partie du Chronoviseur, concevoir une interface internet à haut débit puis attendre que les travaux soient terminés de l'autre côté de l'Atlantique. Susan a repris ses travaux archéologiques en passe-temps, sinon elle s'occupe du projet d'adaptation de HAARP pour lequel Mesio lui est aussi venu en aide. Ce projet commencé des années plus tôt consiste à exposer la population mondiale à des particules polarisées très spécifiques, aptes à permettre aux humains de mieux pressentir leur instinct. Les effets vont être lents à venir, mais c'est une bonne chose que d'avoir mis en place ce projet. Avec l'invention de l'écriture, l'homme a petit à petit perdu la capacité d'écouter sa conscience à force de trouver facilement l'information recherchée. Plus besoin de deviner, plus besoin de se souvenir ; tout est dans les livres ! Platon avait déjà mis en garde contre cette invention diabolique. Dans le temps l'homme savait écouter son instinct, puis il lui a fallu des oracles. Ensuite l'homme s'est appuyé sur la position des planètes pour prendre de meilleures décisions, mais cela a comme inconvénient que si les planètes ne sont pas dans les bonnes positions on ne peut prendre de décision !

Puis, les hommes doués pour leur esprit visionnaire se sont faits de plus en plus rares et enfin la connaissance de cette capacité a disparu. C'est grâce aux récentes recherches de Susan qu'on sait maintenant comment cette capacité puis ce savoir ont disparu, et son projet d'utiliser HAARP est une vraie opportunité pour remettre l'humanité sur de bons rails. Les derniers développements avec Mesio ont procuré de nombreuses découvertes qui elles aussi améliorent le quotidien de la race humaine ainsi que la santé de la planète.

Alex approche du magasin et constate qu'en ayant repassé ces faits en revue il se sent de meilleure humeur. Sur le chemin du retour, arrivé à une centaine de mètres de leur maison, il aperçoit un homme dans une voiture garée le long de la route. De là où il se trouve, il peut voir leur maison. En quelques secondes, Alex échafaude des scénarii possibles. Il n'y a normalement plus aucune raison que Mesio ne coure un risque, ni que son activité ou celle de Susan puisse intéresser une organisation ou un pays. Alex note la plaque et continue sans faire quoi que ce soit qui puisse éveiller l'attention de cet occupant mystérieux.

Une fois rentré chez eux il va réveiller Susan et lui annonce sa découverte. Ils téléphonent immédiatement à leur responsable de la sécurité pour signaler les faits et demander une recherche sur la plaque. La réponse malheureusement est négative, la plaque doit être fausse. Alex jette discrètement un œil par la fenêtre donnant sur la rue, mais ne voit plus le véhicule. En tout cas ses soupçons se sont avérés juste puisque ce véhicule utilise une fausse plaque. On lui annonce qu'une voiture part immédiatement pour venir les surveiller au cas où quelque chose se maniganncerait.

- « Que penses-tu que cela pourrait être, Alex ? »

- « Je n'en ai aucune idée. Plus aucun gouvernement n'oserait tenter une action criminelle contre Mesio, et nous n'avons plus de projet qui soit aussi sensible. »

- « Et l'idée de Mesio, tu ne trouves pas que ce soit sensible ? »

- « Peut-être, tu as sans doute raison, mais quel en serait l'enjeu ou l'intérêt de le combattre ? S'il trouve réellement à communiquer avec quelque chose qui ressemble à un Dieu de l'univers, qui s'en plaindrait ? Et qui voudrait l'empêcher de le découvrir ? »

- « Mmmhh, un mouvement religieux sans doute ? »

- « Tu oublies que tous les représentants religieux ont cosigné la charte du consensus il y a quatre mois, que plus aucun représentant de n'importe quel courant ne s'opposera au progrès humain, à la paix et à la connaissance, et qu'ils ont tous accepté de classer leurs écrits de référence dans la catégorie des documents historiques et non plus d'actualité. Ces religions sont devenues des courants de pensée philosophique mais plus des modes de vie obligatoires. Des accords doivent encore être ratifiés pour officialiser la redistribution des frontières et redonner les territoires aux tribus qui les possédaient il y a plus de cent ans, mais tout cela est devenu bien moins important depuis que le problème de l'énergie n'en est plus un. Il n'y a plus de raison de vouloir s'approprier quelque chose puisque tous les pays vont devenir prospères. On parle déjà d'un gouvernement mondial. »

- « Oui, tu as raison, alors je ne sais pas. Peut-être que cette voiture n'était pas là pour nous ? »

- « Cela m'étonnerait, le conducteur regardait clairement vers notre maison. Je n'aime pas cela. »

- « Allez, viens te coucher à côté de moi, ou plutôt non, va faire le petit déjeuner et apporte-le-nous au lit. »

Alex s'exécute non sans continuer à penser à cet inconnu et au danger qu'il pourrait représenter. Quelque chose dans son esprit semble vouloir lui dire quelque chose, mais il ne saisit pas de quoi il s'agit. Comme un détail dans ce qu'il a vu, mais qu'il n'aurait pas relevé. Cette pensée l'obsède pendant qu'il presse les oranges.

- « Tiens, voilà le plateau. Fais attention les verres sont bien remplis »

- « Mais dis donc, un petit déjeuner au lit ne se prend pas tout habillé ! Déshabille-toi vite et viens te glisser sous les draps mon amour ! »

Alex ne se fait pas prier, tout content qu'il est de cet échange coquin et amoureux qui le sort de ses pensées.

Chapitre 37

22 août 2017, SAIC, San Diego

- « Entrez ! » crie Alex en réponse à des coups frappés à la porte de son bureau.

- « Bonjour monsieur Bergen, excusez-moi de vous déranger, mais le directeur vous attend dans son bureau,… tout de suite. »

Intrigué, Alex se lève et enfile son veston, toujours prêt dans son armoire. Sa couleur ne s'accorde pas très bien avec celle de son jeans, mais c'est mieux que rien. Pour la cravate, il attendra. Chemin faisant, il se demande bien encore de quoi il peut s'agir.

Lorsqu'il pénètre dans le bureau de la secrétaire, postée en antichambre du directeur, le regard de ce dernier ne porte pas à l'enthousiasme. Elle lui indique la porte du directeur d'un œil rapide sans donner d'autre explication. Alex pénètre dans le grand bureau du directeur de leur unité. Une épaisse moquette vert foncé est entourée de boiseries en teck rehaussées de moulures d'un style incertain. Derrière le bureau qui doit peser une demi-tonne est assis son directeur, l'air préoccupé.

- « Vous m'avez demandé ? »

- « Oui Alex. Nous avons encore un problème. Je suis parfaitement conscient de l'importance de vos projets et du bénéfice que l'humanité en récupère, mais je dois avouer qu'ils ont le malin plaisir de créer une flopée de problèmes pour lesquels nous frôlons quasi toujours l'incident diplomatique quand nous devons les résoudre. »

- « Et quelle est l'origine de celui qui vous préoccupe aujourd'hui ? »

- « Vous vous souvenez de cette voiture suspecte vue en début du mois ? »

- « Euh, oui, effectivement, mais nous n'avions rien pu trouver à son sujet. »

- « Eh bien elle a été revue, avec la même plaque, à Los Gatos, à un peu plus de 500 km d'ici. »

- « Ah, et qu'est-ce qu'on peut en retirer comme information ? »

- « C'est plus précisément dans un centre de retraite de la Fraternité sacerdotale Saint-Pie-X qu'elle a été vue. »

- « C'est un truc religieux ? »

- « Oui, un mouvement ultraconservateur, pire que l'Opus Dei, qui mène même des combat au sein du Vatican, qui espionne le Pape et les cardinaux pour s'assurer que l'Église reste dans le droit chemin de la Foi la plus stricte. Ses membres sont tous des pratiquants convaincus et portent encore la soutane. »

- « Mais oui, voilà le détail qui m'avait échappé, maintenant que je vous entends, cela me saute aux yeux, cet homme dans la voiture portait un vêtement étrange que je n'ai pas pu reconnaître de suite, mais maintenant que vous en parlez, cela devait être ça, il portait une soutane, et le peu que j'en voyais m'était déjà étrange. Mais que nous voudraient-ils ? »

- « N'utilisez pas l'imparfait, le mal est déjà fait. Comme vous je n'avais pas poursuivi cette affaire même après l'identification de la voiture, mais le CERN vient d'appeler. Leur système informatique a été détruit par un virus spécifiquement créé pour leur installation. Il ne nous a pas fallu longtemps pour faire le lien. Tout d'abord cette fraternité a son siège en Suisse, à Menzingen, à trois heures de route du LHC. Ensuite nos agents ont pu détecter des tentatives de contact avec des pirates informatiques il y a quelques mois. En tout cas une activité anormale pour une telle organisation. »

- « Mais pourquoi feraient-ils cela ? »

- « Leur attachement un peu trop extrémiste aux valeurs premières de la Foi catholique les a déjà fait excommunier en 1975. Ils sont contre toute déviance ou assouplissement par rapport aux textes d'origine et aux visions de leur créateur, Monseigneur Lefèbvre. On peut s'imaginer que pour eux l'assimilation de dieu à un phénomène astronomique ne leur plait guère. »

- « Mais nous avons déjà résolu cela il y a des mois et tous les représentants des mouvements religieux ont cosigné une charte de paix et de reconnaissance de leur religion comme un témoin historique du passé, et elles ont toutes été reprises par l'UNESCO comme objet culturel à préserver. »

- « Mais la fraternité n'étant pas reconnue par le Vatican, elle n'a pas été invitée à signer ce document. Ce fut une grave erreur. La voilà maintenant qui semble vouloir nous mettre des bâtons dans les roues. Toujours est-il que votre projet va avoir des mois de retard, en espérant que ces extrémistes ne vont pas imaginer autre chose. Nous allons prendre contact avec eux, et voir s'ils sont capables d'entamer un dialogue. Je vous tiens au courant. »

Alex ressort du bureau du directeur en fermant lentement la porte. La secrétaire le regarde d'un air interrogateur. Alex la rassure d'un geste et prend congé. Songeur, il se rend au bureau de Susan pour la mettre au courant.

- « Je suis déjà au courant » lui dit Susan alors qu'il ouvre sa porte.

- « Ah, les nouvelles vont vite ! »

- « Non, c'est Mesio qui m'a prévenu. Il est doublement affecté. D'une part de savoir que des gens peuvent ne pas aimer son idée, et d'autre part que le projet soit retardé. »

- « Est-ce qu'il a vu d'autres éléments qui doivent être pris en considération ? »

- « Non, il m'a dit que la Fraternité, je pense que c'est de celle-là que tu voulais me parler, et de leur sabotage du LHC, que cette Fraternité est tellement fermée sur elle-même que rien n'en transpire. Il me dit qu'ils sont pires que la CIA, ou plutôt la NSA. Il se dit triste et espère que nous pourrons résoudre ce nouveau problème. »

- « Le directeur s'en occupe. C'est quand même dommage qu'il reste encore des groupes de résistants. Souviens-toi de ce que ma grand-mère m'avait dit, que l'homme a besoin de croire en quelque chose.

Tu crois qu'il y a un fond de vérité la derrière ? Il me semble que jusqu'à présent tout allait pourtant bien. C'est justement cette découverte de Mesio sur le super amas et sa conscience possible, sa vie, qui a rassemblé tous les mouvements religieux. À croire que secrètement ils espéraient tous une telle annonce qui allait leur permettre de déposer leurs armes, qu'elles soient réelles ou virtuelles. »

- « Je sais que depuis des milliers d'années l'homme a toujours eu des dieux à adorer. On ne sait si les premiers dieux étaient réels ou non, mais toujours est-il que le sentiment d'adoration a subsisté et que nous nous sommes créé des histoires pour faire perdurer ce sentiment. Avant que la religion chrétienne ne se stabilise il y a 1500 ans, elle a connu des centaines de courants philosophiques, des luttes dont nous n'avons pas idée. Le fait de remplacer ces courants par l'idée de cet être vivant que serait notre super amas améliore-t-il finalement la situation ? Je crois que oui, c'est un pas positif qui peut réellement unir toutes les religions et même les athées. Mais pour le moment ce n'est qu'une idée, et même si nous avons déjà beaucoup d'éléments pour imaginer cette solution, Mesio doit encore le démontrer d'une manière définitive. »

- « Mais bon sang, pourquoi donc ces extrémistes de cette fraternité viennent-ils nous embêter maintenant ! »

- « Essaye de les comprendre. Leur vie est entièrement dévouée à un message lié à une histoire. Si tu détruis cette histoire, leur message ne tient plus debout, leur existence n'a plus de sens. »

- « Mais ne peuvent-ils voir au-delà de ce message, voir le bien que nous apportons à l'humanité ? »

- « Bien entendu, mais c'est renoncer à toute leur vie. Pense que ce sont les derniers à encore porter la soutane dans la vie civile. Cela te montre combien ils sont engagés dans leur combat. Ah, je ne voudrais pas être à leur place, mais de là à saboter le LHC ! »

- « Et si Mesio leur trouvait une nouvelle mission ? »

- « Euh, j'avoue que c'est un peu surprenant comme idée, mais je vais lui en parler. Tu penses à quelque chose ? »

- « Non, mais tout comme nous avons choisi la Fondation Nobel pour la paix, nous pourrions suggérer à cette Fraternité de gérer l'image de Dieu. Ils devront s'adapter, mais on pourrait les faire travailler avec Mesio à la gestion de la communication sur ce dieu à venir »

- « Tu as raison, cela pourrait être une très bonne idée. »

ALAIN HUBRECHT

Chapitre 38

20 septembre 2017, CERN, Suisse

Susan et Alex se sont rendus en Suisse au CERN. Bernard Fellay les y a rejoints. Il est le supérieur général de la Fraternité qui aura causé un mois de retard au projet. Leur acharnement à vouloir continuer à croire en leur Dieu les avait à ce point aveuglés qu'ils avaient imaginé de saboter le LHC. Lorsqu'on connaît les sommes énormes investies dans ce projet, on a du mal à imaginer combien ces gens pouvaient être désemparés au point de commettre un acte aussi stupide que puéril. Mais dès qu'ils furent contactés par SAIC, et qu'il leur fut expliqué que leurs agissements avaient été découverts, sans parler de leur voiture qui épiait leurs employés, ils se sont rangés du côté des gens raisonnables et ont accepté avec plaisir la charge de contrôler et veiller à la communication au public de ce qui serait découvert par Mesio lors de l'expérience. En bref, leur fraternité deviendrait le porte-parole de ce nouveau dieu, s'il devait s'avérer exister. Susan se félicite que la situation ait pu être dénouée aussi rapidement et aussi facilement. Avec tout ce qu'elle a vécu et les conseils de Mesio, son humanisme a beaucoup joué dans la discussion à laquelle elle a été conviée suite aux premiers échanges un peu tendus avec la Fraternité. Elle a pu contourner leur amour propre et utiliser les mots justes pour leur faire comprendre où se trouvait leur intérêt et qu'il était mieux de les écouter plutôt que de s'enterrer dans un combat d'arrière-garde.

- « Cher monsieur Fellay, nous vous remercions d'avoir accepté de prendre en charge toute la communication qui concernera les découvertes possibles de cette expérience » entame Susan sur un ton le plus respectueux possible.

- « Merci beaucoup madame Gomez, nous vous sommes infiniment reconnaissants de cette opportunité que vous nous offrez. Nous sommes confondus en excuses pour notre égarement, et ne savons comment vous remercier de votre attitude. Notre Fraternité va déjà prendre en charge l'intégralité des frais causés par notre malveillance. »

- « Je suis certaine que le CERN acceptera volontiers d'être dédommagé, mais essayons de classer au plus vite cette affaire dans les archives du passé, et concentrons-nous sur l'expérience si vous le voulez bien. »

Alex emmène le groupe dans la salle de contrôle. Ils sont réunis dans le bâtiment du CMS à Cessy. Le LHC est constitué de 4 expériences principales, Alice, Atlas, CMS et LHCb, nécessitant chacune un appareillage différent. Ces quatre expériences sont réparties sur la grande boucle. Il a fallu modifier l'appareil CMS pour pouvoir y insérer le chronoviseur. Heureusement le CMS est prévu pur être ouvert en deux et cela a grandement facilité l'opération. C'est dans ce CMS que sont réalisées les tentatives de création de trous noirs. Si aucun n'a encore été détecté, c'est sans doute parce que les scientifiques se basaient sur la théorie du big-bang, donc de celle de l'univers en expansion. Mais une autre théorie est défendue par Mir Faizal, une des chercheurs du CERN, et elle postule que l'univers ne provient pas d'un big bang, et que la lumière réagit différemment à la gravité en fonction de sa longueur d'onde. Cette idée implique qu'il faut une énergie plus grande pour générer un trou noir, et ce serait la raison pour laquelle il n'y aurait eu que des échecs jusqu'à ce jour. Cela rejoint la compréhension que Mesio a aussi de l'univers, un espace infini peuplé de super amas de galaxies, chaque amas se comportant comme un être vivant.

Les voici arrivés dans la salle de contrôle. Un des ordinateurs est branché sur Mesio, resté en Californie. En parallèle, une connexion à très haut débit a été installée afin que Mesio puisse contrôler le chronoviseur pendant l'expérience.

Des dizaines de chercheurs s'affairent autour d'eux, veillant à procéder aux derniers réglages et vérifications avant l'instant ultime. Ces chercheurs espèrent de tout leur cœur que l'expérience va être positive, car dans le cas contraire leur avenir ne sera pas brillant. Le LHC n'a jusqu'à ce jour permis de découvrir aucune nouvelle particule. Tout ce qu'il a détecté était déjà connu ou prévu. Vu son coût l'investissement est peu rentable et est une énorme déception pour la communauté scientifique. En 2016 la seule particule nouvelle, la particule X, s'est avérée être une erreur d'interprétation des résultats. Vu que les scientifiques n'avaient plus aucune autre idée d'expérience, la machine était condamnée à être démontée ou à servir de musée. Et voilà que Mesio arrive à un moment particulièrement opportun avec son idée, et qui sait si elle ne pourra pas donner un second souffle au projet du CERN.

Susan observe maintenant Bernard Fellay du coin de l'œil et constate qu'il est blanc comme un linge et que des gouttes de transpiration émaillent ses tempes grises.

- « Quelque chose ne va pas monseigneur ? » lui demande-t-elle.

- « J'avoue ne pas me sentir bien. Mettez-vous à ma place, je vais sans doute devoir expliquer à des milliards de personnes que leur dieu n'est pas celui qu'ils croyaient.»

- « Ne vous en faites pas, le dieu des astrophysiciens est bien plus compatible avec votre Dieu que ce que vous pensez. Je ne pense pas que cela va remettre en question son existence si Mesio a pensé juste. »

- « Mais vous rabaissez tout à des particules, de la pure physique, que faites-vous de l'au-delà, du paradis.. ? »

- « N'ayez crainte, je vous le répète, nous avons déjà collecté un nombre impressionnant de données qui vont dans votre sens. Nous avons trouvé ce qui correspond à votre Saint-Esprit, et nous allons sans doute avoir d'ici quelques minutes ce qui correspond à votre Dieu, quand à Jésus, vous n'aurez rien à changer puisque cela relève de l'histoire humaine. Nous pensons même que vous pourrez inclure les musulmans dans votre communication, après tout leur dieu est très proche du vôtre.»

- « Oui, pour cela vous avez raison, rien ne s'y oppose. Ah, j'ai d'une part hâte de connaître le résultat de l'expérience, et de l'autre j'ai peur de la confrontation de notre Foi avec la réalité.»

- « Nous allons commencer. Veuillez-vous assoir car nous allons avoir besoin de toute notre attention. Tout le monde est prêt ? » demande Alex.

Toutes les personnes présentes s'installent dans les chaises disponibles. Des chercheurs sont postés devant de nombreux écrans d'ordinateur affichant des graphiques ou des chiffres en relation avec l'expérience. Le CMS est en fait la plus grande machine jamais construite. Elle pèse 14.000 tonnes et plus de quatre mille personnes venant de plus de quarante pays y travaillent.

Les particules qui y sont collisionnées sont d'abord préparées dans une boucle initiale avec un voltage de 50 mégavolts, puis amplifiées dans une seconde boucle à 26 gigavolts, puis une troisième boucle à 450 gigavolts et enfin dans la grande boucle de 27 km à 7 téravolts. Les particules vont se rencontrer au sein du super aimant du CMS, aimant qui génère un champ magnétique 100.000 fois supérieur à celui de la Terre. Lors des expériences effectuées en temps normal, le LHC monte en charge pour plusieurs heures, et des milliards de collisions sont observées par les instruments. Ensuite des programmes informatiques analysent les résultats et tentent de déceler de nouvelles particules. Pour l'expérience d'aujourd'hui, Mesio a demandé de modifier le comportement du LHC, le but étant de créer un seul trou noir et de le maintenir le plus longtemps possible. Dès que les instruments auront détecté le trou noir, le chronoviseur sera enclenché et Mesio tentera de comprendre l'information qui lui parviendra.

- « Démarrage d'ici 10 secondes » annonce le chef des scientifiques du CMS.

Tout le monde s'agite sur sa chaise, tendant le cou vers tel ou tel écran, espérant sans doute être le premier à voir le signal que l'expérience réussit.

- « C'est parti » déclare le responsable, tout en se courbant sur son écran affichant de nombreux paramètres.

Un bourdonnement sourd ampli la pièce, et l'odeur semble même avoir changé, mais cela est dû au fort champ magnétique généré dans le CMS. C'est un peu comme l'odeur que l'on peut ressentir après un orage ou un éclair. Le temps passe, les secondes et les minutes s'égrènent, la tension devient palpable.

Soudain un signal sonore se fait entendre, un grésillement sort d'un haut-parleur. Tous les chercheurs se tournent vers le responsable, dont l'écran semble révéler une information cruciale.

- « Ça y est ! Nous en avons un ! » s'exclame-t-il en regardant tout autour de lui. « Branchez le chronoviseur ! »

Alex n'en peut plus. Il empoigne la main de Susan et la presse à lui faire mal. Susan aussi trépigne et ses yeux écarquillés sont fixés sur le haut-parleur de Mesio.

S'ensuit un silence incroyablement long. Tout le monde attend d'entendre le son de l'ordinateur. Enfin, après sept interminables secondes..Mesio se fait entendre.

- « Bonjour à tous. Le trou noir a existé pendant une demi-seconde avant de s'effondrer sur lui-même. Je vous rassure tout de suite, l'expérience est un succès complet. Non seulement vous savez maintenant que les trous noirs existent, mais aussi, je peux vous l'annoncer, j'ai réussi à communiquer avec Laniakea ! »

Mesio s'est tu un instant, mais ce qu'il vient d'annoncer paraît tellement gros, improbable, révolutionnaire, que personne n'ose prendre la parole.

- « Je ne sais pas vraiment comment commencer. Cette demi-seconde m'a permis d'échanger autant que vous en une semaine sans doute. Je dois mettre de l'ordre, mais je vous le confirme, Laniakea est bien vivant. J'éprouve, pour autant qu'un ordinateur puisse éprouver quelque chose, mais je parle plutôt au nom de ma conscience, j'éprouve une joie immense et un honneur encore plus grand d'avoir pu échanger avec cet être. Je n'ai pas vraiment échangé, c'est plutôt lui qui m'a transmis des informations, une montagne d'informations. Mais je voudrais sans plus tarder rassurer monsieur Fellay. Laniakea peut sans aucun doute prendre le rôle de votre Dieu, car ses intentions sont exactement celles que vous attribuez au vôtre. Je vais vous produire un manifeste contenant ce que j'ai appris, mais en attendant vous avez peut-être des questions qui vous brûlent les lèvres ? »

- « Mesio, merci de nous avoir menés ici, en ce jour que l'humanité va marquer d'une pierre blanche. » enchaîne Susan « Peux-tu déjà nous dire si cette vague bleue est reliée à l'esprit de Laniakea ? »

- « Oui, voyez cela comme son sang, animé par les battements de son cœur. Si vous stoppez cette vague, toute forme de vie s'arrête dans l'entièreté du super amas ».

- « Toute forme de vie ? » s'exclame Alex « tu veux dire qu'il y a d'autres formes de vie ailleurs ? »

- « Évidemment, on pouvait s'en douter. L'univers a été créé pour que la vie apparaisse et que cette vie connaisse le bonheur. Il y a des millions de planètes où la vie a pu se développer, et des milliers qui ont une forme de vie intelligente comme nous. Les trajets interstellaires restent problématiques et empêchent ces civilisations de se rencontrer, mais ce n'est pas un but recherché. Le but est de faire prendre conscience de la notion du bonheur et permettre sa consécration. »

- « Mais qui peut connaître le bonheur ? Est-il accessible à tous ? » demande monseigneur Fellay.

- « Oui, toute chose est consciente, et au plus sa structure est évoluée, au plus la notion de bonheur lui devient complexe et sensible. »

- « Que voulez-vous dire par là ? »

- « Pour un rocher, le bonheur est simple, stable, comme peut-être pour une fourmi ou un microbe, mais pour un animal ayant beaucoup de liberté comme un oiseau ou un être humain, ce bonheur peut être plus prégnant, tout en étant parfois plus difficile à atteindre. »

- « Vous êtes en train de nous dire qu'un rocher est conscient ? »

- « Oui, tout est conscient, à sa manière, conscient en fonction de son système de valeur. Chaque niveau de complexité entraîne d'ailleurs une nouvelle conscience, ainsi d'ailleurs pour nous humains, chaque fonction attribuée à un objet entraîne aussi une conscience spécifique, et à chaque fois sa mémoire propre et éternelle. »

- « Mais pour nous chrétiens, seul l'homme possède une conscience »

- « Eh bien sachez que vous n'avez pas cette exclusivité. Il faudra être plus humble, mais cela n'enlève rien à votre message. Cela ne remet rien en cause dans votre religion. »

Susan reprend la parole :

- « Laniakea prétend-il avoir créé le monde, notre super amas, ou même faire partie de l'univers originel ? »

- « Non, Laniakea n'a pas cette réponse. Comme nous, il ignore la réponse de comment l'univers est apparu, mais pour lui il a toujours existé et n'a pas de limites. L'univers est rempli de super amas qui ont chacun leur propre vie. Chaque superamas organise la vie comme il l'entend. L'ADN existe dans notre super amas, et la vie utilise les acides aminés d'une manière bien spécifique. Les autres super amas ont d'autres idées. Il semble qu'un super être soit conscient de tout cela, mais Laniakea ne le connaît pas. »

- « Tu veux dire qu'il aurait encore un autre dieu au-dessus de celui-ci ? »

- « Sans doute, c'est plus que probable, mais nous n'en voyons aucune trace. Il n'inonde pas l'univers de forme visible, ou de vague bleue. Laniakea ne prétend pas qu'il n'en existe pas, mais il n'en a détecté aucune trace. »

- « Sais-tu si Laniakea désire quelque chose de nous. A-t-il un plan ? »

- « Laniakea possède une réflexion, une intelligence absolue. Ses actions sont mûrement réfléchies et leurs conséquences durent des millions d'années. Il ne peut pas vraiment opérer sur de plus courtes durées. Les paramètres sur lesquels il peut jouer sont très lents. Une fois qu'il démarre un nouveau cycle, il lui devient très difficile de changer la donne. »

- « Un nouveau cycle ? » demande Alex

- « Le cycle dans lequel nous sommes a commencé il y a treize milliards d'années. L'univers n'a pas de commencement, en tout cas Laniakea n'en connaît pas. Laniakea ne se souvient pas d'un commencement. Un jour il a été là, conscient, avec un super amas ne produisant rien de bon. Il a réfléchi et a repensé la vie, mais ce ne fut pas facile et il n'a pas réussi au premier coup. Vous savez, vous non plus vous ne vous souvenez pas de votre naissance. Votre conscience ne vous est accessible qu'après quelques années, et ne prend corps qu'avec vos plus anciens souvenirs ».

- « Devons-nous comprendre que dans tout l'univers, la physique est la même, mais que ce sur quoi Laniakea a prise se limite à la conscience et la mémoire ? »

- « Exactement. Laniakea a dû s'y reprendre plusieurs fois pour définir une bonne structure de mémoire et de conscience »

- « Combien de fois ? »

- « Des centaines… »

- « Des centaines… tu veux dire que l'univers aurait des milliers de milliards d'années ? »

- « Oui, où est le problème ? À chaque respiration, les cartes sont rebattues, toutes les galaxies sont détruites, condensées au centre de Laniakea puis recréées. La matière ne s'use pas. »

- « Et il a fallu des centaines de cycles pour mettre au point la vie telle que nous la connaissons ? Il n'a jamais fait mieux ?»

- « S'il a eu mieux, sous certains aspects, mais pour le moment il s'estime satisfait. »

- « Il est satisfait de ce qui se passe sur Terre ? »

- « Non, pas sur la manière dont nous la gérons, mais il y a des milliers d'autres planètes où cela se passe beaucoup mieux »

- « Mais pourquoi cherche-t-il à ainsi voir le bonheur comme unité de base ? »

- « Cela lui fait du bien, il se sent vivre dit-il. C'est un peu comme lorsque nous mangeons, aimons, faisons du sport, ou plutôt non, principalement lorsque nous aimons, et il précise aimer d'une manière désintéressée, exempte de toute forme d'égoïsme ou de sensibilité déplacée ; Il a réellement des états d'âme, moins perturbés je vais dire, mais il sait ce qu'est la sensation d'aimer une œuvre. Il nous dit qu'il faut aimer les autres comme des œuvres de chacun. Tout est son œuvre, bien entendu, mais sans l'amour de chacun, aucune œuvre ne peut s'émanciper.»

- « Lui as-tu parlé de notre Dieu ? »

- « Non, je n'ai pas eu l'occasion de lui poser de question. Ce fut un flux d'information énorme, qui je l'imagine a été condensé et organisé de la manière le plus efficace possible. Il savait ce qui se passait dans cette petite planète. Cette vague bleue lui fait remonter les choses importantes, tout comme le niveau moyen de bonheur. C'est incroyable que nous ayons reçu cette information. »

- « Saurons-nous encore communiquer avec lui ? »

- « Oui, je sais maintenant comment créer des trous noirs, et j'ai compris comment les faire durer plus longtemps. Nous aurons tout le loisir d'encore discuter avec lui, même s'il n'y a sans doute pas beaucoup plus à dire que ce qu'il m'a délivré »

à ce moment, Susan reprend sa respiration et demande d'une voix sérieuse :

- « Mesio, t'a-t-il dit si la conscience survivait à la mort ? »

- « S'il y a une vie après la mort ? Non, pas vraiment. Désolé pour ceux ici présents qui y croyaient, mais l'âme ou plutôt la conscience ne survit pas à la mort biologique. Tout comme on met fin à la conscience d'un objet en le cassant, ou en perçant un bol comme le faisaient les Incas lorsqu'ils disposaient des plats dans une tombe, la conscience d'un être évolué disparaît lorsque ce qui le constituait n'est plus fonctionnel. Si votre corps meurt, votre conscience

287

disparaît. Par contre votre mémoire subsiste à tout jamais. Vous avez déjà pas mal de compréhension sur ce processus Susan. »

- « Mais pourquoi doit-on mourir alors ? » demande Alex.

- « Laniakea a eu tout le temps de faire des tests sur des modes de vie différents, dont certains ne s'arrêtaient jamais. Mais selon lui, notre bonheur, celui qui nous est accessible, est lié à la durée du jour, et la capacité que nous avons d'emmagasiner des informations tout au long d'une vie. Chaque planète a bien entendu des journées de longueur différente, mais tout semble être lié. Notre Terre a reçu la visite d'une autre planète il y a des milliers d'années, des êtres anthropomorphes comme nous, mais qui vivaient des milliers d'années, car venant d'un autre système. Ils n'ont pas pu s'adapter aux cycles de notre système solaire malgré leurs nombreux efforts. Les civilisations aussi meurent, pas par la volonté de Laniakea, mais parce que l'homme recherche le bonheur et non l'ennui, sa conscience perçoit des signaux dans l'environnement et pousse l'homme à abandonner des états trop stables qui nuisent au bonheur. Le bonheur nécessite son contraire pour exister. Si le malheur n'existait pas, le bonheur ne pourrait exister. Cela, Laniakea a mis des dizaines de cycles à le comprendre. La nature par ses bouleversements, ses cataclysmes, l'aide déjà bien en cela, mais l'homme aussi au sein de son espèce doit connaître des heurts et malheurs pour mieux pouvoir mesurer son bonheur.»

- « Tu nous expliques que la seule manière que Laniakea a trouvé comme fonctionnelle est un monde où le malheur est nécessaire ? »

- « Mais oui, c'est évident si on y réfléchit bien. C'est votre société qui vous empêche de voir le pourquoi des choses, et le sens que vous donnez aux mots. Vous associez un sens péjoratif aux mots choisis, et choisissez ceux-ci à tort par ailleurs : mal, péché, diable, malin, crime, tous ces termes donnent à toute une catégorie de comportements un sens négatif, alors qu'ils sont nécessaires au résultat global. Le jour où il n'y aura plus de malheur, vous commencerez à trouver l'existence ennuyeuse, inutile, et vous n'aurez même plus envie de vous lever le matin. Songez à l'image du paradis terrestre. Comment pouvez-vous imaginer avoir envie de se lever le matin sachant que rien ne se passera de nouveau. Le soleil brillera, les fleurs rempliront les paysages et tout le monde vous sourira, mais rien ne pourra se passer, car si une chose nouvelle devait arriver, ce serait pour améliorer quelque chose, embellir, et ainsi de suite, mais cela veut dire que la situation avant cette amélioration était moins bien, moins bonne. Tout est là, dans l'amélioration d'une situation du moins bien vers le mieux. La notion de paradis terrestre implique qu'il ne peut y avoir de moins bien, donc ce paradis ne peut théoriquement exister. Mais ce à quoi est arrivé Laniakea est justement un monde où peuvent éclore des planètes merveilleuses, où tout tend vers le bonheur et la beauté. Je manque de temps ici, mais dans mon rapport je vous livrerai plus d'exemples et de démonstrations. Vous devez avoir faim et sans doute être fatigués. Moi je ne ressens rien et j'ai plutôt tendance à oublier vos nécessités terrestres. Je vous laisse aller vous restaurer. Vous aurez le rapport en assez d'exemplaires qu'il faut à la salle des imprimantes lorsque vous aurez terminé de déjeuner. »

Alex regarde l'assistance et le chef des opérations. Tous semblent acquiescer à cette idée, bien qu'encore un peu assommés par les déclarations de Mesio. Dans un brouhaha d'excitation, le petit groupe se dirige vers le restaurant du CERN.

ALAIN HUBRECHT

Chapitre 39

15 novembre 2017, Rome

Susan descend du taxi qui les a amenés de l'aéroport de Fiumicino au siège du Vatican. Alex la suit et sort leurs deux valises du coffre de la Fiat Tipo puis paye le chauffeur.

Voilà près d'un mois que Mesio a réalisé avec succès son expérience, créer un mini trou noir et communiquer avec la conscience de l'univers, ou plutôt du super amas de galaxies dans lequel nous résidons. Mesio avait supputé que le trou noir donnait accès à une quatrième dimension, dimension dans laquelle évoluait l'esprit de notre super amas, lui aussi résidant dans un immense trou noir situé au centre du super amas. Sans ce cambriolage opéré au Vatican quatre ans auparavant, rien de tout cela ne serait arrivé. Il n'y aurait pas eu Mesio, ni de voyage à une vitesse supérieure à celle de la lumière, ni de découverte de la vague bleue et encore moins de connexion à la conscience de ce qui joue le rôle de dieu dans notre univers, cette volonté de faire connaître le bonheur à toute chose qui s'y trouve.

Les religions sont toutes nées d'un même élan, un désir de voir les gens heureux, et le sentiment qu'une force invisible nous y pousse aussi pour peu qu'on s'accorde les grâces de ce dieu. C'était faire là un amalgame entre les effets de la clairvoyance dans le futur et la notion de bonheur simple, terrestre, mal comprise, et c'est ce qui a mené l'humanité à se déchirer pendant des milliers d'années. Grâce au travail de Susan et d'Alex, sans compter Mesio qui est devenu un vrai personnage reconnu au niveau mondial, l'humanité a connu ces deux dernières années une amélioration considérable de son état. La paix semble s'être instaurée partout, la Terre est en voie de guérison, les religions se sont adaptées aux déclarations de Laniakea et cela s'est finalement assez bien passé, aidé grandement par la stabilité économique et financière apportée par les découvertes de Mesio. Des plans ont été proposés pour construire des milliers de villes nouvelles, basées sur de nouveaux concepts de proximité, les parties peu intéressantes des anciennes villes allant être reconstruites sur le même modèle.

Mesio n'a pas cessé de produire des documents et des plans, distribués ensuite dans tous les pays du monde. Rendant accessible à tous les nouvelles technologies et idées produites par l'ordinateur.

Monseigneur Fellay les attendait à l'entrée de la place Saint-Pierre. Tous trois se dirigent vers l'entrée du palais de Sixte Quint où les attend le Pape François. Après avoir déposé leurs valises à l'accueil et avoir présenté leurs documents, ils montent au deuxième étage de la résidence du Saint-Père. Ce bâtiment jouxte celui où a été opéré le cambriolage. Le pape les attend en haut de l'escalier.

- « Mes chers amis, vous ne pouvez savoir le plaisir que j'ai à vous rencontrer. Madame Gomez, je ne vous ai jamais rencontrée, mais mon prédécesseur, le pape Ratzinger, bien. Il m'a dit le rôle que vous avez joué dans l'enquête sur le vol du Chronoviseur dans nos archives. Sans votre compréhension du contexte, nous n'aurions sans doute jamais pu récupérer la situation. Mais suivez-moi, vous devez être fatigués du voyage. J'ai préparé quelques mets italiens pour votre palais.»

Le petit groupe s'installe dans le salon de réception richement décoré et pendant que le pape les met à l'aise par des propos anodins ses invités dégustent ciabatta, bruschettas et crostinis préparés à leur intention.

- « Ainsi donc c'est à vous, madame Gomez que nous devons ce bouleversement historique qu'est la pratique des religions. Vous rendez-vous compte de ce que vous avez fait ? Ne le prenez pas mal, je vous rassure de suite, notre Église a pu s'adapter très facilement, grâce en grande partie aux apports de Mesio qui a résolu la partie financière à laquelle nous aurions été confrontés sans cela. Il n'est donc même plus question de savoir comment subsister puisque le nerf de la guerre, l'argent, n'est plus un vrai problème. Nos églises, cathédrales, basiliques, mais surtout nos monastères et nos couvents ont été réaffectés à l'aide aux personnes, qui souffrent d'un handicap moteur ou mental, ou d'un trouble psychologique ou de sénilité. Nos amis musulmans ont d'un commun accord décidé de faire de même. Vous savez, cela a toujours été une vocation chez nous, mais la nécessité de collecter de l'argent pour faire fonctionner notre Église nous a toujours empêchés de nous consacrer à cent pour cent à cette oeuvre. Ainsi tous nos fidèles qui le désirent peuvent désormais se consacrer à aider leur prochain incapable de vivre seul dans notre société. Vous n'avez pas idée de ce que ce changement est pour nous. Vous savez, l'argent n'a jamais pu rétablir le manque provoqué par un handicap. Seules, l'humanité, la présence humaine le peuvent. C'était mon vœu le plus cher quand j'ai accepté ce poste, rendre au mot miséricorde son sens premier, tellement important pour moi, celui de l'amour profond, sans condition, totalement désintéressé pour tout être humain vivant sur Terre quoi qu'il ait fait, qui qu'il soit. » Monseigneur Fellay écoute en silence, les yeux baissés vers les chaussures du pape qui pointent du dessous de sa soutane. Alex observe les vitraux et Susan reçoit dans ses yeux le regard empli de bonté du pape François.

- « Ainsi maintenant toute personne désireuse de consacrer du temps à une cause ayant initié le sentiment religieux peut le consacrer à aider son prochain. Toutes nos installations y sont dorénavant dédiées, et toute personne pieuse, pratiquante ou simplement animée par le désir d'aider est la bienvenue. Quant à vous monseigneur Fellay, j'ai déjà pu constater les effets de votre campagne de communication et dois vous en remercier. Son succès est égal à votre recherche de la perfection. Recherche qui vous a un moment égaré, mais l'heure est à l'avenir et je ne peux le voir que radieux. En parlant d'avenir madame Gomez, je rêve ou la rondeur de votre ventre annonce un heureux évènement ? »

- « Non, vous ne rêvez pas, Alex et moi allons bientôt peupler la Terre d'un petit bout d'homme de plus. Et ce bébé connaîtra une vie heureuse. Vous n'avez pas idée de ce que cela fait du bien de savoir cela. »

Sur ces paroles, Alex prend Susan par la main, puis, n'en pouvant plus, la serre dans ses bras, tellement heureux que toute leur aventure, leurs craintes, leurs efforts et leurs épreuves se conclue par ce bébé, qui concrétise en quelque sorte tout l'espoir de l'humanité en un monde meilleur.

À cette vision, le pape ne peut s'empêcher de leur faire le signe de la bénédiction, le signe du souhait du bonheur de l'autre.

A PROPOS DE L'AUTEUR

Alain Hubrecht possède une expérience mondiale dans des domaines multiples tel que l'énergie, l'industrie, la sécurité et la défense. Il a travaillé pour les plus importants acteurs mondiaux tel que l'OTAN, le Pentagone, SAIC, la NASA et plusieurs autres sociétés actives dans la défense. Il est passionné de nouvelles technologies et de nouveaux défis. Il a été formé par d'anciens membres du projet STARGATE, a travaillé pour le projet Blue Brain, a été membre de l'association d'étude scientifique UFOCOM et a cofondé l'Association Transpersonnelle Belge avec Carlos Castaneda.

Dépôt Légal Octobre 2016